本書は,『日本書紀』に使用されている
中国口語起源の二字漢語について,
平安時代以来の日本人が正確に読解しえたか否か,
現存する『日本書紀』訓点資料を駆使して検証した結果である。

On readings added to bisyllabic colloquial words in *Nihonshoki*

北海道大学大学院文学研究科
研究叢書

日本書紀における中国口語起源二字漢語の訓読

唐 煒

北海道大学出版会

研究叢書刊行にあたって
　北海道大学大学院文学研究科は，その組織の中でおこなわれている，極めて多岐にわたる研究の成果を，より広範囲に公表することを義務と判断し，ここに研究叢書を刊行することとした。

平成14年3月

目　次

序　章 ·· 1
　1　本書の目的　　1
　2　先行研究　　1
　3　本書の方法　　3
　4　『日本書紀』訓点資料　　5

第一章　二字名詞の訓読 ·· 9
　Ⅰ　二字一語として訓んでいる例 ·· 9
　　Ⅰ-1　一語の和訓として訓んでいる例　34語　　9
　　　（Ⅰ-1-1）　阿姉　　10　　（Ⅰ-1-16）　人物　　27
　　　（Ⅰ-1-2）　行業　　11　　（Ⅰ-1-17）　消息　　28
　　　（Ⅰ-1-3）　官家　　12　　（Ⅰ-1-18）　前頭　　30
　　　（Ⅰ-1-4）　官司　　14　　（Ⅰ-1-19）　刀子　　31
　　　（Ⅰ-1-5）　後頭　　16　　（Ⅰ-1-20）　桃子　　34
　　　（Ⅰ-1-6）　罪過　　17　　（Ⅰ-1-21）　頭端　　35
　　　（Ⅰ-1-7）　床席　　18　　（Ⅰ-1-22）　道理　　35
　　　（Ⅰ-1-8）　寺家　　19　　（Ⅰ-1-23）　男子　　36
　　　（Ⅰ-1-9）　指甲　　19　　（Ⅰ-1-24）　朝庭　　37
　　　（Ⅰ-1-10）此間　　20　　（Ⅰ-1-24'）朝廷　　40
　　　（Ⅰ-1-11）娘子　　22　　（Ⅰ-1-25）　中間　　41
　　　（Ⅰ-1-12）孃子　　23　　（Ⅰ-1-26）　底下　　43
　　　（Ⅰ-1-13）終日　　23　　（Ⅰ-1-27）　田家　　44
　　　（Ⅰ-1-14）女郎　　25　　（Ⅰ-1-28）　徳業　　45
　　　（Ⅰ-1-15）新婦　　26　　（Ⅰ-1-29）　法則　　46

（Ⅰ-1-30）風　姿　　47　　　　（Ⅰ-1-33）李　子　　51
　　　（Ⅰ-1-31）夜　半　　47　　　　（Ⅰ-1-34）路　頭　　51
　　　（Ⅰ-1-32）老　夫　　49
　　Ⅰ-2　合符のみを加点している例　0語　　52
　Ⅱ　二字一語として訓んでいない例 ……………………………………53
　　Ⅱ-1　二字一語として訓まず和訓も不当な例　0語　　53
　　Ⅱ-2　二字一語として訓んでいないが文意は大きく外れて
　　　　　いない又は不明な例　1語　　53
　　　（Ⅱ-2-1）男　女　　53

第二章　二字動詞の訓読 ……………………………………57
　Ⅰ　二字一語として訓んでいる例 ……………………………………57
　　Ⅰ-1　一語の和訓として訓んでいる例　33語　　57
　　　（Ⅰ-1-1）安　置　　58　　　　（Ⅰ-1-18）情　願（一部）　80
　　　（Ⅰ-1-2）号　叫　　60　　　　（Ⅰ-1-19）製　造　　81
　　　（Ⅰ-1-3）交　通　　61　　　　（Ⅰ-1-20）喘　息　　81
　　　（Ⅰ-1-4）帰　化　　62　　　　（Ⅰ-1-21）陳　説（一部）　82
　　　（Ⅰ-1-5）却　還　　64　　　　（Ⅰ-1-22）啼　泣　　83
　　　（Ⅰ-1-6）供　奉　　65　　　　（Ⅰ-1-23）東　西　　84
　　　（Ⅰ-1-7）廻　帰　　66　　　　（Ⅰ-1-24）漂　蕩　　85
　　　（Ⅰ-1-8）経　過　　67　　　　（Ⅰ-1-25）便　旋　　86
　　　（Ⅰ-1-9）検　校　　68　　　　（Ⅰ-1-26）奉　遣　　87
　　　（Ⅰ-1-10）語　話　　70　　　（Ⅰ-1-27）奉　献　　88
　　　（Ⅰ-1-11）叩　頭　　71　　　（Ⅰ-1-28）奉　進　　89
　　　（Ⅰ-1-12）自　愛　　72　　　（Ⅰ-1-29）遊　行　　91
　　　（Ⅰ-1-13）施　行　　73　　　（Ⅰ-1-30）羅　列　　92
　　　（Ⅰ-1-14）修　行　　74　　　（Ⅰ-1-31）留　住　　93
　　　（Ⅰ-1-15）修　理　　76　　　（Ⅰ-1-32）往　還　　94
　　　（Ⅰ-1-16）商　量　　77　　　（Ⅰ-1-33）往　来　　96
　　　（Ⅰ-1-17）処　分　　78
　　Ⅰ-2　合符のみを加点している例　1語　　98

　　　　（Ⅰ-2-1）還　帰　　98
　Ⅱ　二字一語として訓んでいない例 ……………………………………99
　　Ⅱ-1　二字一語として訓まず和訓も不当な例　0語　　99
　　Ⅱ-2　二字一語として訓んでいないが文意は大きく外れて
　　　　　いない又は不明な例　4語　　99
　　　　（Ⅱ-2-1）意　欲　　99　　　　　（Ⅱ-2-3）欲　得　　101
　　　　（Ⅱ-2-2）情　願（一部）　100　（Ⅱ-2-4）陳　説（一部）　102

第三章　二字形容詞の訓読 …………………………………………105

　Ⅰ　二字一語として訓んでいる例 ……………………………………105
　　Ⅰ-1　一語の和訓として訓んでいる例　6語　　105
　　　　（Ⅰ-1-1）少　許（一部）　105　（Ⅰ-1-4）可　愛　　108
　　　　（Ⅰ-1-2）窮　乏（一部）　106　（Ⅰ-1-5）暁　然（一部）　108
　　　　（Ⅰ-1-3）平　安　　107　　　　（Ⅰ-1-6）晏　然　　109
　　Ⅰ-2　合符のみを加点している例　3語　　110
　　　　（Ⅰ-2-1）少　許（一部）　110　（Ⅰ-2-3）猶　如（一部）　110
　　　　（Ⅰ-2-2）暁　然（一部）　110
　Ⅱ　二字一語として訓んでいない例 …………………………………110
　　Ⅱ-1　二字一語として訓まず和訓も不当な例　1語　　110
　　　　（Ⅱ-1-1）猶　如（一部）　110
　　Ⅱ-2　二字一語として訓んでいないが文意は大きく外れて
　　　　　いない又は不明な例　1語　　111
　　　　（Ⅱ-2-1）窮　乏（一部）　111

第四章　二字副詞の訓読 ………………………………………………113

　Ⅰ　二字一語として訓んでいる例 ……………………………………113
　　Ⅰ-1　一語の和訓として訓んでいる例　11語　　113
　　　　（Ⅰ-1-1）一　時　　114　　　　（Ⅰ-1-4）再　三（一部）　117
　　　　（Ⅰ-1-2）益　復　　115　　　　（Ⅰ-1-5）自　然　　119
　　　　（Ⅰ-1-3）元　来　　116　　　　（Ⅰ-1-6）触　事　　121

（Ⅰ-1-7）触　路　　122　　　　　（Ⅰ-1-10）当　時　　125
　　　（Ⅰ-1-8）少　々　　123　　　　　（Ⅰ-1-11）本　自　　127
　　　（Ⅰ-1-9）即　便　　124

　Ⅰ-2　合符のみを加点している例　3語　　128
　　　（Ⅰ-2-1）亦　復　　128　　　　　（Ⅰ-2-3）独　自　　131
　　　（Ⅰ-2-2）況　復（一部）　　130

Ⅱ　二字一語として訓んでいない例 ……………………………133

　Ⅱ-1　二字一語として訓まず和訓も不当な例　4語　　133
　　　（Ⅱ-1-1）況　復（一部）　　133　　（Ⅱ-1-3）無　復　　134
　　　（Ⅱ-1-2）必　自　　133　　　　　（Ⅱ-1-4）不　復　　136

　Ⅱ-2　二字一語として訓んでいないが文意は大きく外れて
　　　　いない又は不明な例　36語　　137
　　　（Ⅱ-2-1）応　時　　138　　　　　（Ⅱ-2-19）実　是　　160
　　　（Ⅱ-2-2）何　当　　139　　　　　（Ⅱ-2-20）時　復　　161
　　　（Ⅱ-2-3）皆　悉　　140　　　　　（Ⅱ-2-21）正　在　　163
　　　（Ⅱ-2-4）豈　復　　141　　　　　（Ⅱ-2-22）即　自　　163
　　　（Ⅱ-2-5）各　自　　142　　　　　（Ⅱ-2-23）即　時　　164
　　　（Ⅱ-2-6）咸　皆　　144　　　　　（Ⅱ-2-24）輒　爾　　165
　　　（Ⅱ-2-7）共　同　　145　　　　　（Ⅱ-2-25）都　不　　166
　　　（Ⅱ-2-8）極　甚　　146　　　　　（Ⅱ-2-26）都　無　　167
　　　（Ⅱ-2-9）更　亦　　148　　　　　（Ⅱ-2-27）当　須　　169
　　　（Ⅱ-2-10）更　不　　149　　　　（Ⅱ-2-28）倍　復　　170
　　　（Ⅱ-2-11）更　無　　150　　　　（Ⅱ-2-29）必　応　　171
　　　（Ⅱ-2-12）更　復　　152　　　　（Ⅱ-2-30）必　須　　172
　　　（Ⅱ-2-13）勿　復　　154　　　　（Ⅱ-2-31）必　当　　173
　　　（Ⅱ-2-14）再　三（一部）　　155　（Ⅱ-2-32）並　悉　　175
　　　（Ⅱ-2-15）最　為　　155　　　　（Ⅱ-2-33）並　是　　176
　　　（Ⅱ-2-16）事　須　　156　　　　（Ⅱ-2-34）便　即　　177
　　　（Ⅱ-2-17）茲　甚　　158　　　　（Ⅱ-2-35）猶　復　　178
　　　（Ⅱ-2-18）悉　皆　　159　　　　（Ⅱ-2-36）要　須　　179

第五章　二字連詞(接続語)の訓読 ……………………………………181
Ⅰ　二字一語として訓んでいる例 ……………………………………181
Ⅰ-1　一語の和訓として訓んでいる例　8語　　181
（Ⅰ-1-1）加　以　　181　　　　（Ⅰ-1-5）然　是（一部）　　187
（Ⅰ-1-2）仮　使　　183　　　　（Ⅰ-1-6）然　則　　188
（Ⅰ-1-3）縦　使　　184　　　　（Ⅰ-1-7）所　以　　189
（Ⅰ-1-4）雖　然　　185　　　　（Ⅰ-1-8）乃　至（一部）　　192

Ⅰ-2　合符のみを加点している例　0語　　192

Ⅱ　二字一語として訓んでいない例 …………………………………192
Ⅱ-1　二字一語として訓まず和訓も不当な例　5語　　192
（Ⅱ-1-1）因　復　　192　　　　（Ⅱ-1-4）乃　可　　195
（Ⅱ-1-2）雖　復　　193　　　　（Ⅱ-1-5）乃　至（一部）　　196
（Ⅱ-1-3）然　是（一部）　　195

Ⅱ-2　二字一語として訓んでいないが文意は大きく外れていない又は不明な例　5語　　197
（Ⅱ-2-1）因　為　　197　　　　（Ⅱ-2-4）遂　乃　　201
（Ⅱ-2-2）何　況　　199　　　　（Ⅱ-2-5）寧　可　　202
（Ⅱ-2-3）遂　即　　200

結　論 …………………………………………………………………205

参考資料・文献　209
あとがき　213
事項索引　215
人名・書名索引　219

序　章

1　本書の目的

　『日本書紀』は養老4年(720)に撰進され，神代から持統天皇までの歴史を記した編年体の日本で最初の史書である。漢文体の本文三十巻からなっており，日本の正史として長いあいだ尊重されてきた。『日本書紀』本文の述作については，多くの先行研究によって『漢書』『後漢書』『三国志』(蜀志を除く)『梁書』『隋書』『芸文類聚』『文選』『金光明最勝王経』等の漢籍・仏典を典拠としたこと，或いは中国の口語・俗語の類も用いられていることなどが指摘されている。またその訓読については神田喜一郎『日本書紀古訓攷證』(養徳社，1949，改訂1974)を代表とする研究の積み重ねがあり，いわゆる『日本書紀』古訓は中国注釈書の記述を踏まえた精緻なものであることが強調されており，それは口語・俗語表現にも及ぶとされてきた。但し，魏晋以来唐代に至る中国の口語・俗語を含む『日本書紀』のそれらの箇所がどのように訓読されてきたかについては，十分な検討はなされていない。一般に中国の口語・俗語的文章は，古典漢文の訓読法では読み解くことが難しい。本書は，そのような視点から，先学の分析に触れながら，『日本書紀』中の主として中国口語起源の二字漢語を取り上げて，平安中期の岩崎本を始めとして年代も系統も異る『日本書紀』古訓点本でそれらがどのように訓読されていたかを検討する。それらを通して漢文訓読という学習作業の性格も解明されることになる。

2　先行研究

　『日本書紀』の訓読について，いわゆる『日本書紀』古訓は中国注釈書の

記述を踏まえた精緻なものであることを実証した神田(1949，改訂1974)は，『日本書紀』訓読研究の白眉であるが，口語・俗語表現の訓読に触れている点でも画期的なものである。方法論，実証の緻密さ，視野の広さ等の面で未だに範とすべき研究であることは確かであるが，全体で29条，口語・俗語に関しては2条を取り上げているのみで，全体の解明に及んでいるわけではない。

築島裕『平安時代の漢文訓読語につきての研究』(東京大学出版会，1963)第二章第二節「日本書紀古訓の特性」は，『日本書紀』古訓を訓点資料として扱った画期的なものであるが，口語・俗語の訓読という視点はない。

『日本書紀』の口語・俗語に注目した研究として小島憲之『上代日本文学と中国文学　上』(塙書房，1962)第三篇第五章「訓詁を通してみたる日本書紀の表現」があり，『日本書紀』の表現に口語・俗語が含まれることを神田(1949，改訂1974)に引き続き解明したことは評価されるが，全般に及んだものではなく，また『日本書紀』の訓点資料に及んでいない。

『日本書紀』の口語表現を専門的に取り上げた研究として松尾(1987)があり，松尾(1986a)・松尾(1986b)・松尾(1988a)等の一連の論文と共に唐代口語研究の視点から積極的に『日本書紀』を取り上げ，訓読にも踏み込んでいるが，いわゆる『日本書紀』古訓を一律に扱い(察するところ寛文九年版訓或いは其れを底本とした国史大系本訓か)，『日本書紀』訓点に系統や年代の違いが存することへの配慮に欠けている。但し，松尾(1991)とも併せ，中国口語表現に対する訓点に及んでいることで画期的なものであり，本書の先行研究として最も関連が深いものである。

中国口語表現自体の研究については，太田(1958，改訂1981)が画期的なものであり，本書でも大いに参考としている。また，志村(1984)・塩見(1995)・蔣礼鴻(1959，改訂1962)，程湘清(1992，改訂1994)，程湘清(2003)等の専門書も参考とした。また，中国口語表現の参考例として引用する敦煌変文の張涌泉・黄征(1997)の校注も参考としている。

『日本書紀』の二字漢語については，石塚(1985)・石塚(1986)により，『日本書紀』の訓読において二字の漢字で表記されている表現が日本語で一語になるか二語になるかを示す訓点が加点されている岩崎本平安中期点の存在が

明らかにされており，本書にも直結する先行研究である。岩崎本平安中期点においては二字中央の合符が日本語として一語，二字左側の合符が日本語として一語ではない（複合語・連語）ことを示すが，他の『日本書紀』訓点資料においては二字中央の合符が熟合符，二字左側の合符が訓合符と，岩崎本平安中期点とは同じ形態が異なる機能を示している。『日本書紀』における中国口語起源の二字漢語と訓点資料の合符について，全面的に解明した先行研究は未だなく，本書が最初である。

『日本書紀』における口語起源の二字漢語を数多く取り上げて合符の有無を問わず，それらの箇所の平安時代以来の訓点の実態を全面的に明らかにした先行研究は未だなく，それを本書の主眼としている。

3　本書の方法

『日本書紀』中の主として中国口語起源の二字漢語を取り上げて，それらの箇所が平安時代以来の『日本書紀』訓点資料でどのように訓まれているかを解明していくのであるが，まず二字漢語を名詞・動詞・形容詞・副詞・連詞（接続語）に分けて記述する。『日本書紀』本文は漢文体で書かれているので，漢文法としての品詞別に記述するが，それを訓読した日本語文で，二字漢語の品詞が漢文法と一致しないものや同じ二字漢語の『日本書紀』中の用例の品詞が異なるものもあるが，記述の便宜のために，一応品詞別にして同じ二字漢語は一括して扱う。

松尾（1987）に取り上げられている全104語[1]のうち，上記5品詞に属する

---

1) ㋐阿姉　㋑以不　爲当　意欲　一時　㋓亦復　益復　遠近　㋔応当　応時　㋕箇何　当　仮使　迴帰　各自　還帰　堪当　㋖幾許　宜当　却還　共　況復　極甚　㋗検校　元来　㋙語話　更不　更無　好在　後頭　㋛〜子　〜自　你　寺家　此間　指甲　祇承　事須　自餘　実是　住　処分　所以　所有　女郎　情願　少許　縦使　娘子　嬢子　少　少　商量　色　触事　触路　新婦　㋞遂即　遂乃　雖復　㋟前頭　㋠即便　即自　即時　㋡大〜　大娘　大娘子　大郎　大有　男女　㋢着　著　㋣底下　輒爾　㋤都不　都無　頭　登　東西　刀子　桃子　当時　当須　道頭　得　㋦能　㋧倍復　㋨必応　必須　必当　㋩〜不　〜復　㋪並不　〜別　便即　㋫本自　㋬猶尚　又復　猶復　㋭〜与　不　要須　欲得　㋯李子　両種　㋰路頭　（漢音五十音順）

ものは総て対象として，更に太田(1958，改訂1981)・志村(1984)・朱慶之(1992)・程(1992，改訂1994)・塩見(1995)・程(2003)等を参考として筆者が『日本書紀』中から同様の二字漢語と見做したものを対象として加える。本書の目的は古典漢文には余り出てこない主として口語起源の二字漢語を，日本人が果して訓めたか否かを確かめることであり，原則として単音節語で構成される漢文を訓読という方法で読解してきた日本人が，これらの二字漢語を一語として訓めたか否かを見るためには，できるだけ多くの語を取り上げた方が良いと考えて，名詞35語，動詞36語，形容詞7語，副詞54語，連詞(接続語)16語，計148語を対象とする(うち，松尾(1987)取り上げ分71語)。

　用例の示し方は，『日本書紀』原文は岩波日本古典文学大系本により示し，訓読文は『日本書紀』古訓点本より必要な部分のみを引用する。原文の後の数字等は左より順に『日本書紀』の巻，岩波日本古典文学大系本の巻・頁・行を示す。古訓点本の仮名点は片仮名，ヲコト点は平仮名，欠損字は〔　〕によって示し，筆者の補読には（　）を付す。合符・句読点も古訓点本のまま用いる。原本の右訓は上段ルビとして，左訓は語句右横下に小字で示す。また，原本の中央の合符は横組中央に，左側の合符は横組下段に示す。資料として用いる『日本書紀』古訓点本は主として次項で記す14種である。これ以外のものを用いる場合は，資料名・年代を明記する。訓点の用例を挙げる基準は，加点年代の古い順を優先して掲げる(例えば，巻22の用例で図書寮本1142年点の用例が挙げられていれば，岩崎本平安中期点では無点を意味する)。

　尚，二字漢語の由来を概観する上で，その二字漢語自身が古典漢文にも出てくる単語であるか，或いは魏晋南北朝から使われた単語であるか，又，仏典特有語か，或いは仏典にも出てこない俗語かによって，訓読する難易度が異り，学習の方法も異るので，データベースである『国学宝典』『CBETA電子仏典』や『敦煌変文校注』を利用して，使用典籍・年代・繁寡等を知る手がかりとするが，本書の目的はそれら主として中国口語起源の二字漢語を取り入れた『日本書紀』の該当箇所の訓読の実態を解明することである。

　各品詞共，訓点の用例を次のように分類して示す。

Ⅰ　二字一語として訓んでいる例
　　　Ⅰ-1　一語の和訓として訓んでいる例
　　　Ⅰ-2　合符のみを加点している例
　　Ⅱ　二字一語として訓んでいない例
　　　Ⅱ-1　二字一語として訓まず和訓も不当な例
　　　Ⅱ-2　二字一語として訓んでいないが文意は大きく外れていない又は
　　　　　　不明な例
　ここで取り上げる一語・二語という認定は，現代の文法規準の一語・二語ではなく，訓点を加点した者の意識としての一語・二語という規準である。日本人の単語意識は，現代と平安時代とでは異り（石塚(1985)・石塚(1986)），又，岩崎本平安中期点以外では明確に示されていないが，熟合符・訓合符，加点位置（二字に亘って訓点を付けているか否かなど）などを参考として，その二字漢語が一概念として訓まれているか二概念として訓まれているかを規準として分類する。

4　『日本書紀』訓点資料
　本書で使用する『日本書紀』訓点資料は以下の通りである。
1．岩崎本
　巻22・24の2巻。A 平安中期点，B 院政期点，C 宝徳3年(1451)点及び文明6年(1474)点と3時期4種類の訓点。

　Aは，『日本書紀』訓点資料のうち最古のもので明経道所用のものと見られている。Bは，院政初期点で巻22は主としてA点により，巻24は紀伝道所用の訓点を加えている。Cは一条兼良による加点で，宝徳3年点及び文明6年点の2種類がある。

　本書では，築島・石塚(1978)に依る。
2．前田本
　巻11・14・17・20の4巻。院政期点で，次の図書寮本紀伝道大江家の訓点と同系統である。

　本書では，石塚(1977)に依る。

3. 図書寮本
　　巻2・12・13・14・15・16・17・21・22・23・24の11巻。巻2を除く10巻は巻23の奥書から永治2年(1142)紀伝道大江家の訓点であるとされている。巻2は，北畠親房による南北朝期点である。
　　本書では，石塚(1980)に依る。
4. 御巫本『日本書紀私記』
　　巻1・2の2巻。応永35年(1428)の書写本であるが，万葉仮名の伝承性から院政期の訓点を伝えているものと見做されるので，訓点資料とは若干性格が異るが卜部家訓点以前の神代巻の訓点の一として用いる。
　　本書では，古典保存会影印(1933)に依る。
　　(尚，一部で水戸本『日本書紀私記』(江戸時代1678年写本，『新訂増補国史大系』第8巻に依る)を用いる)
5. 北野本
　　巻3・4・5・6・7・8・9・10・11・12・13・15・17・18・19・20・21・22・23・24・25・26・27・28・29・30の26巻。鎌倉初期点は巻22〜30の9巻，神祇伯家資継王に依る南北朝期点は巻3〜5・7〜10・12・13・15・17〜30の24巻，卜部兼永による室町後期兼永点は巻3・6・11の3巻と，3種の訓点がある。
　　本書では，石塚(稿本)に依る。
6. 鴨脚本
　　巻2の1巻。卜部家訓点以前の訓点であるが，系統も未詳で分量も少く，本書では殆ど使用しない。
7. 兼方本
　　巻1・2の2巻。卜部家訓点の祖点であり卜部兼方による弘安9年(1286)までの訓点である。
　　本書では，石塚(稿本)に依る。
8. 釈日本紀
　　全巻に及ぶ注釈書。鎌倉中期から後期にかけて卜部兼文・兼方親子二代に亘る研究を兼方により纏められた成果で，秘訓の部等に多くの訓点を含む。
　　本書では，『影印釈日本紀』(吉川弘文館，1975)に依る。

9．兼夏本

巻1・2の2巻。卜部兼夏により，兼方本に基いて加点された乾元2年(1303)の訓点。

本書では，天理図書館善本叢書『古代史籍集』(八木書店，1972)に依る。

10．丹鶴本

巻1・2の2巻。江戸時代，丹鶴城主水野氏による丹鶴叢書所収本の訓点。卜部家訓点に対抗する意識の強い神祇伯家資緒王の訓点を伝えるとされる。嘉元4年(1306)本の模刻とされるが，後世的要素も含まれている。

本書では，石塚(稿本)に依る。

11．熱田本

巻1～10・12～15の14巻。南北朝期の卜部家系訓点資料である。多くの巻(14巻)を存して，5 北野本南北朝期点が神祇伯家資継王訓点であることに対して選んである。

本書では，石塚晴通先生所蔵焼付写真に依る。

12．兼右本

巻3～30の28巻。卜部兼右による天文9年(1540)の訓点。卜部家系訓点を基とした三条西実隆本を底本として一条家本即ち岩崎本と対校した校訂本である。従って『日本書紀』古訓の系統を混淆した訓点資料であるが，岩波日本古典文学大系本の底本となっている。

本書では，天理図書館善本叢書『日本書紀　兼右本一～三』(八木書店，1983)に依る。

13．内閣文庫本

巻1～30の30巻。卜部家系の訓点を基とした三条西実隆本を伝えるとされる近世初期慶長頃の訓点資料である。近世の流布本である寛文九年版と関係が深く，また全30巻が揃っている。

本書では，石塚晴通先生所蔵焼付写真に依る。

14．寛文九年版

巻1～30の30巻。内閣文庫本系の写本に基いて寛文9年(1669)に刊行された版本の訓。

本書では，石塚晴通先生所蔵本に依る。

平安時代の訓点資料は1〜3の3種総てを用いるが，1と2・3とは系統が異る（石塚（1984））。尚，4は室町時代初期の写本であるが万葉仮名で訓が示されているので，漢字の伝承性から卜部家訓点以前の神代巻の訓点を伝える資料として用いる。

　鎌倉時代の訓点資料は5から10の6種であり，7〜9は鎌倉時代新興の卜部家の訓点であり，5の鎌倉初期点及び6が卜部家訓点以前の訓点である。10は卜部家訓点に対抗する意図のある神祇伯家の訓点である。

　南北朝期の訓点資料は5の南北朝期点及び11である。5の南北朝期点は神祇伯家資継王の訓点であり，11は卜部家系の訓点を伝える資料である。

　室町時代の訓点は，5の兼永点と12とである。何れも卜部家関係者の訓点であるが，卜部兼方以来の伝統的な卜部家訓点とは聊か異る要素もある訓点である。

　江戸時代初期の訓点は，13及び14である。共に卜部家系訓点の集大成の性格を持つ訓点である。

　以上，訓点の加点年代及び系統を考慮して14種の資料を用いる。

第一章　二字名詞の訓読

　松尾(1987)に取り上げられている全104語の二字漢語のうち二字名詞にあたる次の16語(漢音五十音順)

阿姉	後頭	寺家	指甲	此間	娘子	嬢子	女郎	新婦	前頭	刀子
桃子	男女	底下	李子	路頭					

及び筆者が同様の二字名詞として補った19語(漢音五十音順)

行業	官家	官司	罪過	床席	終日	人物	消息	頭端	道理	男子
朝庭／朝廷	中間	田家	徳業	法則	風姿	夜半	老夫		

を対象として考察する。

Ⅰ　二字一語として訓んでいる例

Ⅰ-1　一語の和訓として訓んでいる例　34語
　考察対象35語のうち一語の和訓として訓んでいる例は次の34語である。

```
1阿姉　2行業　3官家　4官司　5後頭　6罪過　7床席　8寺家
9指甲　10此間　11娘子　12嬢子　13終日　14女郎　15新婦
16人物　17消息　18前頭　19刀子　20桃子　21頭端　22道理
23男子　24朝庭／朝廷　25中間　26底下　27田家　28徳業　29法則
```

> 30 風姿　31 夜半　32 老夫　33 李子　34 路頭

（Ⅰ-1-1）阿　姉
①阿姉翻起厳顔。(01) 上 105-14
　　兼方本弘安点「阿＿姉」ナネノミコト

　漢籍の用例を『国学宝典』を利用して検索すると，『漢書』0例，『後漢書』0例，『晋書』0例，『梁書』0例，『魏書』0例，『隋書』0例，『楽府詩集』1例，『世説新語』0例，『遊仙窟』0例，『祖堂集』0例がある。1例を示す。
　　　阿姉聞妹来。(『楽府詩集』・巻 25)
　仏典の用例を『CBETA 電子仏典』を利用して検索すると 7 例がある。2例を示す。
　　　但律中亦呼阿姨阿姉以法為親作此称之。(隋章安頂法師撰『大般涅槃経疏巻第一』38-47)
　　　阿姉著自大衣。此衣与我。(三蔵法師義浄奉制訳『根本説一切有部苾芻尼毘奈耶巻第十九』23-1008)
『敦煌変文校注』には 8 例がある。3 例を示す。
　　　阿姉抱得弟頭，(『伍子胥変文』)
　　　逆知阿姉之情，審細思量，(『伍子胥変文』)
　　　阿姉見成親，心里喜歓非常，(『金剛醜女因縁』)

　太田(1958，改訂 1981)では「名詞の接頭辞として親族称呼および人名につく「阿」は現代北京語では用いられなくなったが方言およびやや古い白話ではきわめて多く用いられる。その起源は古く，一部は漢代からあり，魏晋以後ことに発達した。なお人称代名詞の接頭辞として用いられたこともあった」とする。松尾(1987)では「「阿」は親族呼称の前につく接頭辞で，親しみを表す」とする。
　漢籍・仏典共に用例の少い口語的表現の語であるが，『日本書紀』の兼方本弘安点は「阿姉」二字に訓合符及び和訓「ナネノミコト」を加点して一概

念として的確に訓んでいる。

(Ⅰ-1-2) 行　業
①以其行業，堪成朕志。(14) 上 501-10
　　前田本院政期点・図書寮本 1142 年点「行-業ﾉ〔シワサ〕」

　漢籍の用例を『国学宝典』を利用して検索すると，『漢書』0 例，『後漢書』1 例，『晋書』4 例，『梁書』1 例，『魏書』6 例，『隋書』1 例，『楽府詩集』0 例，『世説新語』0 例，『遊仙窟』0 例，『祖堂集』0 例がある。5 例を示す。
　　　二子行業無聞，(『後漢書』・巻 68)
　　　不修行業，諸説皆奇之。(『晋書』・巻 116)
　　　聞其行業而善焉。(『梁書』・巻 30)
　　　三弟皆任侠，不脩行業，(『魏書』・巻 97)
　　　以其行業，堪成朕志。(『隋書』・巻 2)
　仏典の用例を『CBETA 電子仏典』を利用して検索すると 1261 例がある。2 例を示す。
　　　今生何処。所修行業。(三蔵朝奉大夫試光禄卿明教大師臣法賢奉詔訳
　　　　『仏説人仙』1-214)
　　　所因行業而堕此難。(西晋月氏三蔵竺法護訳『大哀経巻第六』13-439)
『敦煌変文校注』には 6 例がある。4 例を示す。
　　　徳位既大，行業相似，(『妙法蓮華経講経文』)
　　　行業相似，故云皆是大也。(『仏説阿弥陀経講経文』)
　　　夫妻雖然恩愛，各修行業不同。(『目連変文』)
　　　与我行業不同。(『大目乾連冥間救母変文』)

　張万起(1993)では「行業」は「徳行操守」の意味と説明している。
　中国語として南北朝時代から存在する二字漢語であるが，『日本書紀』院政期訓点本である前田本院政期点・図書寮本 1142 年点は的確に一語で訓んでいる。

（Ⅰ-1-3）**官　家**

①故因以，定内官家屯倉。(09)　上 339-20
　　水戸本『日本書紀私記』(丙本)「内_官_家」（宇知・豆・美也介）

②為内官家，無絶朝貢。(09)　上 341-13
　　水戸本『日本書紀私記』(丙本)「内_官_家」（宇知・豆・美也介）

③寡人聞，百済国者為日本国之官家，(14)　上 497-12
　　前田本院政期点「官-家ミヤケ」

④与大臣武内宿禰，毎国初置官家，(17)　下 027-18
　　前田本院政期点「官_家ヲ」（ミヤケ）

⑤自胎中之帝，置官家之国，軽随蕃乞，輒爾賜乎。(17)　下 029-08
　　前田本院政期点「官_家」

⑥此津，従置官家以来，為臣朝貢津渉。(17)　下 039-08
　　前田本院政期点・図書寮本 1142 年点「官_家ヲ」（ミヤケ）

⑦新羅，恐破蕃国官家，不遣大人，(17)　下 039-16
　　前田本院政期点「官_家ヲ」（ミヤケ）

⑧置内官家，不棄本土，因封其地，良有以也。(17)　下 041-07
　　前田本院政期点「官家ヲ」（ミヤケ）

⑨修造官家，那津之口。(18)　下 059-14
　　北野本南北朝期点「官-家」

⑩遂使海西諸国官家，不得長奉天皇之闕。(19)　下 081-14
　　北野本南北朝期点「官-家」（ミヤケ）

⑪若欲国家無事，長作官家，(19)　下 099-14
　　北野本南北朝期点「官-家」

⑫廿三年春正月，新羅打滅任那官家。(19)　下 119-18
　　北野本南北朝期点「官 - 家」（ミヤケヲ）

⑬違我恩義，破我官家。(19)　下 121-07
　　北野本南北朝期点「官-家」

⑭属我先考天皇之世，新羅滅内官家之国。(20)　下 143-10
　　前田本院政期点「官-家」（ミヤケ）

⑮故云新羅滅我内官家也。(20) 下 143-11
　　前田本院政期点「官家
ミヤケ
」
⑯官家，皆同陛下所詔。(21) 下 169-21
　　図書寮本 1142 年点「官_家
ミヤケ
」
⑰任那是元我内官家。(22) 下 207-10
　　岩崎本平安中期点「内官-家
ツ ミヤ
なり
」
⑱随常定内官家，願無煩矣。(22) 下 207-15
　　岩崎本 1451 年点「内_官_家
ウチ ツミ ヤ
」
⑲以百済国，為内官家，譬如三絞之綱。(25) 下 273-09
　　北野本鎌倉初期点「官-家
ミ ヤ ケ
」
⑳領此官家，治是郡県。(25) 下 275-12
　　北野本鎌倉初期点「官家
ミヤケ
を
」

　漢籍の用例を『国学宝典』を利用して検索すると，『漢書』0 例，『後漢書』0 例，『晋書』3 例，『梁書』1 例，『魏書』5 例，『隋書』0 例，『楽府詩集』12 例，『世説新語』0 例，『遊仙窟』0 例，『祖堂集』1 例がある。5 例を示す。

　　　愿官家千万歳寿，(『魏書』・巻 21)
　　　下官家有二千万，随公所取矣。(『晋書』・巻 50)
　　　官家尚爾，児安敢辞？(『梁書』・巻 44)
　　　官家若判不得，須喚村公断。(『祖堂集』・巻 18)
　　　官家有程，吏不敢听。(『楽府詩集』・巻 32)

　仏典の用例を『CBETA 電子仏典』を利用して検索すると 28 例がある。2 例を示す。

　　　官家求取。馳走回得。(西晋三蔵竺法護訳『生経巻第四』3-100)
　　　若求大官家婦人等来恭敬者。(般若斫羯囉訳『摩訶吠室囉末那野提婆喝囉闍陀羅尼儀軌一巻』21-222)

『敦煌変文校注』には 3 例がある。2 例を示す。

　　　雖自官家明有宣頭，(『韓擒虎話本』)
　　　農人辛苦官家見，(『長興四年中興殿応聖節講経文』)

松尾(1987)では「「〜家」は公的機関につく接尾辞。「官家」「県家」「寺家」「社家」などもその例」としている。太田(1958, 改訂1981)では「接尾辞《家》は名詞につき，それに共通する性質，身分，職業などを示すものである。唐代にすでに用いられた」とする。

　中国語として南北朝時代からの新しい二字漢語であるが，『日本書紀』訓点本の多くの用例が示す通り，③④⑥⑦⑧⑭⑮前田本院政期点，⑥⑯図書寮本1142年点，①②水戸本『日本書紀私記』(丙本)，⑲⑳北野本鎌倉初期点，⑩⑫北野本南北朝期点，と系統も年代も異なる訓点本が共に「みやけ」と的確に一語で訓んでいる。⑰岩崎本平安中期点及び⑱岩崎本1451年点の「ウチツミヤ」の例は，「ケ」の脱落したものと見做される。尚，⑤前田本院政期点・⑨北野本南北朝期点・⑪⑬北野本南北朝期点は，合符のみの加点であるが，同じ訓点資料の前の箇所で「ミヤケ」と一語で訓んでいること等から，「(ミヤケ)」と一語で訓んでいるものと見做される。Ⅰ-2 合符のみを加点している例，に分類するのは，その二字漢語の訓点の全体が合符のみの加点の場合である。

(Ⅰ-1-4) **官　司**
①所任官司，皆是王臣。(22)　下185-12
　　岩崎本平安中期点「官＿司　」(ミコトモチ)
　　図書寮本1142年点「　官　司　」(ツカサミコトモチ)
　　岩崎本1474年点「官司ツカサ＾」
②拠宰臣之勢，処官司之上。(25)　下271-12
　　兼右本1540年点「官＿司」(ツカサ＾)
③宜罷官司処々屯田，及吉備島皇祖母処々貸稲。(25)　下291-15
　　兼右本1540年点「官＿司」(ツカサ＾)
④嫌己婦奸他，好向官司請決。(25)　下297-08
　　北野本鎌倉初期点「官-司に」(ツカサ)
⑤除為国大寺二三，以外官司莫治。(29)　下441-12
　　北野本鎌倉初期点・兼右本1540年点・寛文九年版　無点

⑥然元為大寺，而官司恒治。(29) 下 441-14
　　北野本鎌倉初期点・兼右本 1540 年点「官-司」
⑦則分各定氏上。並申於官司。(29) 下 457-09
　　北野本鎌倉初期点・兼右本 1540 年点「官_司」

　漢籍の用例を『国学宝典』を利用して検索すると，『漢書』1 例，『後漢書』0 例，『晋書』16 例，『梁書』4 例，『魏書』16 例，『隋書』12 例，『楽府詩集』2 例，『世説新語』0 例，『遊仙窟』0 例，『祖堂集』0 例がある。6 例を示す。

　　官司彝器，白牡之牲，(『漢書』・巻 99)
　　其余官司各有差。(『晋書』・巻 24)
　　盛陳徽纏，儻列官司，(『梁書』・巻 47)
　　官司不加糾劾，即与同罪。(『魏書』・巻 18)
　　言大理官司恩寛。(『隋書』・巻 25)
　　上林置圏官司養。(『楽府詩集』・巻 96)

仏典の用例を『CBETA 電子仏典』を利用して検索すると 70 例がある。2 例を示す。

　　不令官司更有拘検。(卿明教大師臣法賢奉詔訳『仏説衆許摩訶帝経巻第四』3-944)
　　告官司言。黒離車女是我婦。(宋罽賓三蔵仏陀什共竺道生等訳『五分律巻第十一（沙弥塞）』22-79)

『敦煌変文校注』には 2 例がある。全例を示す。

　　官司有道理，(『燕子賦』)
　　荒語説官司，(『燕子賦』)

　劉堅・江藍生(1997)では「官府」の意味とする。
　古くから存在する二字漢語であるが，『日本書紀』の訓点本で④北野本鎌倉初期点が熟合符及び和訓「ツカサ」，①岩崎本 1474 年点左訓が「ツカサツカサ」，②③兼右本 1540 年点が訓合符及び和訓「ツカサツカサ」を加点して的確に訓んでいる中で，①の用例を岩崎本平安中期点が二語であることを示

(Ⅰ-1-5) 後　頭
①伊勢王・三国公麻呂・倉臣小屎，執輿後頭，置於御座之前。(25) 下 315-10
　　北野本鎌倉初期点「後-頭」
シリ

　漢籍の用例を『国学宝典』を利用して検索すると，『漢書』0 例，『後漢書』0 例，『晋書』0 例，『梁書』0 例，『魏書』0 例，『隋書』0 例，『楽府詩集』0 例，『世説新語』0 例，『遊仙窟』0 例，『祖堂集』2 例がある。2 例を示す。
　　　前頭両則也有道理，後頭無主在。(『祖堂集』・巻 7)
　　　前頭彼此作家，後頭却不作家。(『祖堂集』・巻 10)
　仏典の用例を『CBETA 電子仏典』を利用して検索すると 28 例がある。2 例を示す。
　　　後頭打不著。(『仏果圜悟禅師碧巌録巻第三』48-161)
　　　及至後頭雪竇頌。(『仏果圜悟禅師碧巌録巻第四』48-170)
　『敦煌変文校注』には用例がない。

　太田(1958，改訂 1981)では「《頭》を接尾辞として用いた例で，隋以前に見えるものは多く方位を表す語につくもので，《上頭》は現代語とは少しく異り，上位の意かとも思うが特に多く，その他《前頭》《後頭》もある。唐五代になると，《下頭》《外頭》《裏頭》など，また，《心頭》《街頭》《角頭》(かど)のごとく，名詞についたものもある。このような《頭》は「ほとり」という意味からでたものであろう」とする。香坂(1994)では「後ろ，うら」の意味と説明している。
　『日本書紀』の訓点本で，北野本鎌倉初期点が熟合符及び和訓「シリ」を加点して正しく一語で訓んでいる。

（Ⅰ-1-6）罪　過

①諸神帰罪過於素戔嗚尊，（01）上 113-20
　　兼方本弘安点「罪⌣過ヲ」
②歯田根命，以馬八匹・大刀八口，祓除罪過。（14）上 489-13
　　前田本院政期点・図書寮本 1142 年点「罪⌣過ヲ」
③若先吾取帰，依実奏聞，吾之罪過，必応重矣。（17）下 045-11
　　前田本院政期点・図書寮本 1142 年点「罪⌣過」

　漢籍の用例を『国学宝典』を利用して検索すると，『漢書』22 例，『後漢書』6 例，『晋書』3 例，『梁書』0 例，『魏書』6 例，『隋書』4 例，『楽府詩集』3 例，『世説新語』0 例，『遊仙窟』2 例，『祖堂集』19 例がある。9 例を示す。
　　　追念罪過，恐懼，（『漢書』・巻 44）
　　　皆以罪過徒補辺屯。（『後漢書』・巻 47）
　　　是為重罪過酔之言。（『晋書』・巻 50）
　　　十餘年中，不嘗言一人罪過，（『魏書』・巻 58）
　　　東宮罪過，主上皆知之矣，（『隋書』・巻 45）
　　　老僧罪過。（『祖堂集』・巻 14）
　　　汝今無罪過，不迎而自帰。（『楽府詩集』・巻 73）
　　　向来有罪過，忘不通五嫂，（『遊仙窟』）醍醐寺本 1344 年点「罪　過　」
　　　新婦錯大罪過，（『遊仙窟』）醍醐寺本 1344 年点「罪⌣過　」
　仏典の用例を『CBETA 電子仏典』を利用して検索すると 732 例がある。2 例を示す。
　　　世間罪過小且軽。（東晋西域沙門竺曇無蘭訳『仏説泥犁経』1-910）
　　　四者於法師説陳其罪過。（唐三蔵法師義浄奉制訳『仏説一切功徳荘厳王経巻一』21-892）
　『敦煌変文校注』には 12 例がある。4 例を示す。
　　　二将交雪罪過，過在鍾離末。（『漢将王陵変』）
　　　男女罪過須打。（『舜子変』）
　　　燕今実罪過，雀爾莫生嗔。（『燕子賦』）

我女前生何罪過？（『金剛醜女因縁』）

　香坂(1994)では「罪過」は「罪ち，罪名」と説明している。
　漢籍の用例が示す如く古くから存在している二字漢語であり，『日本書紀』の訓点では，②前田本院政期点・図書寮本 1142 年点・①兼方本弘安点が共に訓合符及び和訓「ツミ」を加点して的確に一語で訓んでいるが，『遊仙窟』醍醐寺本 1344 年点では一語の名詞としては訓めていない。

（Ⅰ-1-7）**床　席**
①床席頭端，一宿之間，稲生而穂。(27) 下 363-11
　北野本鎌倉初期点「床-席シキヰ」

　漢籍の用例を『国学宝典』を利用して検索すると，『漢書』1 例，『後漢書』0 例，『晋書』1 例，『梁書』1 例，『魏書』0 例，『隋書』1 例，『楽府詩集』2 例，『世説新語』1 例，『遊仙窟』0 例，『祖堂集』0 例がある。6 例を示す。
　　　留床席器物数百万直，（『漢書』・巻 92）
　　　宰相王導作女伎，施設床席。（『晋書』・巻 77）
　　　居処床席，如布衣之貧者。（『梁書』・巻 25）
　　　管司設，掌床席帷帳。（『隋書』・巻 36）
　　　施設床席。（『世説新語』・方正第 5）
　　　床席生塵明鏡垢。（『楽府詩集』・巻 70）
　仏典の用例を『CBETA 電子仏典』を利用して検索すると 154 例がある。2 例を示す。
　　　暮即施床席。作五百人供具。（呉月支国居士支謙訳『仏開解梵志阿颰経』
　　　　1-263）
　　　寝臥床席不能起居。（宋代沙門慧厳等依泥洹経加之『大般涅槃経巻第三』
　　　　12-618）
　『敦煌変文校注』には用例がない。

第一章　二字名詞の訓読　19

　古くから存在している二字漢語であり，『日本書紀』の北野本鎌倉初期点は熟合符及び和訓「シキヰ」を加点して的確に一語で訓んでいる。

（Ⅰ-1-8）**寺　家**
①若寺家仕丁之子者，如良人法。(25) 下 277-08
　兼右本 1540 年点「寺̲家」
　　　　　　　　　　　テ　ラ

　漢籍の用例を『国学宝典』を利用して検索すると，『漢書』0 例，『後漢書』0 例，『晋書』0 例，『梁書』0 例，『魏書』0 例，『隋書』0 例，『楽府詩集』0 例，『世説新語』0 例，『遊仙窟』0 例，『祖堂集』0 例，『太平広記』15 例がある。2 例を示す。
　　汝何故杖殺寺家婢，（『太平広記』・巻 100）
　　少年盗食寺家果子，（『太平広記』・巻 103）
　仏典の用例を『CBETA 電子仏典』を利用して検索すると 59 例がある。2 例を示す。
　　便有賊来取寺家物。（三蔵法師義浄奉制訳『根本説一切有部苾芻尼毘奈耶巻第十』23-959）
　　但家中曾貸寺家木作門。（西明寺沙門釈道世撰『法苑珠林巻第三十三』53-548）
　『敦煌変文校注』には 1 例がある。
　　欲得不攀刀山者，無過寺家塡好土。（『大目乾連冥間救母変文』）

　比較的新しい二字漢語であるが，『日本書紀』室町後期の兼右本 1540 年点で一語として的確に訓んでいる。

（Ⅰ-1-9）**指　甲**
①三年冬十月，解人指甲，使掘暑預。(16) 下 015-12
　図書寮本 1142 年点「指の-甲を」
　　　　　　　　　　　　　ツメ
　兼右本 1540 年点「指甲を」
　　　　　　　　　　ナマツメ

漢籍の用例を『国学宝典』を利用して検索すると、『漢書』0例、『後漢書』0例、『晋書』0例、『梁書』0例、『魏書』1例、『隋書』0例、『楽府詩集』0例、『世説新語』0例、『遊仙窟』0例、『祖堂集』0例、『太平広記』1例がある。2例を示す。

　　去年九月二十日右手大拇指甲下生毛九茎，(『魏書』・巻 112)
　　宣乃視其十指甲，(『太平広記』・巻 393)

仏典の用例を『CBETA 電子仏典』を利用して検索すると 383 例がある。2例を示す。

　　三者指甲潤沢。(中天竺国沙門地婆訶羅奉詔訳『方広大荘厳経巻第三』
　　3-557)
　　指甲清浄如赤銅（西天訳経三蔵朝散大夫試鴻臚卿伝法大師臣施護奉詔訳
　　『仏説護国尊者所問大乗経巻第一』12-2)

『敦煌変文校注』には用例がない。

松尾(1987)では古訓に「ナマツメ」「ユビノツメ」とあり、爪を意味するとしている。

中国語として南北朝時代からの新しい二字漢語であるが、『日本書紀』の古訓点では、図書寮本 1142 年点が熟合符及び和訓「(ユビ)のツメ」を加点して一概念複合一語として的確に訓んでいる。兼右本 1540 年点「ナマツメ」は意訳であるが一語として訓んでいる。

(Ⅰ-1-10) 此　間
①不知道路，留連島浦，自北海廻之，経出雲国至於此間也。(06) 上 259-10
　　熱田本南北朝期点「此̣_間」
②為当此間留。為当欲向本郷。(19) 下 115-09
　　兼右本 1540 年点「此̣-間に」

漢籍の用例を『国学宝典』を利用して検索すると、『漢書』0例、『後漢書』0例、『晋書』2例、『梁書』0例、『魏書』2例、『隋書』1例、『楽府詩集』3例、『世説新語』0例、『遊仙窟』3例、『祖堂集』40例がある。8例を

示す。

　　此間有傖父，欲作三都賦。(『晋書』・巻 92)

　　此間用武之地，非可文治，(『魏書』・巻 19)

　　此間人物，衣服鮮麗，(『隋書』・巻 2)

　　吾在此間伝心。(『祖堂集』・巻 6)

　　来到此間，歌以言志。(『楽府詩集』・巻 36)

　　此間何能不答，(『遊仙窟』) 醍醐寺本 1344 年点「此͜間」

　　至于此間，(『遊仙窟』) 醍醐寺本 1344 年点「此͜間」

　　此間幸甚，(『遊仙窟』) 醍醐寺本 1344 年点「此͜間」

仏典の用例を『CBETA 電子仏典』を利用して検索すると 1678 例がある。2 例を示す。

　　此間鬼神放逸婬乱。(後秦弘始年仏陀耶舎共竺仏念訳『仏説長阿含経巻
　　　第二十二』1-144)

　　生於此間。於此間死。(後秦三蔵鳩摩羅什訳『十住経巻第二』10-508)

『敦煌変文校注』には 32 例がある。3 例を示す。

　　火去此間近遠？(『李陵変文』)

　　此間無本草，(『王昭君変文』)

　　得至此間，不是悪人。(『張議潮変文』)

　松尾(1987)では，「古訓「ココニ」，場所を表す近称の指示代名詞であり，『変文集』には「此中」と共に用いられ，いずれも「ここ」の意，遠称は「彼中」が用いられる」とする。池田(1988)にも，「彼間」と「此間」が俗語的であるとする指摘がある。

　中国語として南北朝時代からの新しい二字漢語であるが，『日本書紀』の訓点では，①熱田本南北朝期点が訓合符及び和訓「ココ」，②兼右本 1540 年点が熟合符及び和訓「ココ」を加点して，共に的確に一語で訓んでおり，また『遊仙窟』醍醐寺本 1344 年点も訓合符及び和訓「ココ」を加点して的確に一語で訓んでいる。

(Ⅰ-1-11) 娘　子

①則自対座長曰，奉娘子也。(13) 上 441-11
　　図書寮本 1142 年点「娘　子ラ(ヲ)ムナ」

②皇后惺之，復起憮。々竟言，奉娘子。(13) 上 441-12
　　図書寮本 1142 年点「娘-子ヲムナ」

③奉娘子者誰也。(13) 上 441-13
　　図書寮本 1142 年点「娘-子ヲムナコ」

④所進之娘子弟姫，喚而不来。(13) 上 441-18
　　図書寮本 1142 年点「娘-子ヲムナ」

⑤大連曰，此娘子，以清身意，(14) 上 463-15
　　前田本院政期点「娘-子イラツヲムナ」

　漢籍の用例を『国学宝典』を利用して検索すると，『漢書』0 例，『後漢書』0 例，『晋書』0 例，『梁書』0 例，『魏書』0 例，『隋書』0 例，『楽府詩集』0 例，『世説新語』0 例，『遊仙窟』2 例，『祖堂集』0 例がある。2 例を示す。

　　欲投娘子，(『遊仙窟』) 醍醐寺本 1344 年点「娘-子チャウ」
　　娘子向来頻躬少府，(『遊仙窟』) 醍醐寺本 1344 年点「娘-子チャウ」

　仏典の用例を『CBETA 電子仏典』を利用して検索すると 23 例がある。2 例を示す。

　　従本爺娘子細看。(黄梅東山演和尚語録『法演禅師語録巻下』47-662)
　　娘子可乗其蠡乗。(宋左街天寿寺通慧大師『宋高僧伝第二十四』50-862)

『敦煌変文校注』には 44 例がある。5 例を示す。

　　娘子雖是女人，説計大能精細。(『舜子変』)
　　有計但知説来，一任与娘子鞭恥。(『舜子変』)
　　暫請娘子片時在於懐抱。(『秋胡変文』)
　　共娘子俱為灰土。(『秋胡変文』)
　　還須娘子勧酒巡。(『金剛醜女因縁』)

　太田(1958，改訂 1981)では「《子》　名詞の接尾辞中一番早く発達した。

第一章　二字名詞の訓読　23

いくつかの用法があるうちで、人間をあらわす名詞に附加する用法が最も古い。「男子」「郎子」「娘子」などがある」とする。松尾(1987)では「唐代の口語として、大家の子女に対する敬称として「女郎」「娘子」が用いられた。『日本書紀』の用例も基本線は同じと見てよい。「嬢子」も同じ」とする。劉堅・江藍生(1997)では「娘子」は「婦人」に相当するとしている。

　松尾が説く通り、中国語として唐代の新しい用法であるが、『日本書紀』の訓点では、⑤前田本院政期点が熟合符及び和訓「イラツ(メ)」「ヲムナ」、①②③④図書寮本1142年点が熟合符及び和訓「ヲムナ」「ヲムナコ」を加点して的確に一概念複合一語で訓んでいる。『遊仙窟』醍醐寺本1344年点では「ヂヤウシ」と音読している。

(Ⅰ-1-12)　嬢　子(「娘子」に同じ)
①日向国有嬢子。(10)　上369-10
　　北野本南北朝期点「嬢_子（オムナ）」

　漢籍の用例を『国学宝典』を利用して検索すると、『漢書』0例、『後漢書』0例、『晋書』0例、『梁書』0例、『魏書』0例、『隋書』0例、『楽府詩集』0例、『世説新語』0例、『遊仙窟』0例、『祖堂集』0例と、用例がない。
　仏典の用例を『CBETA電子仏典』を利用して検索すると1例がある。
　　伏惟嬢子収心慕道。(『洞山大師語録序』47-507)
『敦煌変文校注』には用例がない。

(Ⅰ-1-13)　終　日
①然終日、以不獲一獣。(13)　上447-09
　　図書寮本1142年点「終_日に」
　　北野本南北朝期点「終　日（ヒネモスニ）」
②終日斲之、不誤傷刃。(14)　上489-20
　　前田本院政期点・図書寮本1142年点「終_日に」
③終日難尽。(22)　下183-18
　　岩崎本1474年点「終日（ヒメモスニ）」

漢籍の用例を『国学宝典』を利用して検索すると，『漢書』12 例，『後漢書』12 例，『晋書』36 例，『梁書』12 例，『魏書』45 例，『隋書』22 例，『楽府詩集』19 例，『世説新語』10 例，『遊仙窟』1 例，『祖堂集』8 例がある。10 例を示す。

<u>終日</u>力戦，斬首蒲虜。(『漢書』・巻 50)

飽食<u>終日</u>，無所用心。(『後漢書』・巻 10)

置酒言咏，<u>終日</u>不倦。(『晋書』・巻 34)

或経夜不寝，或<u>終日</u>不食，(『梁書』・巻 6)

乃<u>終日</u>昏飲，以示荒敗。(『魏書』・巻 19)

四塞<u>終日</u>，竟夜照地者，(『隋書』・巻 21)

<u>終日</u>従人乞布衣。(『祖堂集』・巻 14)

<u>終日</u>周覧楽無方。(『楽府詩集』・巻 58)

亦<u>終日</u>忘疲。(『世説新語』・賞誉第 8)

可惜尖頭物，<u>終日</u>在皮中。(『遊仙窟』) 醍醐寺本 1344 年点「終_日に」ヒネモス

仏典の用例を『CBETA 電子仏典』を利用して検索すると 993 例がある。2 例を示す。

<u>終日</u>終夜。無盈溢滅尽之名。(西晋沙門法炬訳『法海経』1-818)

我当<u>終日</u>立不移処行臥亦爾。(北涼天竺三蔵曇無讖訳『大般涅槃経巻第十六』12-459)

『敦煌変文校注』には 28 例がある。2 例を示す。

<u>終日</u>慺憐男与女，(『父母恩重経講経文』)

<u>終日</u>住山林，(『歓喜国王縁』)

張永言(1992)では「終日」は「昼ぶっ通しで，一日中」と説明している。呉金華(1994)では「「終日」は「一日中」以外に「良久」と同義詞である」と説明している。

古くから存在する二字漢語であり，『日本書紀』の訓点では，①北野本南北朝期点が「ヒネモス」，③岩崎本 1474 年点左訓が「ヒメモス」と一語で訓み，訓合符のみの②前田本院政期点・図書寮本 1142 年点・①図書寮本 1142

年点も一語で訓んでいるものと見做される。また『遊仙窟』醍醐寺本1344年点も訓合符及び和訓「ヒネモス」を加点して，一語で訓んでいる。

（Ⅰ-1-14）**女　郎**

①礼奴跪，来索女郎。（14）上 463-17
　　前田本院政期点「女 郎(エハシトヲ)」
②夫人女，曰適稽女郎。（14）上 463-17
　　前田本院政期点「女 郎(エハシトヲ)」

　漢籍の用例を『国学宝典』を利用して検索すると，『漢書』0例，『後漢書』0例，『晋書』0例，『梁書』0例，『魏書』3例，『隋書』1例，『楽府詩集』14例，『世説新語』0例，『遊仙窟』2例，『祖堂集』0例がある。4例を示す。

　　女郎出家之女，（『魏書』・巻56）
　　女郎乃撫琴揮弦，（『楽府詩集』・巻60）
　　此是崔女郎之舎耳。（『遊仙窟』）醍醐寺本1344年点「女-郎(如)」
　　崔女郎何人也？（『遊仙窟』）醍醐寺本1344年点「女-郎(如)」

　仏典の用例を『CBETA電子仏典』を利用して検索すると19例がある。2例を示す。

　　市中見一人乗車売崔女郎棺中金鋺。（西明寺沙門釈道世撰『法苑珠林巻第七十五』53-847）
　　女郎今者蒙仏威神。（西明寺沙門釈道世集『諸経要集巻第十四』54-128）

『敦煌変文校注』には2例がある。全例を示す。

　　満国之女郎隊隊。（『維摩詰経講経文』）
　　女郎万万繞長街。（『維摩詰経講経文』）

　松尾（1987）では「「女郎」の意味は前述の「娘子」と同じ。ただし，唐の伝奇小説中の使われ方には差があるようだ」とする。
　『日本書紀』の用例は2例共『百済新撰』の引用であるが，前田本院政期点では2例共に「エハシト」と一語の古代朝鮮語で訓んでいる。

（Ⅰ-1-15）**新　婦**
①栗太郡人磐城村主殷之新婦，(27) 下 363-10
　　北野本鎌倉初期点「新婦ノ」
②明日之夜，更生一穂。新婦出庭。(27) 下 363-11
　　北野本南北朝期点「新_婦」

　漢籍の用例を『国学宝典』を利用して検索すると，『漢書』0例，『後漢書』3例，『晋書』5例，『梁書』1例，『魏書』7例，『隋書』5例，『楽府詩集』13例，『世説新語』10例，『遊仙窟』8例，『祖堂集』0例がある。8例を示す。
　　　老臣得罪，当与新婦側帰私門。(『後漢書』・巻69)
　　　我教汝迎李新婦尚不肯。(『晋書』・巻40)
　　　閉置車中，如三日新婦。(『梁書』・巻9)
　　　新婦大家女，門戸匹敵，(『魏書』・巻21)
　　　前新婦本無病痛。(『隋書』・巻45)
　　　新婦少遭家難，(『世説新語』・文学第4)
　　　挙言謂新婦，哽咽不能語。(『楽府詩集』・巻73)
　　　新婦更亦不敢。(『遊仙窟』) 醍醐寺本1344年点「新-婦(上)」
　仏典の用例を『CBETA電子仏典』を利用して検索すると127例がある。2例を示す。
　　　汝来可取我之姉妹為汝新婦。(隋天竺三蔵闍那崛多訳『仏本行集経巻第四十五』3-864)
　　　新婦恐婿来見。(後秦北印度三蔵弗若多羅共羅什訳『十誦律巻第四十六（第七誦之五）』23-338)
　『敦煌変文校注』には78例がある。4例を示す。
　　　新婦検校田苗，見其兵馬。(『漢将王陵変』)
　　　新婦昨夜夢悪，文文莫莫。(『韓朋賦』)
　　　愧見新婦独守空房。(『秋胡変文』)
　　　新婦実無私情，(『前漢劉家太子伝』)

松尾(1987)では，口語としての「新婦」は，勿論，よめの意味であるが，それは「しゅうとめ」との対比を意識してであることが多いとする。張永言(1992)では「新婦」は「新婚の婦人および自称」「若い婦人」と説明する。
　『日本書紀』の訓点は，①北野本鎌倉初期点が「ニヒシキ(メ)」と一概念として訓み，②北野本南北朝期点が訓合符を加点している。『遊仙窟』醍醐寺本1344年点では「(シンプ)」と音読している。

（Ⅰ-1-16）**人　物**
①人物咸瘁。(03)　上195-13
　　水戸本『日本書紀私記』(丙本)「人＿物比止」
②尽将人物，(17)　下043-07
　　前田本院政期点・図書寮本1142年点「人＿物ヲ」
　　兼右本1540年点「人＿物」(ヲホンタカラ)
③謐靖，人物乂安。(19)　下115-17
　　北野本南北朝期点「人－物」(オホムタカラ)

　漢籍の用例を『国学宝典』を利用して検索すると，『漢書』4例，『後漢書』18例，『晋書』37例，『梁書』6例，『魏書』26例，『隋書』23例，『楽府詩集』4例，『世説新語』8例，『遊仙窟』0例，『祖堂集』0例がある。8例を示す。
　　然后能尽人物之性，(『漢書』・巻81)
　　身自耕種，不交通人物。(『後漢書』・巻41)
　　其有老病不隠親人物，(『晋書』・巻33)
　　人物雅俗，莫肯留心。(『梁書』・巻1)
　　愛好人物，善誘無倦，(『魏書』・巻24)
　　此間人物，衣服鮮麗，(『隋書』・巻2)
　　問中国人物及風土所生，(『世説新語』・排調第25)
　　人物禀常格，有始必有終。(『楽府詩集』・巻67)
　仏典の用例を『CBETA 電子仏典』を利用して検索すると856例がある。

2例を示す。
  尚有崩壊。況于<u>人物</u>。(不載訳人附東晋録『般泥洹経巻上』1-176)
  行菩薩道入于衆生<u>人物</u>之界。(西晋月氏三蔵竺法護訳『宝女所問経巻第二』13-461)
『敦煌変文校注』には2例がある。全例を示す。
  <u>人物</u>若在，影即随之，(『維魔詰経講経文』)
  <u>人物</u>英雄心猛利。(『盂蘭盆経講経文』)

張永言(1992)では「人士」「声望，身分がある人」とする。
　古くから存在している二字漢語であり，『日本書紀』の訓点で，①水戸本『日本書紀私記』(丙本)が訓合符及び和訓「ヒト」，③北野本南北朝期点が熟合符及び和訓「オホムタカラ」，②兼右本1540年点が訓合符及び和訓「ヲホンタカラ」を加点して，一語として的確に訓んでいる。

(Ⅰ-1-17) 消　息
①伺其<u>消息</u>，犯不意之処，則曾不血刀，(07) 上291-20
  北野本南北朝期点「消‐息」アルカタチヲ
②且百姓之<u>消息</u>也。(07) 上297-17
  北野本南北朝期点「消‐息」アルカタチヲ
③因以，伺其<u>消息</u>及地形之嶮易。(07) 上299-11
  熱田本南北朝期点「消_息」アルカタチ
④因問<u>消息</u>。(11) 上411-16
  前田本院政期点「消‐息ヲ」アルカタチヲ
⑤則詣于難波，伺仲皇子之<u>消息</u>。(12) 上423-18
  図書寮本1142年点「消 息ヲ」アルカタチ
⑥則当地震夕，遣尾張連吾襲，察瑞宮之<u>消息</u>。(13) 上439-15
  図書寮本1142年点「消_息アルカタチヲ」
⑦密察衣通郎姫之<u>消息</u>。(13) 上443-17
  図書寮本1142年点「 消　息 」アルカタチナ(ヲ)
⑧当復何如。<u>消息</u>何。(19) 下097-18

兼右本1540年点「消_息_有状也_」
⑨試遣使睹其消息。(22) 下207-10
　　岩崎本平安中期点「消-息_ｦ_」アルカタチ
⑩遣百済弔使所問彼消息。(24) 下237-17
　　岩崎本平安中期点「消_息_ｦ_」アルカタチ
⑪国司・郡司及百姓之消息。(29) 下471-19
　　北野本鎌倉初期点「消-息_ｦ_」アルカタチ

　漢籍の用例を『国学宝典』を利用して検索すると、『漢書』7例、『後漢書』10例、『晋書』30例、『梁書』0例、『魏書』16例、『隋書』13例、『楽府詩集』0例、『世説新語』0例、『遊仙窟』1例、『祖堂集』23例がある。7例を示す。
　　合散消息，安有常則？(『漢書』・巻48)
　　可且消息，以利惟憂。(『後漢書』・巻60)
　　師従外来，有何消息？(『魏書』・巻19)
　　本亦自有消息。(『晋書』・巻17)
　　令取天子消息，密告不能 (『隋書』・巻45)
　　和尚得消息，(『祖堂集』・巻4)
　　五嫂時時漫語，浪与少府作消息。(『遊仙窟』) 醍醐寺本1344年点
　　　「消_(去)_-息」
　仏典の用例を『CBETA電子仏典』を利用して検索すると855例がある。2例を示す。
　　随時蔭餾。消息冷暖。(宋天竺三蔵求那跋陀羅訳『雑阿含経巻第十』
　　　2-67)
　　或食草根果蓏。或以消息服気。(姚秦涼州沙門竺仏念訳『出曜経巻第五』
　　　4-635)
『敦煌変文校注』には10例がある。4例を示す。
　　斫破項羽営乱，幷無消息。(『漢将王陵変』)
　　借問家内消息如何，(『秋胡変文』)
　　経今九載，消息不通，(『秋胡変文』)

和尚欲覓阿誰消息，(『大目乾連冥間救母変文』)

　程湘清(1992，改訂1994)では，「消息」は「音信」の意味と説明している。朱慶之(1992)では，「中古時代になると単語になり，多くの意味を含むようになった」とする。
　『日本書紀』の訓点では，⑨岩崎本平安中期点が一語であることを示す中央合符及び和訓「アルカタチ」，⑩岩崎本平安中期点が二語であることを示す左側合符及び和訓「アルカタチ」，④前田本院政期点が熟合符及び和訓「アルカタチ」，⑥⑤⑦図書寮1142年点が訓合符及び和訓「アルカタチ」，⑪北野本鎌倉初期点が熟合符及び和訓「アルカタチ」，①②北野本南北朝期点が熟合符及び和訓「アルカタチ」，③熱田本南北朝期点が訓合符及び和訓「アルカタチ」，⑧兼右本1540年点が訓合符及び和訓「アルカタチ」を加点して，系統も年代も異る訓点本で共に「アルカタチ」と的確に一概念複合一語として訓んでいる。⑨で岩崎本平安中期点が中央合符を加点しているが，⑩では左側合符を加点して，揺れが見られる要素がある。『遊仙窟』醍醐寺本1344年点では音読している。

（Ⅰ-1-18）**前　頭**
①時左右大臣，就執輿前頭，倉臣小屎，(25)下315-10
　　北野本鎌倉初期点「前-頭」

　漢籍の用例を『国学宝典』を利用して検索すると，『漢書』0例，『後漢書』0例，『晋書』0例，『梁書』0例，『魏書』0例，『隋書』0例，『楽府詩集』4例，『世説新語』0例，『遊仙窟』0例，『祖堂集』5例がある。3例を示す。
　　前頭両則也有道理，(『祖堂集』・巻7)
　　前頭百戯竟撩乱。(『祖堂集』・巻96)
　　八真九醸当前頭。(『楽府詩集』・巻96)
　仏典の用例を『CBETA電子仏典』を利用して検索すると129例がある。2例を示す。

居士宝至船前頭。(東晋罽賓三蔵瞿曇僧伽提婆訳『中阿含経巻第十四』
　　　1-513)
　　前頭更有最高峰。(袁州楊岐山普通禅院会和尚語録『楊岐方会和尚語録』
　　　47-640)
『敦煌変文校注』には23例がある。4例を示す。
　　焼却前頭草，後底火来他自定，(『李陵変文』)
　　満添一杯薬酒在鏡台前頭，(『韓擒虎話本』)
　　天火忽然前頭現。(『張議潮変文』)
　　千人莫引於前頭。(『維摩詰経講経文』)

　朱慶之(1992)では「「－頭」は中古で使用され，相当発展した」としている。劉堅・江藍生(1997)では「「前頭」は「朝前的一端」「今後」の意味」と説明している。塩見(1995)では「「前頭」の「頭」は接尾辞化したものとみられ，「(時間的な)前に」「これから先」の意。『敦煌変文集』『祖堂集』共に多用される俗語であり，唐詩に於ても中唐以降頻用される」とする。
　中国語として南北朝時代からの二字漢語であるが，『日本書紀』の訓点本で北野本鎌倉初期点が熟合符及び和訓「マヘ」を加点して的確に一語で訓んでいる。

（Ⅰ-1-19）**刀　子**

①仍貢献物，葉細珠，足高珠鵜鹿々赤石珠，出石刀子，出石槍，日鏡，(06)
　　上261-11
　　北野本兼永点・兼右本1540年点・寛文九年版　無点
②則清彦忽以為非献刀子，仍匿袍中，(06)上279-08
　　水戸本『日本書紀私記』(丙本)「非献刀_子_」加太奈太氏末ツ良牟
　　熱田本南北朝期点「刀_子」カタナハ
③時刀子従袍中，(06)上279-09
　　北野本兼永点「刀-子」カタナ
　　兼右本1540年点「刀-子」カタナ
④天皇見之，親問清彦曰，爾袍中刀子者，何刀子也。(06)上279-10

熱田本南北朝期点「刀_子」
⑤爰清彦知不得匿刀子，而呈言，所献神宝之類也。(06) 上 279-11
　　熱田本南北朝期点「刀_子」
⑥清彦答曰，昨夕，刀子自然至於臣家。(06) 上 279-13
　　熱田本南北朝期点「刀_子」
⑦是後，出石刀子，自然至于淡路島。(06) 上 279-14
　　熱田本南北朝期点・北野本兼永点・兼右本 1540 年点・寛文九年版 無点
⑧而為刀子立祠。(06) 上 279-15
　　熱田本南北朝期点「刀_子」
⑨取瓜将喫，無刀子。(15) 上 529-13
　　図書寮本 1142 年点・熱田本南北朝期点 無点
　　北野本南北朝期点「刀-子」
⑩親執刀子，弘計天皇，(15) 上 529-14
　　図書寮本 1142 年点・熱田本南北朝期点 無点
　　兼右本 1540 年点「刀-子」
⑪前，立置刀子於瓜盤。(15) 上 529-14
　　図書寮本 1142 年点・熱田本南北朝期点 無点
　　兼右本 1540 年点「刀-子ｦ」
⑫還屈其剣，投河水裏。別以刀子，刺頸死焉。(21) 下 167-10
　　北野本鎌倉初期点 無点
　　北野本南北朝期点「刀-子」
⑬斧廿六・釤六十四・刀子六十二枚，賜椽磨等。(27) 下 367-16
　　北野本南北朝期点「刀〔カ〕-子〔ナ〕」
⑭鑷一口・刀子一口・鎌一口，(29) 下 425-13
　　北野本鎌倉初期点 無点
　　北野本南北朝期点「刀〔カタナ〕-子」

　漢籍の用例を『国学宝典』を利用して検索すると，『漢書』0例，『後漢書』0例，『晋書』1例，『梁書』0例，『魏書』1例，『隋書』3例，『楽府詩集』0例，『世説新語』0例，『遊仙窟』2例，『祖堂集』4例がある。6例を

示す。
　　　得一利刀子，足以殺賊。(『晋書』・巻 75)
　　　以刀子涙其頸，使身首異処，(『魏書』・巻 15)
　　　以佩刀子刺瓜，(『隋書』・巻 40)
　　　我這里有刀子。(『祖堂集』・巻 5)
　　　暫借少府刀子割梨。(『遊仙窟』) 醍醐寺本 1344 年点「刀_子ヲ」
　　　刀子十娘咏曰，(『遊仙窟』) 醍醐寺本 1344 年点「刀子ヲ」
　仏典の用例を『CBETA 電子仏典』を利用して検索すると 148 例がある。
2 例を示す。
　　　手指復生純鉄刀子。(隋天竺三蔵闍那崛多等訳『起世経巻第二』1-321)
　　　円頭三叉印刀子印。(大唐天竺三蔵菩提流志訳『不空羂索神変真言経巻
　　　第四』20-249)
『敦煌変文校注』には用例がない。

　志村(1984)では「複音節化は当時の口語における傾向が文章語に反映する
ものである。口語(俗語)に対する「書語」と言う言い方も中古中期にあった。
それは言語層における文語と口語の差が当時に明瞭に認識されていたことを
表すものであろう。この口語の発達から中古の時期における種種の特色は説
かれてよいであろう。それぞれの時代に新語を産出する。こうして語彙が一
層増加することはもとよりであるが，そのうちにも接尾辞をともなう現象が
いちじるしくなる。「種子」「艇子」「襖子」「刀子」など」とする。松尾
(1987)では，「「刀子」のように指小辞の意味を有する」としている。香坂
(1994)では「ナイフ，刀，刃物」の意味とする。太田(1958，改訂 1981)で
は「《子》を器具に用いる例，やゝ時代が下がる，唐よりまえにも相当多い」
とする。
　中国語として南北朝時代からの新しい二字漢語であるが，『日本書紀』の
訓点では②水戸本『日本書紀私記』(丙本)が「加太奈」，⑬⑭北野本南北朝期
点が熟合符及び和訓「カタナ」，②熱田本南北朝期点が訓合符及び和訓「カ
タナ」，③北野本兼永点が熟合符及び和訓「カタナ」，③兼右本 1540 年点が
熟合符及び和訓「カタナ」を加点して，一語として的確に訓んでいる。『遊

(Ⅰ-1-20) 桃　子
①真珠有腹中。其大如桃子。(13) 上 447-15
　　図書寮本 1142 年点「桃子」モノミノ
②夏四月壬午朔辛卯，雹零。大如桃子。(22) 下 215-01
　　図書寮本 1142 年点「桃子」モノ
③六月庚戌朔，氷零。大如桃子。(29) 下 437-09
　　兼右本 1540 年点「桃子」

　漢籍の用例を『国学宝典』を利用して検索すると，『漢書』0 例，『後漢書』0 例，『晋書』0 例，『梁書』0 例，『魏書』0 例，『隋書』0 例，『楽府詩集』0 例，『世説新語』0 例，『遊仙窟』0 例，『祖堂集』0 例，『太平広記』3 例がある。3 例を示す。
　　俄有群女持桃子，(『太平広記』・巻 61)
　　鄴華林苑匆桃子，(『太平広記』・巻 410)
　　状如桃子而形偏，(『太平広記』・巻 410)
　仏典の用例を『CBETA 電子仏典』を利用して検索すると 11 例がある。2 例を示す。
　　所謂柿子杏子桃子等果。(唐天竺三蔵輸迦婆羅訳『蘇悉地羯囉経巻上』18-642)
　　鞞醯勒者其形如桃子。(蕭斉外国三蔵僧伽跋陀羅訳『善見律毘婆沙巻第十七』24-795)
　『敦煌変文校注』には用例がない。

　香坂(1994)では「桃子」は「ももの実」と説明している。
　中国語として唐代からの新しい二字漢語であるが，前項「刀子」の如き語とは異り『日本書紀』の用例は何れも「ももの実」の意である。『日本書紀』の訓点本で①図書寮本 1142 年点が訓合符及び和訓「モモノミ」，②図書寮本 1142 年点が「モモノ(ミ)」と的確に訓んでいる。岩崎本平安中期点は無点。

③の北野本鎌倉初期点・同南北朝期点は共に無点。

（Ⅰ-1-21）**頭　端**
①床席頭端，一宿之間，稲生而穂。(27) 363-11
　　北野本鎌倉初期点「頭-端に」
　　　　　　　　　　　ハシ

　漢籍の用例を『国学宝典』を利用して検索すると，『漢書』0例，『後漢書』0例，『晋書』0例，『梁書』0例，『魏書』0例，『隋書』0例，『楽府詩集』0例，『世説新語』0例，『遊仙窟』0例，『祖堂集』0例と，用例がない。
　仏典の用例を『CBETA 電子仏典』を利用して検索すると1例がある。
　　両頭端聳百丈。(『南岳総勝集叙』51-1058)
『敦煌変文校注』には用例がない。

　やや特殊な語であるが，『日本書紀』の北野本鎌倉初期点は熟合符及び和訓「ハシ」を加点して的確に一語で訓んでいる。

（Ⅰ-1-22）**道　理**
①太無道理。悪行之主也。(14) 上 487-16
　　前田本院政期点・図書寮本1142年点「道-理」
　　　　　　　　　　　　　　　　　　　　コトワリ
②要須道理分明応教。(19) 下 117-11
　　北野本南北朝期点「道-理」

　漢籍の用例を『国学宝典』を利用して検索すると，『漢書』2例，『後漢書』0例，『晋書』0例，『梁書』0例，『魏書』1例，『隋書』0例，『楽府詩集』0例，『世説新語』0例，『遊仙窟』1例，『祖堂集』1例がある。4例を示す。
　　甚逆道理，朕豈忘之哉！(『漢書』・巻70)
　　求之道理則未愜人情，(『魏書』・巻90)
　　此僧却見道理，只是不肯礼拝。(『祖堂集』・巻4)
　　張郎心専，賦詩大有道理，(『遊仙窟』) 醍醐寺本1344年点「道-理」

仏典の用例を『CBETA 電子仏典』を利用して検索すると 5852 例がある。2 例を示す。

　　　求財利不用<u>道理</u>。(東晋西域沙門竺曇無蘭訳『仏説泥犁経』1-908)
　　　縦其走去豈成<u>道理</u>。(三蔵法師義浄奉制訳『根本説一切有部毘奈耶雑事
　　　　巻第二十三』24-314)

『敦煌変文校注』には 28 例がある。4 例を示す。

　　　有何<u>道理</u>得生天，(『目連縁起』)
　　　眼看食尽，<u>道理</u>須降，(『李陵変文』)
　　　而不運行，無此<u>道理</u>，(『仏説阿弥陀経講経文』)
　　　五般<u>道理</u>，各有教文。(『維摩詰経講経文』)

　香坂(1995)では「〝道理〟が多義語で，《国語》は①〝正道〟②〝理由〟③〝弁法或者打算〟」とする。
　古くから存在する二字漢語であり，『日本書紀』の訓点は①前田本院政期点・図書寮本 1142 年点が熟合符及び和訓「コトワリ」を加点して的確に一語で訓んでいる。

（Ⅰ-1-23）**男　子**

①陽神不悦曰，吾是<u>男子</u>。(01) 上 081-13
　　兼方本弘安点「男＿子 ヲノコナリ」
②子者，<u>男子</u>之通称也。(15) 上 513-13
　　図書寮本 1142 年点「男-子 ヲノコノ」
③唯<u>男子</u>者，有圭冠々，(29) 下 463-14
　　兼右本 1540 年点「男＿子 は」

　漢籍の用例を『国学宝典』を利用して検索すると，『漢書』47 例，『後漢書』39 例，『晋書』20 例，『梁書』8 例，『魏書』19 例，『隋書』0 例，『楽府詩集』0 例，『世説新語』0 例，『遊仙窟』0 例，『祖堂集』3 例がある。6 例を示す。

　　　<u>男子</u>力耕不足糧餉，(『漢書』・巻 24)

唯有男子一人給飲食，(『後漢書』・巻 85)

男子十三以上皆従役。(『晋書』・巻 4)

古者男子外有伝，(『梁書』・巻 48)

婦女尚如此，男子那可逢！(『魏書』・巻 53)

善男子心非仏性，(『祖堂集』・巻 3)

仏典の用例を『CBETA 電子仏典』を利用して検索すると 3 万 7918 例がある。2 例を示す。

男子知色是無常已変易。(宋天竺三蔵求那跋陀羅訳『雑阿含経巻第二』2-8)

男子有淫之悪却睹女妖。(西晋沙門釈法炬奉詔訳『仏説優塡王経』12-1)

『敦煌変文校注』には 19 例がある。4 例を示す。

大凡男子，随機而変。(『韓擒虎話本』)

無有女人，純是男子，(『仏説阿弥陀経講経文』)

観其男子而生厭離云，(『仏説観弥勒菩薩上生兜率天経講経文』)

且見八九個男子女人，閑閑無事。(『大目乾連冥間救母変文』)

張万起(1993)では「男児」の意味と説明している。

古くから存在する二字漢語であり，『日本書紀』の訓点②図書寮本 1142 年点が熟合符及び和訓「ヲノコ」，①兼方本弘安点が訓合符及び和訓「マスラヲ」を加点して共に的確に一語で訓んでいる。

(Ⅰ-1-24) 朝　庭

①朝庭遣大伴，糠手子連，(20) 下 145-07

　前田本院政期点　無点

　北野本南北朝期点「朝-庭」

②由是，下獄，復命於朝庭。(20) 下 147-16

　前田本院政期点　無点

　北野本南北朝期点「々(朝)-庭」

③朝庭議曰，万懐逆心。(21) 下 165-16

　図書寮本 1142 年点「朝_庭」

④河内国司，以万死状，牒上朝庭。(21) 下 167-10
　　図書寮本 1142 年点「朝々庭に々」
⑤河内国司，尤異其犬，牒上朝庭。(21) 下 167-13
　　図書寮本 1142 年点「朝々庭に々」
⑥召唐客於朝庭，令奏使旨，(22) 下 191-15
　　岩崎本平安中期点「朝-庭ミカト」
⑦客等拝朝庭。(22) 下 195-15
　　岩崎本平安中期点「朝-庭」
⑧三年春正月戊子朔壬寅，射於朝庭。(25) 下 301-15
　　北野本鎌倉初期点「朝庭ミカト」
⑨朝庭隊仗，如元会儀。(25) 下 313-20
　　北野本鎌倉初期点「朝庭の」
⑩燃二千七百餘燈於朝庭内，使読安宅・土側等経。(25) 下 317-16
　　北野本鎌倉初期点「朝ノ庭オホハ」
⑪朝庭悪恣移俗，訶嘖追還。(25) 下 317-18
　　北野本鎌倉初期点　欠損
　　兼右本 1540 年点・寛文九年版　無点
⑫戊子，宣朝庭之礼儀，(27) 下 375-07
　　北野本鎌倉初期点「朝-庭ミカト」
⑬時朝庭宣美濃・尾張，両国司曰，為造山陵，(28) 下 385-15
　　北野本鎌倉初期点　無点
　　兼右本 1540 年点「朝-庭ミカト」
⑭今聞，近江朝庭，(28) 下 387-07
　　北野本鎌倉初期点　無点
　　兼右本 1540 年点「朝-庭」
⑮壬子，賜宴群臣於朝庭。(29) 下 417-11
　　北野本南北朝期点「朝-庭」
⑯即日，悉集朝庭，(29) 下 421-19
　　北野本南北朝期点「朝-庭」
⑰庚子，遣高麗使人，遣耽羅使人等，返之共拝朝庭。(29) 下 437-15

北野本鎌倉初期点「朝庭ヲ」
⑱癸酉，百寮諸人拝朝庭。(29) 下 445-12
　　北野本鎌倉初期点　無点
　　兼右本 1540 年点「拝-朝-庭」
⑲丁亥，親王以下，小建以上，射于朝庭。(29) 下 445-16
　　北野本南北朝期点「朝-庭」
⑳阿多隼人，相撲於朝庭。(29) 下 453-16
　　北野本鎌倉初期点　無点
　　兼右本 1540 年点「朝-庭ニ」
㉑更用難波朝庭之立礼。(29) 下 455-15
　　北野本鎌倉初期点・兼右本 1540 年点・寛文九年版　無点
㉒或禁省之中，或朝庭之中，其於過失発処，(29) 下 455-18
　　北野本鎌倉初期点「朝_庭ᴹᵃᵗˢᵘʳⁱᵍᵒᵗᵒ」
㉓十二年春正月己丑朔庚寅，百寮拝朝庭。(29) 下 457-11
　　北野本鎌倉初期点「拝_朝_庭」
㉔十四年春正月丁未朔戊甲，百寮拝朝庭。(29) 下 467-21
　　北野本南北朝期点「朝-庭」
　　兼右本 1540 年点「拝-朝-庭」
㉕己未，朝庭大酺。(29) 下 475-18
　　北野本鎌倉初期点「朝-庭ᴹⁱᵏᵃᵗᵒ」

　　漢籍の用例を『国学宝典』を利用して検索すると，『漢書』1 例，『後漢書』2 例，『晋書』1 例，『梁書』0 例，『魏書』12 例，『隋書』0 例，『楽府詩集』2 例，『世説新語』0 例，『遊仙窟』0 例，『祖堂集』2 例がある。6 例を示す。
　　　朝庭毎有四夷大議，(『漢書』・巻 69)
　　　憲威権震朝庭，(『後漢書』・巻 23)
　　　朝庭以嵩属近，(『晋書』・巻 75)
　　　在州有声績，朝庭嘉之。(『魏書』・巻 45)
　　　学人不重朝庭貴，(『祖堂集』・巻 9)

主暗無良臣，艱難起朝庭，(『楽府詩集』・巻27)

　仏典の用例を『CBETA電子仏典』を利用して検索すると19例がある。2例を示す。

　　三職斉著則公之処朝庭不為不達矣。(『維摩経略疏垂裕記序』38-712)
　　如世説言朝庭執事。(翻経沙門基撰『唯識二十論述記下』43-1004)

『敦煌変文校注』には14例がある。4例を示す。

　　儻若至朝庭，明申道理。(『李陵変文』)
　　玄宗皇帝及朝庭大臣，(『葉淨能詩』)
　　及朝庭卿相，無不欲往，(『葉淨能詩』)
　　朝庭卿相保忠貞，(『仏説阿弥陀経押座文』)

　張万起(1993)では，「朝庭」は「王朝の中央政府」の意味であるとしている。

　古くから存在する二字漢語であり，『日本書紀』の訓点では，⑥⑦岩崎本平安中期点が一語であることを示す中央合符及び和訓「ミカド」，③図書寮本1142年点が訓合符及び和訓「ミカド」，⑧⑫㉕北野本鎌倉初期点が熟合符及び和訓「ミカド」，⑬兼右本1540年点が熟合符及び和訓「ミカド」，㉒北野本鎌倉初期点が訓合符及び和訓「マツリゴト」を加点して，系統も年代も異なる訓点本が共に的確に一語で訓んでいる。

(Ⅰ-1-24′) **朝　廷**(「朝庭」に同じ)
①紫還来之，聞神宝献于朝廷，責其弟飯入根曰，数日当待。(05) 上251-18
　　北野本南北朝期点・熱田本南北朝期点「朝-庭」
②於是，甘美韓日狭・鸕濡渟，参向朝廷，曲奏其状。(05) 上253-11
　　熱田本南北朝期点「朝庭ニ」
　　北野本南北朝期点「朝庭ニ」

　漢籍の用例を『国学宝典』を利用して検索すると，『漢書』119例，『後漢書』230例，『晋書』420例，『梁書』66例，『魏書』238例，『隋書』94例，『楽府詩集』17例，『世説新語』10例，『遊仙窟』0例，『祖堂集』0例がある。

8例を示す。

  事三主，重于朝廷。(『漢書』・巻 34)
  朝廷不明，庶事失中，(『後漢書』・巻 57)
  朝廷聞師遇雨，咸請召還。(『晋書』・巻 1)
  馮道根所在，能使朝廷不復憶有一州。(『梁書』・巻 18)
  朝廷出師討之，望風退走。(『魏書』・巻 19)
  近来朝廷殊無綱紀。(『隋書』・巻 41)
  朝廷間故復有此賢，(『世説新語』・雅量第 6)
  長安以後，朝廷不重古曲，(『楽府詩集』・巻 44)

仏典の用例を『CBETA 電子仏典』を利用して検索すると 311 例がある。2 例を示す。

  及諸国土。商主朝廷。(隋天竺三蔵闍那崛多訳『仏本行集経巻第三十六』
   3-822)
  朝廷不以其爵。趣為趣作。(後漢安息三蔵安世高訳『仏説罪業応報教化
   地獄経』17-452)

『敦煌変文校注』には 10 例がある。4 例を示す。

  理合扑滅，以雪朝廷之墳。(『張淮深変文』)
  喜朝廷之天遇，(『張淮深変文』)
  百桃憶朝廷，哽咽涙交連。(『茶酒論』)
  擬覚朝廷一品栄，(『仏説観弥勒菩薩上生兜率天経講経文』)

劉堅・江藍生(1997)では「「朝廷」は「朝庭」」とする。

(Ⅰ-1-25) **中　間**

①有一老公与老婆，中間置一少女，撫而哭之。(01) 上 121-19
 御巫本『日本書紀私記』「中間ナカコロ」
 兼方本弘安点「中_間ニ」（ナカ）

②以百済国，為内官家，譬如三絞之綱。中間以任那国。(25) 下 273-09
 北野本鎌倉初期点「中間ナカコロ」

漢籍の用例を『国学宝典』を利用して検索すると、『漢書』2例、『後漢書』1例、『晋書』17例、『梁書』2例、『魏書』11例、『隋書』4例、『楽府詩集』2例、『世説新語』1例、『遊仙窟』3例、『祖堂集』5例がある。11例を示す。

　　其日出後至日中間差愈。(『漢書』・巻75)
　　中間之乱、尚不数焉。(『後漢書』・巻49)
　　由中間務多、未暇崇備。(『晋書』・巻19)
　　中間乃有共工。(『梁書』・巻40)
　　亦有太後、高祖中間伝言構間者、(『魏書』・巻58)
　　俄頃中間、数回相接、(『隋書』・巻70)
　　二山中間有林、名曰含夷。(『祖堂集』・巻1)
　　中間夷莆、(『世説新語』・賞誉第8)
　　五六十年消息絶、中間盟会又猖獗。(『楽府詩集』・巻97)
　　俄弥中間、擎一大鉢、(『遊仙窟』) 醍醐寺本1344年点「中_間に」
　　俄項中間、数回相接、(『遊仙窟』) 醍醐寺本1344年点「中_間に」

仏典の用例を『CBETA電子仏典』を利用して検索すると8212例がある。2例を示す。

　　東西入海。雪山中間有宝山。(後秦弘始年仏陀耶舎共竺仏念訳『仏説長阿含経巻第十八』1-116)
　　二山中間有一泉水。(失訳人名在後漢録『大方便仏報恩経巻第三』3-138)

『敦煌変文校注』には18例がある。4例を示す。

　　不経旬日中間、即至納職城、(『舜子変文』)
　　瞬息中間消散心、(『降魔変文』)
　　不経両三日中間、後妻設得計成。(『舜子変』)
　　不経時向中間、張令妻即再蘇息。(『葉浄能詩』)

呉金華(1994)では「〝中間〟六朝から使用され、長いと目前間の一段の時間のこと」とする。

　古くから存在する二字漢語であり、『日本書紀』の訓点では、①御巫本

第一章　二字名詞の訓読　43

『日本書紀私記』が「奈可」，②北野本鎌倉初期点が「ナカゴロ」，①兼方本弘安点が訓合符及び和訓「ナカ」を加点して一語として訓んでいる。また『遊仙窟』醍醐寺本 1344 年点も訓合符及び和訓「アヒダ」を加点して的確に一語で訓んでいる。

（Ⅰ-1-26）底　下
①共計曰，底下豈無国賊，廼以天之瓊瓊，玉也。(01) 上 081-09
　　兼方本弘安点「底_下ソコッシタ」
②到門底下。乃進庁前。(20) 下 145-09
　　前田本院政期点「門-底下ニ」

　漢籍の用例を『国学宝典』を利用して検索すると，『漢書』0 例，『後漢書』0 例，『晋書』0 例，『梁書』1 例，『魏書』0 例，『隋書』0 例，『楽府詩集』1 例，『世説新語』0 例，『遊仙窟』0 例，『祖堂集』0 例がある。2 例を示す。
　　　建武以後，草沢底下屯汀。（『梁書』・巻 1）
　　　三更機底下，摸著是誰梭。（『楽府詩集』・巻 47）
　仏典の用例を『CBETA 電子仏典』を利用して検索すると 68 例がある。2 例を示す。
　　　三我今当堕最底下。（陳天竺三蔵真諦訳『広義法門経一巻』1-92）
　　　其仏底下有甘露水。（大唐天竺三蔵阿地瞿多訳『仏説陀羅尼集経巻第二』18-800）
『敦煌変文校注』には 2 例がある。全例を示す。
　　　在竜床底下。（『韓擒虎話本』）
　　　若也不信，行到竜床底下。（『韓擒虎話本』）

　太田(1958，改訂 1981)では「現代語では助名詞にも用いる。接尾辞の《下》はそれが更に意味を失ったものである」とする。また例文として「三更機底下，摸著是誰梭？」(張祜詩)（夜半に機の下で，さぐりあてたのは誰の梭か）が紹介されている。松尾(1987)では「後者の古訓「モト」が適切。類

義語結合の二音節語」とする。
　『日本書紀』の訓点では，①兼方本弘安点が訓合符及び和訓「シタツソコ」「ソコツシタ」を加点しており，②前田本院政期点は「底下」ではなく「門底」に熟合符を加点して「ミカドノモト(門底下)」と訓んでいて，熟合符の位置は不適当であるが，和訓は的確である。

(I-1-27) 田　家
①爰摩理勢臣，壞墓所之廬，退蘇我田家，(23) 下 225-11
　　図書寮本 1142 年点「田 家 に」
　　　　　　　　　　　　ナリトコロ

　漢籍の用例を『国学宝典』を利用して検索すると，『漢書』1例，『後漢書』0例，『晋書』0例，『梁書』1例，『魏書』0例，『隋書』1例，『楽府詩集』5例，『世説新語』0例，『遊仙窟』0例，『祖堂集』0例がある。4例を示す。
　　　田家作苦，歳時伏臘，(『漢書』・巻 66)
　　　田家作苦，実符清誨。(『梁書』・巻 50)
　　　《田家歷》十二。(『隋書』・巻 34)
　　　田家斗酒群相労，(『楽府詩集』・巻 38)
　仏典の用例を『CBETA 電子仏典』を利用して検索すると 113 例がある。2 例を示す。
　　　亦如彼田家子不修治地。(東晋罽賓三蔵瞿曇僧伽提婆訳『阿含経巻第五十一』2-825)
　　　夫田家子以秋耕為上。(東晋平陽沙門法顕訳『大般泥洹経巻第二』12-861)
『敦煌変文校注』には 1 例がある。
　　　毎念田家四季忙，(『長興四年中興殿応聖節講経文』)

　太田(1958，改訂 1981)では「接尾辞《家》は名詞につき，それに共通する性質，身分，職業などを示すものである。たとえば，《小孩子家》(子供というもの)《姑娘家》(娘というもの)。このような《家》は唐代にすでに用い

られた」とする。朱慶之(1992)では「農民」「田畑を作る人」とする。
　古くから存在する二字漢語であり、『日本書紀』図書寮本1142年点は「ナリトコロ」と的確に一語で訓んでいる。

(Ⅰ-1-28) **徳　業**
①天皇固辞曰，僕不才。豈敢宣揚徳業。(15) 上511-16
　図書寮本1142年点「徳業オホイナルムネ」

　漢籍の用例を『国学宝典』を利用して検索すると，『漢書』0例，『後漢書』2例，『晋書』5例，『梁書』1例，『魏書』2例，『隋書』6例，『楽府詩集』0例，『世説新語』1例，『遊仙窟』0例，『祖堂集』0例がある。5例を示す。
　　陛下徳業隆盛，(『後漢書』・巻41)
　　蓋徳業儒素有過人者。(『魏書』・巻48)
　　徳業可称者，令在所以聞。(『晋書』・巻113)
　　観徳業于徽溢。(『梁書』・巻8)
　　攸素有徳業，(『世説新語』・徳行第1)
　仏典の用例を『CBETA電子仏典』を利用して検索すると455例がある。2例を示す。
　　善妙因縁徳業如意。(梵才大師紹徳慧詢等奉詔訳『菩薩本生鬘論巻第十一』3-364)
　　当学諸仏功徳業。(呉月氏優婆塞支謙訳『仏説菩薩本業経一巻』10-449)
『敦煌変文校注』には1例がある。
　　道行精専，徳業更無過者。(『太子成道変文』)

　呉金華(1994)では「"徳業"と"功業"，"学業"など比較的に道徳修養方面の業績」とする。張永言(1992)では「徳業」は「道徳，功業」の意と説明している。
　『日本書紀』の訓点は，図書寮本1142年点が，「イキホヒ」と的確に一語として訓んでいる。

（Ⅰ-1-29）**法　則**

①以是土物更易生人，樹於陵墓，為後葉之法則。(06) 上 273-19
　　熱田本南北朝期点「法-則」
②立為法則。(29) 下 443-20
　　北野本鎌倉初期点「法＿則」
　　兼右本 1540 年点「法-則」

　漢籍の用例を『国学宝典』を利用して検索すると，『漢書』6例，『後漢書』6例，『晋書』1例，『梁書』0例，『魏書』0例，『隋書』0例，『楽府詩集』0例，『世説新語』0例，『遊仙窟』0例，『祖堂集』0例がある。3例を示す。
　　　興国顕家可法則，(『漢書』・巻 36)
　　　考之古法則不合，(『後漢書』・巻 42)
　　　平均皆有法則也。(『晋書』・巻 22)
　仏典の用例を『CBETA 電子仏典』を利用して検索すると 1668 例がある。2例を示す。
　　　如来正法則不如是漸漸消滅。(宋天竺三蔵求那跋陀羅訳『雑阿含経巻第
　　　　三十二』2-226)
　　　諸仏種種威儀法則。(大唐于闐三蔵実叉難陀奉制訳『大方広如来不思議
　　　　境界経一巻』10-909)
『敦煌変文校注』には 4 例がある。全例を示す。
　　　節用法則。(『降魔変文』)
　　　亦於此中，為其法則，教化是等，(『維摩詰経講経文』)
　　　亦於此中，為其法則，(『維魔詰経講経文』)
　　　説法則青音広大，弁才乃洪注流波。(『維魔詰経講経文』)

　香坂(1995)では「「方法」「やり方」」とする。
　古くから存在する連合式の二音節語であり，『日本書紀』の訓点は，①熱田本南北朝期点が熟合符及び和訓「ノリ」を加点して，②兼右本 1540 年点

第一章　二字名詞の訓読　47

が熟合符及び和訓「ノリ」を加点して共に的確に一語で訓んでいる。

(Ⅰ-1-30) 風　姿
①天皇風姿岐嶷。少有雄抜之気。(04) 上 219-18
　　熱田本南北朝期点「風＿姿」（ミヤヒ）
②大王者風姿岐嶷。(11) 上 383-13
　　前田本院政期点「風＿姿」（ミヤヒ）

　漢籍の用例を『国学宝典』を利用して検索すると，『漢書』0例，『後漢書』0例，『晋書』6例，『梁書』3例，『魏書』0例，『隋書』0例，『楽府詩集』0例，『世説新語』4例，『遊仙窟』0例，『祖堂集』0例がある。3例を示す。
　　　俊爽有風姿，(『晋書』・巻 36)
　　　云風姿応対，傍若無人。(『梁書』・巻 13)
　　　王敬倫風姿似父。(『世説新語』・容止第 14)
　仏典の用例を『CBETA 電子仏典』を利用して検索すると 31 例がある。2例を示す。
　　　風姿端正必知非凡。(東晋平陽沙門釈法顕訳『大般涅槃経巻中』1-201)
　　　枯木風姿。宗乗壁挂口。(明州天童山覚和尚真賛下火侍者清萃法恭編『宏智禅師広録巻第七』48-80)
　『敦煌変文校注』には用例がない。

　程湘清(1992，改訂 1994)では「「風姿」は「容貌，見目形」「風格，人柄」の意味」と説明している。
　中国南北朝時代からの新しい二字漢語であるが，『日本書紀』の訓点は②前田本院政期点・①熱田本南北朝期点が共に訓合符及び和訓「ミヤビ」を加点して一語で訓んでいる。

(Ⅰ-1-31) 夜　半
①独領数百兵士，夜半，発而行之。(11) 上 387-07

前田本院政期点「夜̲半ヨナカニ」
②夜半，臻於石上而復命。(12) 上 425-10
　　　図書寮本 1142 年点「夜̲半に」
③逆君知之，隠於三諸之岳。是日夜半，(21) 下 157-15
　　　兼右本 1540 年点「夜-半ヨナカに」
④是日夜半，佐伯連丹経手等，(21) 下 161-19
　　　図書寮本 1142 年点「夜̲半ヨナカに」
⑤是日夜半，雷鳴於西南角，(24) 下 241-15
　　　兼右本 1540 年点「夜̲半に」
⑥丙辰夜半，雷一鳴於西北角。(24) 下 243-16
　　　北野本南北朝期点「夜-半」
⑦是夜半，赤兄遣物部朴井連鮪，率造宮丁，(26) 下 335-13
　　　北野本南北朝期点「夜̲半」
⑧十六日夜半之時，吉祥連船，行到越州会稽県須岸山。(26) 下 339-14
　　　兼右本 1540 年点「夜-半ネノ」
⑨夏四月癸卯朔壬申，夜半之後，災法隆寺。(27) 下 375-11
　　　北野本南北朝期点「夜̲半ヨナカノ」
　　　北野本南北朝期点「夜̲半̲之̲後アケカタニ」
⑩及夜半到隠郡，焚隠駅家。(28) 下 389-10
　　　兼右本 1540 年点「夜̲半に」
⑪是夜半，鈴鹿関司，遣使奏言，山部王・石川王，並来帰之。(28) 下 389-
　　　20
　　　兼右本 1540 年点「夜̲半に」

　漢籍の用例を『国学宝典』を利用して検索すると，『漢書』9 例，『後漢書』17 例，『晋書』30 例，『梁書』1 例，『魏書』9 例，『隋書』54 例，『楽府詩集』1 例，『世説新語』1 例，『遊仙窟』1 例，『祖堂集』1 例がある。10 例を示す。

　　　夜半伝発，選軽妻二千人，(『漢書』・巻 34)
　　　所得算之数従夜半子起，(『後漢書』・巻 3)

常以<u>夜半</u>時出。(『晋書』・巻 12)
　　　依依別鶴<u>夜半</u>啼。(『梁書』・巻 55)
　　　即天正十一月憨<u>夜半</u>日所在度。(『魏書』・巻 170)
　　　<u>夜半</u>子時，即是晨始。(『隋書』・巻 7)
　　　時当此土周昭王四十二年壬申之歳二月八日<u>夜半</u>也。(『祖堂集』・巻 1)
　　　<u>夜半</u>昌霜来，(『楽府詩集』・巻 44)
　　　<u>夜半</u>臨深池。(『世説新語』・排調第 25)
　　　<u>夜半</u>惊人，(『遊仙窟』) 醍醐寺本 1344 年点「夜半ヨナカニ」
仏典の用例を『CBETA 電子仏典』を利用して検索すると 603 例がある。
2 例を示す。
　　　如来<u>夜半</u>当般涅槃。(後秦弘始年仏陀耶舎共竺仏念訳『仏説長阿含経巻
　　　　第四』1-24)
　　　厭悪出家<u>夜半</u>踰城。(宋代沙門慧厳等依泥洹経加之『大般涅槃経巻第十
　　　　九』12-731)
『敦煌変文校注』には 12 例がある。4 例を示す。
　　　二将当時<u>夜半</u>越対，(『漢将王陵変』)
　　　太子<u>夜半</u>出来時，宮人美女不覚知。(『八相変』)
　　　二月八日，<u>夜半</u>子時，四天王喚於太子，(『太子成道経』)
　　　<u>夜半</u>逾城愿出家，(『太子成道経変文』)

　張永言(1992)では「①半夜，②真夜中の意味」とする。
　古くから存在する二字漢語であり，『日本書紀』の訓点では①前田本院政
期点が訓合符及び和訓「ヨナカ」，④図書寮本 1142 年点が「ヨナカ」，⑨北
野本南北朝期点が熟合符及び和訓「ヨナカ」，③兼右本 1540 年点が熟合符及
び和訓「ヨナカ」，⑧兼右本 1540 年点が熟合符及び和訓「ネ」を加点して系
統も年代も異る訓点本が共に的確に一語で訓んでいる。

(Ⅰ-1-32) **老　夫**
①時有一<u>老夫</u>曰，汝所求牛者，入於此郡家，(06) 上 259-12
　　熱田本南北朝期点「老‿夫ヲキナ」

②有一老夫曰，是樹者歷木也。(07) 上 297-08
　　北野本南北朝期点「老-夫」
　　　　　　　　　　ヲキナ

　漢籍の用例を『国学宝典』を利用して検索すると，『漢書』12 例，『後漢書』1 例，『晋書』4 例，『梁書』7 例，『魏書』3 例，『隋書』3 例，『楽府詩集』0 例，『世説新語』1 例，『遊仙窟』0 例，『祖堂集』0 例がある。7 例を示す。
　　　又風聞老夫父母墳墓已坏剪，（『漢書』・巻 95）
　　　此誠老夫所不達也。（『後漢書』・巻 27）
　　　老夫昏忘，不可受策，（『梁書』・巻 40）
　　　恐老夫復不得停耳。（『魏書』・巻 45）
　　　老夫尚降，諸君何事！（『隋書』・巻 52）
　　　老夫何力之有焉！（『晋書』・巻 42）
　　　有一老夫，毅然仗黄鉞，（『世説新語』・方正第 5）
　仏典の用例を『CBETA 電子仏典』を利用して検索すると 39 例がある。2 例を示す。
　　　老夫得少婦，堕負処亦然。（宋天竺三蔵求那跋陀羅訳『雑阿含経巻第四十八』2-352）
　　　代疏主答曰。既称老夫。（釈元康作『肇論疏巻下』45-193）
　『敦煌変文校注』には 3 例がある。全例を示す。
　　　老夫若也不信，脚掌上見有膿水，（『舜子変』）
　　　听取老夫細祇対，（『維摩詰経講経文』）
　　　何幸老夫軽語，教長者高懐，（『維摩詰経講経文』）

　太田（1958，改訂 1981）では「名詞の接頭辞で，姓名，称呼に用いられるほか，若干の動物を表す名詞にも用いる。《阿》よりは発達がおくれ，現代北京語にも用いられる」とする。張永言（1992）では「年寄りの男子」の意味とする。
　古くから存在する二字漢語であり，『日本書紀』の訓点本でも②北野本南北朝期点が熟合符及び和訓「ヲキナ」，①熱田本南北朝期点が訓合符及び和

訓「ヲキナ」を加点して一語で的確に訓んでいる。

(Ⅰ-1-33) **李　子**
①壬辰，電零。大如李子。(22) 下 215-01
　　岩崎本平安中期点・同院政期点「李ノ子」（「ミノ」は，院政期点）

　　漢籍の用例を『国学宝典』を利用して検索すると，『漢書』0例,『後漢書』0例,『晋書』0例,『梁書』0例,『魏書』0例,『隋書』1例,『楽府詩集』1例,『世説新語』0例,『遊仙窟』1例,『祖堂集』0例がある。3例を示す。
　　　桃李子，鴻鵠繞陽山，(『楽府詩集』・巻 89)
　　　桃李子，鴻鵠繞陽山，(『隋書』・巻 70)
　　　樹上忽有一李子落下官懐中，(『遊仙窟』) 醍醐寺本 1344 年点「李-子」
　仏典の用例を『CBETA 電子仏典』を利用して検索すると 22 例がある。2例を示す。
　　　大如李子。(大唐天竺三蔵阿地瞿多訳『仏説陀羅尼集経巻第十』18-872)
　　　木用甘果李子牆微迦耽婆木(未詳)等。(『金剛頂経大瑜伽秘密心地法門義訣巻上』39-811)
　『敦煌変文校注』には用例がない。

　　松尾(1987)では「「〜子」 名詞接尾辞。『日本書紀』の例は，「娘〜」「嬢〜」のように，人に関するもの，「桃〜」「李〜」のような植物の実，それと「刀〜」のように指小辞の意味を有するものがある」とする。香坂(1994)では「李子」は「すももの実」と説明している。
　　「桃子」と同じく，中国語として新しい二字漢語であるが，『日本書紀』の訓点で岩崎本院政期点が的確に訓んでいる((Ⅰ-1-20) 桃子，参照)。

(Ⅰ-1-34) **路　頭**
①事了還郷之日，忽然得疾，臥死路頭。(25) 下 297-09
　　北野本鎌倉初期点「路ノ頭ホトリニ」

②於是，路頭之家，(25) 下 297-09
　　北野本鎌倉初期点「路の頭」
③復有被役之民，路頭炊飯。(25) 下 297-13
　　兼右本 1540 年点「路の_頭ホトリに」

　漢籍の用例を『国学宝典』を利用して検索すると，『漢書』0 例，『後漢書』0 例，『晋書』0 例，『梁書』0 例，『魏書』0 例，『隋書』0 例，『楽府詩集』0 例，『世説新語』0 例，『遊仙窟』0 例，『祖堂集』2 例がある。2 例を示す。
　　　某甲十字路頭起院，(『祖堂集』・巻 7)
　　　十字路頭桌庵去。(『祖堂集』・巻 19)
　仏典の用例を『CBETA 電子仏典』を利用して検索すると 96 例がある。2 例を示す。
　　　当於城中四衢路頭。(乞伏秦沙門釈聖堅訳『仏説除恐災患経』17-552)
　　　路頭一堆猛火。(宋平江府虎丘山門人紹隆等編『円悟仏果禅師語録巻第二十』47-810)
『敦煌変文校注』には用例がない。

　松尾(1986b)では「路頭」は「単に「みち」の意である」とする。松尾(1987)では「「〜頭」 場所名詞につく接尾辞。『日本書紀』では，「道〜」「路〜」「前〜」「後〜」の四例が現れる」とする。太田(1958，改訂 1981)では「《頭》を接尾辞として用いた例で，隋以前に見えるものは多く方位をあらわす語につくもの，《前頭》《下頭》《外頭》もある。このような《頭》は「ほとり」という意味からでたものであろう」とする。
　『日本書紀』の訓点では，①北野本鎌倉初期点が「(ミチ)のホトリ」，③兼右本 1540 年点が訓合符及び和訓「(ミチ)のホトリ」を加点して的確に訓んでいる。

Ⅰ-2　合符のみを加点している例　0 語

II 二字一語として訓んでいない例

II-1 二字一語として訓まず和訓も不当な例 0語

II-2 二字一語として訓んでいないが文意は大きく外れていない又は不明な
例 1語

1 男女

（II-2-1） 男　女

①夫天皇之男女，前後幷八十子。(07) 上 287-11
　北野本南北朝期点「男 ヒコミコ ＿ 女 ヒメミコ 」
　熱田本南北朝期点「男 ヒコミコ 　 女 ヒメミコ 」

②凡是天皇男女，幷廿王也，(10) 上 365-11
　北野本南北朝期点・熱田本南北朝期点「男 ヒコミコ ＿ 女 ヒメミコ 」

③元無男女，可絶継嗣，(17) 下 019-13
　前田本院政期点「男 ヲトコミコ ＿ 女 ヲウナミコ 」

④呼男女曰王子。家外作城柵，(24) 下 261-07
　岩崎本平安中期点・図書寮本 1142 年点「男 ヲノコ 、 女 メノコ 、を」

⑤又有宮人生男女者四人。(27) 下 369-12
　北野本鎌倉初期点・同南北朝期点　無点
　兼右本 1540 年点「男 ヒコミコ ＿ 女 ヒメミコ 」

　漢籍の用例を『国学宝典』を利用して検索すると，「男女」「こども」の意味として『漢書』1例，『後漢書』3例，『晋書』1例，『梁書』1例，『魏書』7例，『隋書』1例，『楽府詩集』1例，『世説新語』0例，『遊仙窟』0例，『祖堂集』0例がある。8例を示す。

　　童男女三千人，五種百工而行。(『漢書』・巻 45)
　　殺得母親男女，尽滅其族。(『後漢書』・巻 72)

其後各産男女，未及成長而率亡，(『梁書』・巻 29)

公主猰男女就宝貪决別，(『魏書』・巻 59)

男女無少長尽殺之。(『隋書』・巻 84)

待産乳男女，然後帰舎。(『隋書』・巻 84)

人家見生男女好，不知男女催人老，(『楽府詩集』・巻 30)

召弘妻及男女于東宮，厚撫之。(『晋書』・巻 122)

仏典の用例を『CBETA 電子仏典』を利用して検索すると 4246 例がある。2 例を示す。

一切男女処于胎中。(大唐罽賓国三蔵般若奉詔訳『大乗本生心地観経巻第二』3-297)

所生男女具大相好。(大唐総持寺沙門智通訳『千眼千臂観世音菩薩陀羅尼神咒経上巻』20-87)

『敦煌変文校注』には 22 例がある。5 例を示す。

婦女男女，共為歓楽，(『燕子賦』)

莫若親生男女，(『太子成道経』)

妻児男女，無由再会。(『廬山遠公話』)

婦児男女共為歓楽。(『燕子賦』)

貪其男女若是一双，応難得他。(『悉達太子修道因縁』)

蔣礼鴻(1959，改訂 1962)中に「男女，女男，つまり子どもの意味であり，唐の口語である。宋代でも使用される」とする。松尾(1987)では「「男女」は文語としては「おとことおんな」であり，『日本書紀』中にも，無論，文語の「男女」は少なくないが，口語としては「男女」は「こども」の義」としている。

松尾の説く通り口語としては「こども」の義であるが，『日本書紀』の用例は文脈上「おとこのこども」「おんなのこども」の義としても通り，④岩崎本平安中期点「ヲノコゴメノコゴ」，③前田本院政期点の訓合符及び和訓「ヲトコミコヲウナミコ」，④図書寮本 1142 年点「ヲノコゴメノコゴ」，①②北野本南北朝期点・熱田本南北朝期点の訓合符及び和訓「ヒコミコヒメミコ」，⑤兼右本 1540 年点の訓合符及び和訓「ヒコミコヒメミコ」の加点は誤

訓とは言えない。

　以上,『日本書紀』の二字名詞35語の訓読例を検討した。34語まで一語の和訓として訓んでおり,残る1語も『日本書紀』の文脈上誤訓とは言えず,二字一語として訓まず和訓も不当な語は皆無である。後に検討する動詞の場合と同様,いやそれ以上に正しく訓まれており,名詞の訓読に当っては正確な概念把握が学習されたものと言い得る。

第二章　二字動詞の訓読

松尾(1987)に取り上げられている全104語の二字漢語のうち二字動詞にあたる次の12語(漢音五十音順)

意欲　迴帰　還帰　却還　検校　語話　商量　処分　情願　東西　欲得　留住

及び筆者が同様の二字動詞として補った24語(漢音五十音順)

安置　交通　号叫　帰化　供奉　経過　叩頭　自愛　施行　修行　修理　製造　喘息　陳説　啼泣　漂蕩　便旋　奉遣　奉献　奉進　遊行　羅列　往還　往来

を対象として考察する。

I　二字一語として訓んでいる例

I-1　一語の和訓として訓んでいる例　33語

考察対象36語のうち一語の和訓として訓んでいる例は次の33語である。

1 安置　2 号叫　3 交通　4 帰化　5 却還　6 供奉　7 迴帰　8 経過　9 検校　10 語話　11 叩頭　12 自愛　13 施行　14 修行　15 修理　16 商量　17 処分　18 情願(一部)　19 製造　20 喘息　21 陳説(一部)

> 22 啼泣　23 東西　24 漂蕩　25 便旋　26 奉遣　27 奉献　28 奉進
> 29 遊行　30 羅列　31 留住　32 往還　33 往来

（Ⅰ-1-1）**安　置**

① 則進上於朝庭。仍令安置御諸山傍。（07）上 313-13
　　北野本南北朝期点「安‐置ハムヘラシム」

② 遂即安置於倭国吾礪広津，（14）上 477-12
　　前田本院政期点「安‐置ハムヘラルハヘリ」

③ 安置於軽村・磐余村，二所。（14）上 487-10
　　前田本院政期点「安‐置オカシム」

④ 即安置呉人於檜隈野。（14）上 491-17
　　図書寮本 1142 年点「安＿置ハムヘラシム」

⑤ 便起柴宮，権奉安置。（15）上 507-09
　　図書寮本 1142 年点「安＿置マセ」

⑥ 於是，悉発郡民造宮。不日権奉安置。（15）上 515-09
　　図書寮本 1142 年点「安置マセ」

⑦ 遣臣祖父大伴大連室屋，毎州安置三種白髪部，（17）下 023-11
　　前田本院政期点「安＿置シ」

⑧ 令顕前迹。詔曰，可矣。宜早安置。（18）下 051-17
　　兼右本 1540 年点「安‐置オケトノタマフ」

⑨ 召集秦人・漢人等，諸蕃投化者，安置国郡，編貫戸籍。（19）下 065-17
　　兼右本 1540 年点「安‐置ハヘラシム」

⑩ 大臣跪受而忻悦。安置小墾田家。（19）下 103-11
　　兼右本 1540 年点「安‐置マセマツル」

⑪ 東方，安置弥勒石像。（20）下 149-13
　　前田本院政期点「安‐置マセマツル」

⑫ 是日，以飾船卅艘，迎客等于江口，安置新館。（22）下 191-09
　　岩崎本平安中期点「安‐置ハムヘラしむ」

⑬ 即安置阿斗河辺館。（22）下 195-14
　　岩崎本平安中期点「安‐置ハムヘ」

⑭則安置桜井，而集少年，令習伎楽儛。(22) 下 199-11
　　岩崎本平安中期点「安-置ハム」
⑮先後幷卅人。皆安置於朴井。(22) 下 201-15
　　図書寮本 1142 年点「安-置ハヘラシム」
⑯安置於阿曇山背連家。(24) 下 239-14
　　岩崎本平安中期点「安-置しむハムヘラ」
⑰多造仏菩薩像。安置於川原寺。(25) 下 321-10
　　北野本鎌倉初期点「安置マセマス」
⑱則遣遠江国湌而安置。(29) 下 421-14
　　北野本鎌倉初期点「安置ハヘラハムヘシム」
⑲男女幷廿三人，皆安置于武蔵国。(29) 下 463-18
　　兼右本 1540 年点「安- 置ハンヘラシム」

　　漢籍の用例を『国学宝典』を利用して検索すると，『漢書』1 例，『後漢書』0 例，『晋書』0 例，『梁書』0 例，『魏書』6 例，『隋書』7 例，『楽府詩集』1 例，『世説新語』0 例，『遊仙窟』2 例，『祖堂集』4 例がある。6 例を示す。

　　　今当安置我，欲帰耳！（『漢書』・巻 97）
　　　安置関西帰款之戸，（『魏書』・巻 73）
　　　今我方死，宜好安置。（『隋書』・巻 68）
　　　日已将晩，且帰本位安置，明日却来。（『祖堂集』・巻 15）
　　　料理中堂，将少府安置。（『遊仙窟』）醍醐寺本 1344 年点「安- 置セシメヨ」／真福寺本 1353 年点「安　置シツメヲカシメヨ」
　　　庶張郎共娘子安置。（『遊仙窟』）醍醐寺本 1344 年点「安-置ミマサム／マシマセ」
　　　／真福寺本 1353 年点「安-置マサセン」
　　仏典の用例を『CBETA 電子仏典』を利用して検索すると 2770 例がある。2 例を示す。

　　　安置敷具。（元魏涼州沙門慧覚等在高昌郡訳『賢愚経巻第十』4-418）
　　　安置床榻。（宋天竺三蔵求那跋陀羅訳『雑阿含経巻第四十三』2-315）
　　『敦煌変文校注』には 8 例がある。4 例を示す。

後取其疏抄将入寺内，于経蔵中安置。(『廬山遠公話』)
　　　舜得母銭，伴忘，安置米嚢中而去。(『舜子変』)
　　　送我著州城多人之処安置，(『双恩記』)
　　　奉献家中一面瑟，送君安置多人処，(『双恩記』)

　『敦煌変文校注』によると「安置」は「安放，安歇」の意味とされている(6頁)。
　『日本書紀』には19例と多用されており，それらの箇所の訓点は⑫⑬⑭⑯岩崎本平安中期点で一語であることを示す中央合符が加点され和訓も「ハムベリ」，②③⑪前田本院政期点で熟合符が加点され和訓も「ハムベリ」「マス」が加点され，⑰⑱北野本鎌倉初期点で「マス」「ハベリ」「ハムベリ」，①北野本南北朝期点で熟合符及び和訓「ハムベリ」，⑧⑨⑩⑲兼右本1540年点で熟合符及び「ハムベリ」「マス」と加点され，『日本書紀』訓点本の系統も年代も異っているが，何れも一語として訓んでいる。

(Ⅰ-1-2) **号　叫**
①大号叫曰。(19) 下125-15
　　北野本南北朝期点「号-叫」
　　兼右本1540年点「号-叫て」
②即号叫曰，新羅王，啗我臗膸。(19) 下125-15
　　北野本南北朝期点「号-叫」

　漢籍の用例を『国学宝典』を利用して検索すると，『漢書』0例，『後漢書』0例，『晋書』1例，『梁書』1例，『魏書』1例，『隋書』1例，『楽府詩集』0例，『世説新語』0例，『遊仙窟』0例，『祖堂集』0例がある。4例を示す。
　　　彪臨刑，太后抱持号叫，(『晋書』・巻31)
　　　母為猛虎所博，女号叫拿虎，(『梁書』・巻47)
　　　俱時号叫，俄而澍雨。(『魏書』・巻92)
　　　雖無被発袒踊，亦知号叫哭泣。(『隋書』・巻31)

仏典の用例を『CBETA 電子仏典』を利用して検索すると 212 例がある。
2 例を示す。

  苦痛号叫呼，如群戦象声。(宋天竺三蔵求那跋陀羅訳『雑阿含経巻第四
  十七』2-340)
  撫臆号叫涙下如雨。(東晋平陽沙門法顕訳『仏説大般泥洹経巻第一』
  12-853)

『敦煌変文校注』には 5 例がある。全例を示す。

  六親号叫，九族哀啼。(『八相変』)
  尖声号叫不能言。(『父母恩重経講経文』)
  声号叫天，炱炱汗天。(『大目乾連冥間救母変文』)
  唯知号叫大称怨。(『大目乾連冥間救母変文』)
  父子相接号叫，(『目連変文』)

『日本書紀』の訓点では，①②北野本南北朝期点は熟合符のみの加点であるが，①兼右本 1540 年点で熟合符及び和訓「サケブ」と一語として訓んでいる。

(Ⅰ-1-3) **交 通**

① 跨拠任那，交通高麗。(15) 上 525-18
  図書寮本 1142 年点「交通（カヨフ）」

漢籍の用例を『国学宝典』を利用して検索すると，『漢書』20 例，『後漢書』49 例，『晋書』13 例，『梁書』3 例，『魏書』18 例，『隋書』11 例，『楽府詩集』3 例，『世説新語』0 例，『遊仙窟』1 例，『祖堂集』1 例がある。8 例を示す。

  歓欣交通而天下治。(『漢書』・巻 3)
  平後坐与諸王交通，国除。(『後漢書』・巻 14)
  田各不与人交通。(『晋書』・巻 91)
  五湖交通，屢起田儋之変，(『梁書』・巻 31)
  性険薄，多与盗劫交通。(『魏書』・巻 68)

以諸候交通内臣，竟坐癈免。(『隋書』・巻45)
　　　枝枝相覆蓋，葉葉相交通。(『楽府詩集』・巻73)
　　　娘子少来頗盼少府，若非情想有所交通，(『遊仙窟』)醍醐寺本1344年点
　　　「交通_{リカヨフ}」

仏典の用例を『CBETA電子仏典』を利用して検索すると205例がある。2例を示す。
　　　莫与女交通亦莫共言語。(東晋罽賓三蔵瞿曇僧伽提婆訳『増壱阿含経巻
　　　第三十六』2-747)
　　　与俗相染親友交通貪求名利。(高斉天竺三蔵那連提耶舎訳『大方等大集
　　　経巻第五十二』13-345)
『敦煌変文校注』には用例がない。

『日本書紀』の訓点は，図書寮本1142年点が「カヨフ」と的確に一語で訓んでいる。『遊仙窟』醍醐寺本1344年点は「(マジハ)リカヨフ」と二語で読み，一語としての認識はない。

(Ⅰ-1-4)　帰　化
①異俗重訳来。海外既帰化。(05) 上249-15
　　　北野本南北朝期点「帰-化_{マウヲモムキヌ}」
②伝聞日本国有聖皇，以帰化之。(06) 上259-09
　　　北野本兼永点「帰-化_{マウオモフク}」
③因以奏之曰，臣領己国之人夫百廿県而帰化。(10) 上371-12
　　　北野本南北朝期点「帰_化_{マウケ}」
④五月戊午朔丁卯，高麗僧慧慈帰化。(22) 下175-13
　　　岩崎本平安中期点「帰-化_{マウオモフ}」
⑤又百済人味摩之帰化。(22) 下199-10
　　　岩崎本平安中期点「帰-化ヵ_{マウオモフケ}」
⑥三月，掖玖人三口帰化。(22) 下201-14
　　　図書寮本1142年点「帰-化_{マウオモムケリ}」
⑦三年春二月辛卯朔庚子，掖玖人帰化。(23) 下229-13

図書寮本1142年点「帰化（マウケリ）」
⑧帰化初年倶来之子孫，並課役悉免焉。(29) 下449-10
　　北野本鎌倉初期点「帰＿化（マウオモフク）」
⑨戊午，新羅沙門詮吉・級北助知等五十人帰化。(30) 下501-19
　　北野本鎌倉初期点「帰‐化り（マウオモフケ）」
⑩以帰化新羅韓奈末許満等十二人，居于武蔵国。(30) 下501-20
　　北野本鎌倉初期点・同南北朝期点　無点
⑪男女廿一人帰化。(30) 下503-16
　　北野本鎌倉初期点・同南北朝期点　無点
⑫乙卯，以帰化新羅人等，居于下毛野国。(30) 下505-12
　　北野本鎌倉初期点・同南北朝期点　無点

　漢籍の用例を『国学宝典』を利用して検索すると，『漢書』1例，『後漢書』3例，『晋書』9例，『梁書』2例，『魏書』10例，『隋書』5例，『楽府詩集』0例，『世説新語』0例，『遊仙窟』0例，『祖堂集』0例がある。6例を示す。
　　呼韓邪携国帰化，(『漢書』・巻94)
　　令西域欲帰化者局促狐疑，(『後漢書』・巻36)
　　東夷八国帰化。(『晋書』・巻3)
　　預宴者皆帰化北人。(『梁書』・巻21)
　　今者帰化，何其孤迴？(『魏書』・巻41)
　　開皇四年，有千餘家帰化。(『隋書』・巻83)
　仏典の用例を『CBETA 電子仏典』を利用して検索すると77例がある。2例を示す。
　　其国外来帰化之民。(僧伽斯那撰呉月支優婆塞支謙字恭明訳『菩薩本縁経巻上』3-52)
　　彼諸人民歓喜帰化。(北斉三蔵那連提耶舎訳『大宝積経巻第七十五』11-427)
　『敦煌変文校注』には用例がない。

『日本書紀』の訓点では，④⑤岩崎本平安中期点が一語であることを示す中央合符と共に和訓「マウオモブク」，⑥⑦図書寮本1142年点が熟合符及び和訓「マウオモムク」「マウク」，⑧⑨北野本鎌倉初期点が熟合符・訓合符及び和訓「マウオモブク」，②北野本兼永点が熟合符及び和訓「マウオモブク」と，総て的確に訓んでいる。

（Ⅰ-1-5）**却　還**
①行乱於道，不及百済王宮而却還矣。（14）上483-17
　　前田本院政期点「却還ｽ」
②使父根等，因斯，難以面賜，却還大島。（17）下039-09
　　前田本院政期点・図書寮本1142年点「却_還大島ニ」
③皇子等軍与群臣衆，怯弱恐怖，三迴却還。（21）下163-17
　　北野本南北朝期点「却_還」
④而調有闕。由是，却還其調。（25）下273-11
　　北野本鎌倉初期点「却_還」（カヘシタマフ）

　漢籍の用例を『国学宝典』を利用して検索すると，『漢書』0例，『後漢書』0例，『晋書』0例，『梁書』0例，『魏書』0例，『隋書』1例，『楽府詩集』1例，『世説新語』0例，『遊仙窟』0例，『祖堂集』3例がある。3例を示す。
　　　世充却還，我且按甲，（『隋書』・巻70）
　　　或為人所使，事畢却還。（『祖堂集』・巻2）
　　　著破三条裙，却還双股釵。（『楽府詩集』・巻76）
　仏典の用例を『CBETA電子仏典』を利用して検索すると85例がある。2例を示す。
　　　表七地却還生死。（大唐北京李通玄撰『略釈新華厳経修行次第決疑論巻四之上』36-1040）
　　　却還黄檗山中。（法語示蓬莱宣長老虚堂『和尚語録巻之四』47-1011）
『敦煌変文校注』には用例がない。

第二章　二字動詞の訓読　65

　『日本書紀』の訓点では，④北野本鎌倉初期点で訓合符及び和訓「カヘス」が加点され，①前田本院政期点も「(カヘ)す」の例と見做され，②前田本院政期点・図書寮本1142年点・③北野本南北朝期点の如く訓合符のみのものも他の箇所の訓読例を併せ考えると「(カヘス)」の例と見做される。

(Ⅰ-1-6) **供　奉**
①及供奉播磨因幡国郡司以下，至百姓男女，(30) 下513-09
　　北野本鎌倉初期点「供　　奉　　」ソノコトニツカムマツル
②供奉騎士・諸司荷丁・造行宮丁今年調役，大赦天下。(30) 下515-09
　　北野本鎌倉初期点「供奉セル」
③等国供奉騎士戸，及諸国荷丁・造行宮丁今年調役。(30) 下515-12
　　北野本鎌倉初期点「供＿奉レル」

　漢籍の用例を『国学宝典』を利用して検索すると，『漢書』1例，『後漢書』2例，『晋書』3例，『梁書』0例，『魏書』5例，『隋書』7例，『楽府詩集』0例，『世説新語』0例，『遊仙窟』0例，『祖堂集』2例がある。6例を示す。
　　厚賦税以自供奉，(『漢書』・巻99)
　　貴人長于人事，供奉長楽宮，(『後漢書』・巻55)
　　至于諸所供奉，可順聖恩，(『晋書』・巻31)
　　長子世哲，性軽率，供奉豪侈。(『魏書』・巻66)
　　性軽率，供奉豪侈。(『魏書』・巻66)
　　夾侍供奉于左右及坐後。(『隋書』・巻12)
　仏典の用例を『CBETA電子仏典』を利用して検索すると311例がある。2例を示す。
　　孝順供奉父母者少。(隋天竺沙門達摩笈多訳『起世因本経巻第七』
　　　1-402)
　　諸群臣等正直現前供奉侍衛。(三蔵法師玄奘奉詔訳『瑜伽師地論巻第六
　　　十一』30-638)
　『敦煌変文校注』には2例がある。全例を示す。

且徒供奉聖人，別無餘事。(『韓擒虎話本』)
　　　供奉之類，尽著素衣。(『葉淨能詩』)

　劉堅・江藍生(1997)では「「侍奉，伺候」の意味である」とする。
　『日本書紀』の訓点では，①北野本鎌倉初期点「ソノコトニツカムマツル」の例から，③北野本鎌倉初期点の訓合符及び「レル」の加点例も「(ソノコトニツカムマツ)レル」と訓んでいるものと見做され，②北野本鎌倉初期点の例は「(グブ)セル」と音読又は「(ソノコトニツカムマツリ)セル」と訓んでいるものと見做され，共に複合一概念として訓んでいる。

(Ⅰ-1-7) 迴　帰
①目汚穢之国矣，乃急走迴帰。(01)　上 093-15
　　兼方本弘安点「走_迴_帰ハシリカヘリニケカヘル江同之タマフ」

　漢籍の用例を『国学宝典』を利用して検索すると，『漢書』0例，『後漢書』0例，『晋書』0例，『梁書』0例，『魏書』1例，『隋書』0例，『楽府詩集』0例，『世説新語』0例，『遊仙窟』0例，『祖堂集』1例がある。2例を示す。
　　　但因夜迴帰，致戎馬惊乱耳。(『魏書』・巻53)
　　　会昌六年，迴帰本国。(『祖堂集』・巻17)
　仏典の用例を『CBETA 電子仏典』を利用して検索すると18例がある。2例を示す。
　　　同殺悪族迎女迴帰。(明教大師臣法賢奉詔訳『仏説衆許摩訶帝経巻第二』3-935)
　　　今可迴帰遂却還住処。(三蔵法師義浄奉制訳『根本説一切有部毘奈耶雑事巻第十六』24-276)
　『敦煌変文校注』には11例がある。4例を示す。
　　　仙人迴帰，其太子漸漸長大。(『太子成道経』)
　　　不情塞中久住，速望迴帰，(『維摩詰経講経文』)
　　　且還抽軍，迴帰天上。(『破魔変』)

不逢太子却廻帰。(『双恩記』)

『日本書紀』の訓点は，兼方本弘安点で「走廻帰」に訓合符を加点して「ニゲカヘル」という複合語で訓んでいる。

(Ⅰ-1-8) **経　過**
①然経過百済国之日，百済人探以掠取。(22) 下 191-11
　　岩崎本平安中期点「経-過
フル
」

漢籍の用例を『国学宝典』を利用して検索すると，『漢書』0例，『後漢書』3例，『晋書』1例，『梁書』1例，『魏書』3例，『隋書』1例，『楽府詩集』21例，『世説新語』0例，『遊仙窟』0例，『祖堂集』2例がある。6例を示す。

　　及後経過玄墓，輒悽愴致祭。(『後漢書』・巻52)
　　比四造詣，及経過尊門，(『晋書』・巻47)
　　刺史経過，軍府遠渉，(『梁書』・巻18)
　　文書所経過，不敢不陣。(『魏書』・巻78)
　　秀賓客経過之処。(『隋書』・巻74)
　　経過次，近薬山下，路上忽見一個老人。(『祖堂集』・巻4)
仏典の用例を『CBETA電子仏典』を利用して検索すると339例がある。2例を示す。

　　経過小腸。(隋天竺三蔵闍那崛多等訳『起世経巻第二』16-321)
　　経過曠野飢饉之処。(唐天竺三蔵達摩流支訳『仏説宝雨経巻第七』
　　　16-314)
『敦煌変文校注』には2例がある。全例を示す。

　　倚託故難嫌浩閙，経過信任扑塵埃。(『双恩記』)
　　身肉悉皆充供養，経過千劫不為難。(『仏説阿弥陀経押座文』)

太田(1988，改訂1999)では「《過》は二物の間を通りすぎる意味をもつ助動詞。がんらい動詞で，古代語でも複合動詞の後部をしめている用例が稀に

あるが，唐代以後多く用いられる。完成をあらわす《過》が過去のばあいに用いられたものは関歴経験を表すとも称される」とする。志村(1984)では「「〜過」は「穿過」，「走過」，「経過」，「飛過」，「輾過」などと用いられ，唐代までの例は「通りすぎる」という動詞の原義からはずれていない。時間の経過を言うものはまだあらわれていないようである」とする。

『日本書紀』の訓点は岩崎本平安中期点で二字の中央に一語であることを示す合符と和訓「フル」が加点されているので，和語一語として訓まれたことが確実である。

(Ⅰ-1-9) **検　校**

①雖検校其国之神宝，無分明申言者。(06) 上 271-13
　　熱田本南北朝期点「検_校ｼﾑﾄ」
②汝親行于出雲，宜検校定。(06) 上 271-14
　　北野本兼永点「検-校ｶﾝ へ」
③縦検校天子之百姓。(12) 上 429-10
　　図書寮本 1142 年点「検校ｶﾄﾚﾘ」
④並検校事状。(22) 下 177-15
　　岩崎本平安中期点「検-校ｼﾑ」
⑤任僧正僧都，仍応検校僧尼。(22) 下 211-10
　　寛文九年版訓「検-校ｶﾑｶｳ」
⑥天皇往於和蹔，検校軍事而還。(28) 下 395-13
　　兼右本 1540 年点「検-校」
⑦詔曰，及于辛巳年，検校親王諸臣及百寮人之兵及馬。(29) 下 435-08
　　北野本鎌倉初期点「検_校」
⑧唯親王以下及群卿，皆居于軽市，而検校装束鞍馬。(29) 下 451-07
　　北野本鎌倉初期点「検_校ｶ」

漢籍の用例を『国学宝典』を利用して検索すると，『漢書』0例，『後漢書』0例，『晋書』2例，『梁書』1例，『魏書』3例，『隋書』36例，『楽府詩集』0例，『世説新語』4例，『遊仙窟』0例，『祖堂集』0例がある。5例を

示す。

　　　宜令王悴，牽秀検校其事。(『晋書』・巻 54)
　　　道琛請先使検校，縁路奉迎，(『梁書』・巻 20)
　　　共相通容，不時検校。(『魏書』・巻 5)
　　　明加検校，使得存養。(『隋書』・巻 3)
　　　王丞相主簿欲検校帳下。(『世説新語』・雅量第 6)
　仏典の用例を『CBETA 電子仏典』を利用して検索すると 303 例がある。
2 例を示す。
　　　即勅左右検校求之。(姚秦屬賓三蔵仏陀耶舎共竺仏念等訳『四分律巻第
　　　二十二』22-714)
　　　故通塞中既検校諦縁。(唐毘陵沙門湛然述『止観輔行伝弘決巻第六之四』
　　　46-350)
『敦煌変文校注』には 5 例がある。全例を示す。
　　　新婦検校田苗，見其兵馬。(『漢将王陵変』)
　　　更作熠没検校，斬殺令軍。(『李陵変文』)
　　　維那検校，莫遣喧囂。(『盧山遠公話』)
　　　校慰縁検校疏唯，(『李陵変文』)
　　　雖門望之主，不是耶嬢検校之人。(『秋胡変文』)

　松尾(1987)では「「しらべる」「とりしきる」といった基本義をもつが，かなり幅がある。古訓は「カムガフ」「カゾフ」。なお偏を「扌」にするテキストが多いが，敦煌写本に於いても同様，「木」「扌」の区別は不明，正体は「検校」としてよいであろう」とする。
　塩見(1995)では「「比較する，えらぶ，調べる」の意。「撿校・倹校」と表記される場所もある」と説明している。
　『日本書紀』の訓点では，④岩崎本平安中期点で和語一語であることを示す中央合符が加点され，①熱田本南北朝期点・②北野本兼永点・⑤寛文九年版左訓の例から一語として「カムガフ」と訓んでいる。⑧北野本鎌倉初期点も「カ(ムガフ)」の例と見做され，⑦北野本鎌倉初期点・⑥兼右本 1540 年点の如く訓合符・熟合符のみのものも「(カムガフ)」の例と見做される。尚,

③図書寮本1142年点の如く文脈により「カトル」と訓んでいるものもある。

(Ⅰ-1-10) **語　話**
①蘇我大臣，於畝傍家，喚百済翹岐等。親対<u>語話</u>。(24) 下239-17
　　岩崎本平安中期点「語-話ス^{モノカタ}」

　漢籍の用例を『国学宝典』を利用して検索すると，『漢書』0例，『後漢書』0例，『晋書』0例，『梁書』0例，『魏書』0例，『隋書』0例，『楽府詩集』0例，『世説新語』0例，『遊仙窟』1例，『祖堂集』28例がある。3例を示す。
　　　幷不曾見他<u>語話</u>，（『祖堂集』・巻3）
　　　便請和尚<u>語話</u>。（『祖堂集』・巻4）
　　　十娘共与少府<u>語話</u>片時，（『遊仙窟』）醍醐寺本1344年点「語-話_{トモノカタリス}^{テム}」／真福寺本1353年点「語-話^{トモノ}」
　仏典の用例を『CBETA電子仏典』を利用して検索すると102例がある。2例を示す。
　　　得親見妙吉祥如人<u>語話</u>。（西天訳経三蔵朝散大夫試鴻臚少卿詔訳『大方広菩薩蔵文殊師利根本儀軌経巻第十七』2-896）
　　　不得閉門<u>語話</u>。（東晋天竺三蔵仏陀跋陀羅共法顕訳『摩訶僧祇律巻第三十五』20-507）
『敦煌変文校注』には6例がある。4例を示す。
　　　幽隠禅林飲之<u>語話</u>，（『茶酒論』）
　　　只慺身命片時，阿哪里有心<u>語話</u>。（『父母恩重経講経文』）
　　　<u>語話</u>非常，見鬼見神，（『維摩詰経講経文』）
　　　莫抛我一去不来，交我共誰人<u>語話</u>。（『金剛醜女因縁』）

　『敦煌変文校注』では「「語話」は「談論」の意味」とする。
　松尾(1987)では「『変文集』には，「言道」「言説」など，「はなす」の意味の二音節動詞が多く見られる。「語話」はそれら以上に，現代中国語の「説話」に近いもので，円仁の『入唐求法巡礼行記』に多く見える」と説明して

第二章　二字動詞の訓読　71

いる。
　『日本書紀』の訓点では，岩崎本平安中期点が一語であることを示す中央合符及び和訓「モノカタ（リ）す」を加点している（『遊仙窟』醍醐寺本1344年点・真福寺本1353年点で文選訓みしているが，『日本書紀』の訓点では岩崎本平安中期点を始めとして文選訓みをしていない）。

（Ⅰ-1-11）**叩　頭**
①叩頭，此云㗚務。（05）上247-12
　　北野本南北朝期点「叩-頭」
②未及之死，川上梟帥叩頭曰，且待之。（07）上299-16
　　北野本南北朝期点「叩-頭」
③大羽振辺・遠津闇男辺等，叩頭而来之，（07）上315-19
　　北野本南北朝期点「叩-頭」
④因以，叩頭之曰，従今以後，（09）上339-09
　　北野本南北朝期点「叩-頭」
⑤自来于営外，叩頭而款曰，従今以後，（09）上339-19
　　北野本南北朝期点「叩-頭」
⑥取王船即叩頭曰，臣自今以後，於日本国所居神御子，（09）上341-13
　　北野本南北朝期点「叩-頭」
⑦搶地叩頭曰，臣之罪実当死。（13）上437-14
　　図書寮本1142年点「叩-頭て」
⑧臨誅叩頭言詞極哀。（15）上521-16
　　兼右本1540年点「叩-頭て」
⑨入鹿転就御座，叩頭曰，当居嗣位，天之子也。（24）下263-17
　　岩崎本平安中期点「叩-頭て」

　漢籍の用例を『国学宝典』を利用して検索すると，『漢書』28例，『後漢書』48例，『晋書』23例，『梁書』1例，『魏書』7例，『隋書』5例，『楽府詩集』0例，『世説新語』2例，『遊仙窟』1例，『祖堂集』0例がある。8例を示す。

皆見上叩頭求哀，愿得入銭贖罪。(『漢書』・巻 45)
　　　熊叩頭首服，愿与老母倶就死。(『後漢書』・巻 20)
　　　入殿叩頭請命。(『晋書』・巻 49)
　　　子兼叩頭流血，乞代父命，(『梁書』・巻 37)
　　　叩頭泣涕，殷勤苦請。(『魏書』・巻 16)
　　　単雄信等皆叩頭求哀，(『隋書』・巻 70)
　　　有常所給使，忽叩頭流血。(『世説新語』・巧芸第 21)
　　　伏地叩頭，殷勤死罪。(『遊仙窟』) 醍醐寺本 1344 年点「叩ㇾ頭ヲ」
仏典の用例を『CBETA 電子仏典』を利用して検索すると 265 例がある。
2 例を示す。
　　　皆来叩頭長跪言。(西晋沙門法立共法炬訳『大楼炭経巻第三』1-288)
　　　焼香散花叩頭求哀。(晋代訳失三蔵名今附東晋録『七仏八菩薩所説大陀
　　　　羅尼神』21-539)
『敦煌変文校注』には 3 例がある。全例を示す。
　　　隔門拝謝叩頭。(『伍子胥変文』)
　　　羅殺叩頭，由称死罪。(『破魔変』)
　　　叩頭与脱，放到晩衙。(『燕子賦』)

　古くから存在している二字漢語であり，『日本書紀』の訓点では，①の本文自体に「叩頭」2 字を「ノム」と古語一語で訓むとする訓注があり，⑨岩崎本平安中期点で一語であることを示す中央合符及び和訓「ノム」，⑦図書寮本 1142 年点で熟合符及び和訓「ノム」，①②③④⑤⑥北野本南北朝期点で熟合符及び和訓「ノム」を加点して，一語で訓んでおり，熟合符のみの⑧兼右本 1540 年点も「(ノム)」の例と見做される(『遊仙窟』醍醐寺本 1344 年点では，「(カウ)ヘを(タタ)キ」と二語として訓んでいて『日本書紀』の訓点とは異る)。

(Ⅰ-1-12) **自　愛**
①故慎以自愛矣。(23) 下 223-10
　　　北野本鎌倉初期点「自‿愛ツトメヨ」

第二章　二字動詞の訓読　73

　漢籍の用例を『国学宝典』を利用して検索すると、『漢書』6例、『後漢書』3例、『晋書』3例、『梁書』0例、『魏書』0例、『隋書』4例、『楽府詩集』3例、『世説新語』1例、『遊仙窟』0例、『祖堂集』0例がある。6例を示す。
　　吾非敢自愛，恐能簿，（『漢書』・巻1）
　　惟陛下自愛！皆投河而死，（『後漢書』・巻78）
　　自愛堅守，後七八日大騎将至，（『晋書』・巻150）
　　公子善自愛，後当位極人臣。（『隋書』・巻61）
　　君復自愛莫為非。（『楽府詩集』・巻37）
　　奴好自愛。（『世説新語』・方正第5）
　仏典の用例を『CBETA 電子仏典』を利用して検索すると308例がある。2例を示す。
　　若其自愛身。（後漢安息国騎都尉安玄訳『法鏡経』2-15）
　　兄雖受悩猶自愛之。（徳慧法師造陳天竺三蔵真諦訳『随相論一巻』
　　　32-158）
『敦煌変文校注』には用例がない。

『日本書紀』の訓点は、北野本鎌倉初期点が訓合符を加点して「ツトメヨ」と一語として訓んでいる。

（Ⅰ-1-13）**施　行**
①詔曰，依奏施行。（18）下053-07
　北野本南北朝期点「施-行」
　兼右本1540年点「施⌒行」
②施行冠位法，（27）下375-19
　北野本鎌倉初期点「施-行」

　漢籍の用例を『国学宝典』を利用して検索すると、『漢書』20例、『後漢書』43例、『晋書』61例、『梁書』7例、『魏書』36例、『隋書』11例、『楽

府詩集』1例,『世説新語』1例,『遊仙窟』0例,『祖堂集』1例がある。9例を示す。

  思聞所欲施行，以安海内。(『漢書』・巻72)
  是冬始施行十二月迎気楽，(『後漢書』・巻24)
  漢魏相伝，施行皆然。(『晋書』・巻16)
  若有啓疏，可写止令施行。(『梁書』・巻5)
  会六鎮尽叛，不得施行。(『魏書』・巻18)
  凡可施行，無労形跡。(『隋書』・巻63)
  次第施行，為破仏魔，(『祖堂集』・巻9)
  黙黙施行違，蹶罰随事来。(『楽府詩集』・巻37)
  無帝便欲施行，慮諸公不奉詔，(『世説新語』・方正第5)

仏典の用例を『CBETA電子仏典』を利用して検索すると846例がある。2例を示す。

  天下人施行有仕。(西晋沙門法立共法炬訳『大楼炭経巻第五』1-300)
  一切前世所施行悪。(後漢安息国騎都尉安玄訳『法鏡経』12-15)

『敦煌変文校注』には1例がある。

  当時迍厄便施行。(『維摩詰経講経文』)

張万起(1993)では「法令，政策などを実施すること」とする。

『日本書紀』の訓点では，②北野本鎌倉初期点が熟合符及び和訓「ノタブ」を加点し(『日本国語大辞典』の「のたふ」(宣)(第二版⑩816頁)の用例で，②の例を「施(ノタヒ)行ひ」としているのは非。「施-行(ノタヒ)」とすべきである)，熟合符のみの①北野本南北朝期点，及び訓合符及び語尾付けの①兼右本1540年点は「(オコナ)ヘ」の例と見做される。

(Ⅰ-1-14) **修　行**

①深信仏法，修行不懈。(20) 下149-16
 前田本院政期点「修 行ことヒスル」

②為諸尼尊者，以修行釈教。(22) 下189-08
 岩崎本平安中期点「修-行オコナハシ」

③此十師寺，宜能教導衆僧，修行釈教，要使如法。(25) 下 277-16
　　北野本鎌倉初期点「修行ヿと キ(オ)コナフ」
④壬午，東宮見天皇，請之吉野，修行仏道。(27) 下 379-14
　　北野本鎌倉初期点「修行オコナヒセム」
⑤我今入道修行。(28) 下 385-07
　　北野本鎌倉初期点「入＿道＿修＿行 オコナヒセムトス」

　漢籍の用例を『国学宝典』を利用して検索すると，『漢書』4例，『後漢書』0例，『晋書』4例，『梁書』1例，『魏書』4例，『隋書』0例，『楽府詩集』0例，『世説新語』0例，『遊仙窟』0例，『祖堂集』51例がある。5例を示す。
　　年且三十，乃折節修行。(『漢書』・巻 71)
　　不修行業，多失礼度，(『晋書』・巻 64)
　　修行潦之薄荐，(『梁書』・巻 34)
　　不楽修行，而無所患。(『祖堂集』・巻 2)
　　君修行孝慈，百姓不好殺生則至。(『魏書』・巻 112)
　仏典の用例を『CBETA 電子仏典』を利用して検索すると 2 万 8695 例がある。2 例を示す。
　　不得修行梵行。(後秦弘始年仏陀耶舎共竺仏念訳『仏説長阿含経巻第九』 1-55)
　　修行満足。(宋天竺三蔵求那跋陀羅訳『雑阿含経巻第五』2-35)
　『敦煌変文校注』には 109 例がある。6 例を示す。
　　修行歳久，道行精専。(『八相変文』)
　　便往雪山修行。(『悉達太子修道因縁』)
　　修行少，心未至，(『維摩詰経講経文』)
　　如何修行，得証此身？(『悉達太子修道因縁』)
　　蜜蜜修行不違背。(『仏説阿弥陀経講経文』)
　　努力修行出愛河。(『祇園因由記』)

　『日本書紀』の用例も仏教に関する箇所であるが，②岩崎本平安中期点が

一語であることを示す中央合符と和訓「オコナハ」，①前田本院政期点で和訓「オコナヒスル」，③④⑤北野本鎌倉初期点で和訓「オコナフ」「オコナハ」「オコナヒセ」が加点されていて，訓点の系統も時代も異なる全5例とも，「オコナフ」と一語の和語で訓んでいる。

（Ⅰ-1-15） **修　理**
①郡領・城主，<u>修理</u>防護，不可以禦此強敵。(19) 下 091-13
　　兼右本 1540 年点「修̱理」（ヲサメ）
②悔前過，<u>修理</u>神宮，奉祭神，(19) 下 115-19
　　兼右本 1540 年点「修̱理」（ツクロイ オサメ）
③即取魚焚之。遂<u>修理</u>其舶。(22) 下 203-12
　　岩崎本平安中期点「修-理」（ツクリッ）
④是歳，改<u>修理</u>難波大郡及三韓館。(23) 下 229-12
　　図書寮本 1142 年点「修̱理」（ツクル）
⑤詔畿内及諸国，<u>修理</u>天社地社神，(29) 下 445-16
　　北野本鎌倉初期点「修-理」（ヲ）

　漢籍の用例を『国学宝典』を利用して検索すると，『漢書』2例，『後漢書』11例，『晋書』4例，『梁書』1例，『魏書』6例，『隋書』3例，『楽府詩集』0例，『世説新語』0例，『遊仙窟』0例，『祖堂集』0例がある。6例を示す。

　　衆職<u>修理</u>，奸軌絶息，（『漢書』・巻 83）
　　<u>修理</u>之費，其功不難。（『後漢書』・巻 76）
　　刑政<u>修理</u>，進才理滞，（『晋書』・巻 114）
　　職事<u>修理</u>，然世貴顕，（『梁書』・巻 21）
　　衆務<u>修理</u>，処断無滞。（『魏書』・巻 24）
　　豈非<u>修理</u>兵器，意欲不蔵，（『隋書』・巻 81）
　仏典の用例を『CBETA 電子仏典』を利用して検索すると 216 例がある。2例を示す。

　　<u>修理</u>家務不覚非常，（蕭斉天竺三蔵求那毘地訳『百喩経巻第三』4-549）

第二章　二字動詞の訓読　77

　　然為創始応真修理智出世，(長者李通玄撰『新華厳経論巻第二十』
　　36-853)
『敦煌変文校注』には 2 例がある。全例を示す。
　　縁人命致重，如何但修理他。(『舜子変』)
　　一冬来修理，涴落悉皆然，(『茶酒論』)

　蒋礼鴻(1959, 改訂 1962)では「舜子変：縁人命致重, 如何但修理他。こ
の〝修理〟は死地に至るの意味である」とする。劉堅・江藍生(1997)では
「①造作。②照顧, 料理。③処置の意味」とする。
　『日本書紀』の訓点では, ③岩崎本平安中期点が一語であることを示す中
央合符及び和訓「ツクル」, ④図書寮本 1142 年点が訓合符及び和訓「ツク
ル」, ⑤北野本鎌倉初期点が熟合符及び和訓「ヲ(サム)」, ①兼右本 1540 年
点が訓合符及び和訓「ヲサム」を加点している。従って②兼右本 1540 年点
の訓合符及び和訓「ツクロイオサメ」は「オサメ」と一語で訓むべきところ
である。

(Ⅰ-1-16)　**商　量**
①詔曰，商量諸有食封寺所由，而可加々之，可除々之。(29) 下 435-13
　　北野本鎌倉初期点「商_量ハカリテ」
　　　　　　　　　　　　カソヘ

　漢籍の用例を『国学宝典』を利用して検索すると，『漢書』0 例，『後漢
書』0 例，『晋書』0 例，『梁書』0 例，『魏書』5 例，『隋書』0 例，『楽府詩
集』1 例，『世説新語』0 例，『遊仙窟』0 例，『祖堂集』27 例がある。4 例を
示す。
　　当斟酌両途，商量得失，(『魏書』・巻 33)
　　何事不造作，何事不商量，(『祖堂集』・巻 4)
　　我要共汝商量，(『祖堂集』・巻 10)
　　玉顔憔悴三年，誰復商量管弦。(『楽府詩集』・巻 82)
　仏典の用例を『CBETA 電子仏典』を利用して検索すると 449 例がある。
2 例を示す。

然衆共商量准直金銭十億。（三蔵法師義浄奉制訳『根本説一切有部毘奈
　　　耶巻第四十五』23-871）
　　　商量貴賤。求索増減。（陳西印度三蔵真諦訳『仏説立世阿毘曇論第四』
　　　32-190）
『敦煌変文校注』には 19 例がある。6 例を示す。
　　　我昨日商量之時，幷無人得知，（『廬山遠公話』）
　　　致令暗里苦商量。（『金剛醜女因縁』）
　　　朱解忽然来買口，商量莫共苦争論。（『捉季布伝文』）
　　　仆擬人商量几貫文？（『捉季布伝文』）
　　　所売一身商量了，是何立門傍？（『董永変文』）
　　　便有牙人来勾引，所発善願便商量。（『董永変文』）

　蔣礼鴻(1959，改訂 1962)では「「商量」はつまり値段を掛け合うことを示す」とする。松尾(1987)では「古訓「カソヘテ」「ハカリテ」いずれも通ずる。「相談する」の意にもなる」とする。塩見(1995)では，「『匯釈』巻五「商略」の条によると「商略，有估計義，有準備或做造義，商量亦同」とする。「推量する，相談する」意。『困学紀聞』巻十九「評文」によれば「俗語皆有所本」として「出『易』兌注」といい，「商，商量裁制之謂也」と指摘している。
　『日本書紀』の訓点では，北野本鎌倉初期点が右訓「カソヘ」，左訓「ハカリテ」で共に一語として訓んでいる。

（Ⅰ-1-17）処　分
①並申於官司。然後斟酌其状，而処分之。(29) 下 457-9
　　北野本鎌倉初期点「処　分」
　　　　　　　　　　　オコナヘ

　漢籍の用例を『国学宝典』を利用して検索すると，『漢書』0 例，『後漢書』0 例，『晋書』14 例，『梁書』6 例，『魏書』40 例，『隋書』5 例，『楽府詩集』1 例，『世説新語』2 例，『遊仙窟』1 例，『祖堂集』18 例がある。8 例を示す。

物心須一，宜行<u>処分</u>。(『梁書』・巻 35)
　　烈<u>処分</u>行留，神色無変。(『魏書』・巻 31)
　　朝廷<u>処分</u>已定，(『晋書』・巻 74)
　　尋当有佳<u>処分</u>，不宜妄説。(『隋書』・巻 42)
　　乞師有事<u>処分</u>。(『祖堂集』・巻 4)
　　小人皆酔，不可<u>処分</u>。(『世説新語』・尤海第 33)
　　<u>処分</u>適兄意，那得自任伝。(『楽府詩集』・巻 73)
　　儂自不敢即道，請五嫂<u>処分</u>。(『遊仙窟』) 醍醐寺本 1344 年点「処̲分」コトハル／
　　真福寺本 1353 年点・陽明文庫本 1389 年点「処̲分」ハレ

　仏典の用例を『CBETA 電子仏典』を利用して検索すると 1029 例がある。2 例を示す。
　　典尊亦為<u>処分</u>家事。(後秦弘始年仏陀耶舎共竺仏念訳『仏説長阿含経巻第五』1-32)
　　我今何能<u>処分</u>斯事。(三蔵法師義浄奉制訳『根本説一切有部毘奈耶巻第十八』38-112)

『敦煌変文校注』には 48 例がある。4 例を示す。
　　奉婆<u>処分</u>，令遣喚来。(『秋胡変文』)
　　夫人便<u>処分</u>家人掃洒庁館，(『盧山遠公話』)
　　李陵<u>処分</u>左口搜拡，得両個子女子。(『李陵変文』)
　　待来日侵晨，別有<u>処分</u>。(『盧山遠公話』)

　『敦煌変文校注』によると「処分」は「安排，処置」の意味であり，特に口頭で言いつける意味とされている(237 頁)。
　松尾(1987)では「『変文集』の用例では，言いつけるという意味の動詞であることが多い。『日本書紀』の例の古訓「オコナヘ」は適切」とする。
　塩見(1995)では「「いいつける，申し含める」意で使用される「処分」は，早く『世説新語』(識鑑)に現われるものである。／王珣問殷曰，陝西何故未有処分。／六朝時代から唐代にかけて使用されるようになったことがわかる」と説明している。
　『日本書紀』の訓点は，北野本鎌倉初期点が訓合符及び和訓「オコナフ」

を加点して一語で訓んでいる(『遊仙窟』醍醐寺本1344年点・真福寺本1353年点・陽明文庫本1389年点は共に訓合符を加点して一語で訓んでいる)。

(Ⅰ-1-18) **情　願**(一部)
①天皇詔五十瓊敷命・大足彦尊曰，汝等各言情願之物也。(06) 上273-12
　　北野本兼永点「情‐願之物を」（ネカハシカラム）

　漢籍の用例を『国学宝典』を利用して検索すると，『漢書』0例，『後漢書』0例，『晋書』1例，『梁書』0例，『魏書』4例，『隋書』0例，『楽府詩集』1例，『世説新語』0例，『遊仙窟』0例，『祖堂集』0例がある。3例を示す。
　　　好悪未改，情願未移。(『晋書』・巻46)
　　　情願未遂，章表頻修，(『魏書』・巻99)
　　　偸生乞死非情願。(『楽府詩集』・巻59)
　仏典の用例を『CBETA電子仏典』を利用して検索すると98例がある。2例を示す。
　　　情願不遂。(宋天竺三蔵求那跋陀羅訳『雑阿含経巻第三十八』2-276)
　　　悦情願求。(『大般涅槃経集解巻第三十一』37-484)
『敦煌変文校注』には6例がある。5例を示す。
　　　情願長居玉塞垣。(『李陵変文』)
　　　情願与作阿耶児。(『盧山遠公話』)
　　　我舎慈親来下界，情願将身作夫妻。(『破魔変』)
　　　情願長擎座具，(『破魔変』)
　　　情願相随也去来。(『維摩詰経講経文』)

　松尾(1987)では「「情願」は二音節の動詞。「情に願う」ではない」とする。
　『日本書紀』の訓点では，北野本兼永点が熟合符を加点して「ネガハシ」と一語で訓んでいる。

(Ⅰ-1-19) 製　造
①天皇為皇太子時，始親所製造也，(27) 下 377-15
　北野本鎌倉初期点「製_造」
　　　　　　　　　ツクレル

　漢籍の用例を『国学宝典』を利用して検索すると，『漢書』0 例,『後漢書』0 例,『晋書』0 例,『梁書』0 例,『魏書』3 例,『隋書』4 例,『楽府詩集』0 例,『世説新語』0 例,『遊仙窟』0 例,『祖堂集』2 例がある。3 例を示す。
　　属天下多難，製造終無。(『魏書』・巻 190)
　　可賜衣冠之具，仍班製造之式。(『隋書』・巻 83)
　　製造常莆鞋，(『祖堂集』・巻 19)
　仏典の用例を『CBETA 電子仏典』を利用して検索すると 67 例がある。2 例を示す。
　　或念製造文頌書論。(三蔵法師玄奘奉詔訳『大般若波羅蜜多経巻第五百六十』7-889)
　　公然製造。若名若体。(終南山宣律師賓主序『緇門警訓巻第五』48-1068)
　『敦煌変文校注』には 2 例がある。全例を示す。
　　今擬製造《涅槃経疏抄》，(『廬山遠公話』)
　　製造得来多気味，調和直是足塩油。(『妙法蓮華経講経文』)

　『日本書紀』の訓点は，北野本鎌倉初期点が訓合符及び和訓「ツクル」を加点して一語で訓んでいる。

(Ⅰ-1-20) 喘　息
①人大兄皇子，喘息而来問，(24) 下 251-20
　岩崎本平安中期点「喘-息」
　　　　　　　　　イワケ

　漢籍の用例を『国学宝典』を利用して検索すると,『漢書』0 例,『後漢書』2 例,『晋書』1 例,『梁書』0 例,『魏書』1 例,『隋書』0 例,『楽府詩

集』0例,『世説新語』1例,『遊仙窟』0例,『祖堂集』0例がある。4例を示す。

　　喘息須臾間耳。(『後漢書』・巻56)
　　体小不安，令人喘息。(『晋書』・巻83)
　　或以喘息不調，(『魏書』・巻3)
　　体小不安，令人喘息。(『世説新語』・巻2)

　仏典の用例を『CBETA電子仏典』を利用して検索すると270例がある。2例を示す。

　　喘息出声。(隋天竺三蔵闍那崛多等訳『起世経巻第四』1-331)
　　倚門壁而喘息。(呉月支優婆塞支謙訳『仏説太子瑞応本起経巻上』3-474)

『敦煌変文校注』には3例がある。2例を示す。

　　形容廋損，喘息不安，(『八相変文』)
　　喘息微微，(『維摩詰経講経文』)

　張万起(1993)では「「喘息」は緊張不安の意味である」とする。
　『日本書紀』の訓点は，岩崎本平安中期点で一語であることを示す中央合符と和訓「イワク」が加点されて一語で訓んでいる。

（Ⅰ-1-21）陳　説 (一部)
①仍陳説於山田寺衆僧及長子興志，与数十，(25) 下309-11
　　北野本鎌倉初期点「陳-説」カタラヒ

　漢籍の用例を『国学宝典』を利用して検索すると，『漢書』0例，『後漢書』0例，『晋書』6例，『梁書』1例，『魏書』5例，『隋書』1例，『楽府詩集』0例，『世説新語』2例，『遊仙窟』0例，『祖堂集』0例がある。5例を示す。

　　上表称臣，陳説天命。(『晋書』・巻1)
　　云容貌不変，徐自陳説。(『梁書』・巻13)
　　安世陳説祖父，甚有次第，(『魏書』・巻53)

魚貫面縛，陳説愆咎，(『隋書』・巻 35)
陳説古今，無不貫悉。(『世説新語』・品藻第 9)

仏典の用例を『CBETA 電子仏典』を利用して検索すると 195 例がある。2 例を示す。

陳説人間善悪多，(隋天竺沙門達摩笈多訳『起世因本経巻第七』1-397)
上向天帝陳説衆人之罪悪。(大興善寺翻経院灌頂阿闍梨述『北斗七星護摩秘要儀軌』21-424)

『敦煌変文校注』には 13 例がある。2 例を示す。

悲喜交集処若為陳説？(『降魔変文』)
乃哭明妃処若為陳説？(『王昭君変文』)

張万起(1993)では「申説，叙説の意味」とする。
『日本書紀』の訓点では，北野本鎌倉初期点が熟合符及び和訓「カタラフ」を加点して一語で訓んでいる。

（Ⅰ-1-22）啼　泣

①雖然不治天下，常以啼泣悲恨。(01) 上 097-10
　兼方本弘安点「啼＿泣ナキ」
　　　　　　　　　ナキイサチ
②皇后仰天歔欷，啼泣傷哀。(14) 上 493-09
　前田本院政期点「啼＿泣ナキ」
　　　　　　　　　イサチ
　図書寮本 1142 年点「啼-泣ナキ」
　　　　　　　　　　　イサチ
③敢違命，惻愴啼泣，喚出尼等，付於御室。(20) 下 151-13
　前田本院政期点「啼＿泣」
　　　　　　　　　イサチツゝ
④其患瘡者言，身如被焼被打被摧，啼泣而，(20) 下 151-16
　前田本院政期点「啼泣」
　　　　　　　　　ツゝ

漢籍の用例を『国学宝典』を利用して検索すると，『漢書』6 例，『後漢書』3 例，『晋書』0 例，『梁書』0 例，『魏書』1 例，『隋書』0 例，『楽府詩集』1 例，『世説新語』2 例，『遊仙窟』0 例，『祖堂集』2 例がある。6 例を示す。

後姫夫人共啼泣止王。(『漢書』・巻63)
　　　盆子惶恐，日夜啼泣，(『後漢書』・巻11)
　　　日夜啼泣，遣請眾敬，(『魏書』・巻61)
　　　神光悲啼泣涙而言，(『祖堂集』・巻2)
　　　児悲思啼泣，不飲它乳，遂死。(『世説新語』・惑溺第35)
　　　対交啼泣涙不可止。(『楽府詩集』・巻38)
　仏典の用例を『CBETA電子仏典』を利用して検索すると548例がある。
2例を示す。
　　　悲号啼泣。奉送如来。(東晋平陽沙門釈法顕訳『大般涅槃経巻中』1-
　　　197)
　　　啼泣面目腫，(北涼天竺三蔵曇無識訳『大般涅槃経巻第二』12-373)
『敦煌変文校注』には4例がある。2例を示す。
　　　王見仙人啼泣，(『八相変』)
　　　父王不許，恐溺水也，子便啼泣。(『祇園因由記』)

　張万起(1993)では「哭泣，啼哭の意味」とする。
　『日本書紀』の訓点では，②③前田本院政期点が訓合符及び和訓「イサツ」
「ナク」，②図書寮本1142年点が熟合符及び和訓「イサツ」「ナク」を加点し
て一語で訓んでおり，④前田本院政期点も一語で訓んでいる例と見做される。
①兼方本弘安点は，訓合符を加点して右訓が「ナキイサチ」と二語で訓み，
左訓が「ナキ」と一語で訓み，何れの訓みを採るかを示す合点は施されてい
ない。

(Ⅰ-1-23) **東　西**
①閉戸防禁，不許東西。(26) 下341-10
　　　北野本鎌倉初期点「東西ｶﾆｶｸﾆｽﾙを」

　漢籍の用例を『国学宝典』を利用して検索すると，口語の用法として『漢
書』0例，『後漢書』0例，『晋書』0例，『梁書』0例，『魏書』0例，『隋書』
0例，『楽府詩集』0例，『世説新語』0例，『遊仙窟』0例，『祖堂集』0例と，

用例がない。

　仏典の用例を『CBETA 電子仏典』を利用して検索すると，動詞として 3 例がある。全例を示す。

　　不許東西。乃経六日故。（大唐三蔵法師義浄奉制訳『根本説一切有部毘奈耶破僧事巻第十二』27-162）

　　是時仙人不敢東西。（大唐三蔵法師義浄奉制訳『根本説一切有部毘奈耶破僧事巻第十二』27-162）

　　教経於六日不敢東西。（大唐三蔵法師義浄奉制訳『根本説一切有部毘奈耶破僧事巻第十二』27-162）

『敦煌変文校注』には 2 例がある。全例を示す。

　　汝也不要東西，（『廬山遠公話』）

　　部落豈敢東西？（『王昭君変文』）

　松尾(1987)では「古訓は「カニカクニスル」。うろつきまわること。敦煌文書中の奴隷の身売り契約書に，この表現習見」とする。『敦煌変文校注』によると「「東西」は，唐代に入って使用されるようになった口語(離れる，逃げる意)と見られ」(272 頁)とする。

　『日本書紀』の用例は，「伊吉連博徳書」の引用であるが，北野本鎌倉初期点は，この特殊な用例をともかくも一語の動詞として訓んでいる。

(Ⅰ-1-24) **漂　蕩**
①一書曰，古国稚地稚之時，譬猶浮膏而漂蕩。(01) 上 077-18
　　兼方本弘安点「漂_蕩タヽヨヘリ」
②海中卒偶暴風。皇舟漂蕩。(03) 上 195-09
　　北野本兼永点「漂-蕩タヽヨフ」
③暴風忽起，王船漂蕩，(07) 上 305-13
　　北野本南北朝期点「漂_蕩タヽヨフ」
④是時大雨。河水漂蕩，(22) 下 179-07
　　岩崎本平安中期点「漂-蕩タヽヨフ」
⑤忽逢暴風，漂蕩海中。(22) 下 193-20

岩崎本平安中期点「漂-蕩タヽヨフ」
⑥々中迷途，漂蕩辛苦。(26) 下349-18
北野本鎌倉初期点「漂-蕩タヽヨヒ」

　漢籍の用例を『国学宝典』を利用して検索すると，『漢書』0例,『後漢書』0例,『晋書』0例,『梁書』0例,『魏書』0例,『隋書』0例,『楽府詩集』0例,『世説新語』0例,『遊仙窟』0例,『祖堂集』0例,『太平広記』2例がある。2例を示す。

　　為大水漂蕩，失其所在。(『太平広記』・巻162)
　　随流漂蕩，(『太平広記』・巻395)

　仏典の用例を『CBETA電子仏典』を利用して検索すると26例がある。2例を示す。

　　漂蕩一切瞋恚草木愚痴華果。(罽賓国三蔵般若奉詔訳『大乗理趣六波羅蜜多経巻第六』8-891)
　　四流漂蕩心没溺。(于闐国三蔵実叉難陀奉制訳『大方広仏華厳経巻第三十五』10-187)

　『敦煌変文校注』には1例がある。

　　亦能漂蕩天地，亦能涸煞魚竜。(『茶酒論』)

　『日本書紀』の訓点は訓点資料の系統・年代が異る④⑤岩崎本平安中期点で一語であることを示す中央合符及び和訓「タヽヨフ」・⑥北野本鎌倉初期点で熟合符及び和訓「タヽヨヒ」・①兼方本弘安点で訓合符及び和訓「タヽヨヘ」・③北野本南北朝期点で訓合符及び和訓「タヽヨフ」・②北野本兼永点で熟合符及び和訓「タヽヨフ」をそれぞれ加点して「タヽヨフ」と一語で訓んでいる。

(Ⅰ-1-25) 便　旋
①中大兄，見子麻呂等，畏入鹿威，便旋不進曰，(24) 下263-15
　岩崎本平安中期点「便-旋メクラヒて」

漢籍の用例を『国学宝典』を利用して検索すると，口語の用法として『漢書』0例，『後漢書』0例，『晋書』1例，『梁書』0例，『魏書』0例，『隋書』0例，『楽府詩集』0例，『世説新語』0例，『遊仙窟』0例，『祖堂集』0例がある。1例を示す。

　　想便旋軍襄陽，（『晋書』・巻70）

　仏典の用例を『CBETA電子仏典』を利用して検索すると27例がある。2例を示す。

　　便旋即忘。（後漢西域三蔵竺大力共康孟詳訳『修行本起経巻下』3-466）
　　即便旋往室羅伐城。（三蔵法師義浄奉制訳『根本説一切有部毘奈耶巻第十八』38-112）

　『敦煌変文校注』には用例がない。

　中国でも用例が少ない口語的表現であるが，『日本書紀』の訓点は岩崎本平安中期点で二字一語であることを示す中央合符及び和訓「メクラヒ」を加点して「メグラフ」と的確に一語で訓んでいる。

（Ⅰ-1-26）**奉　遣**

①而後奉遣。（14）上471-13
　　前田本院政期点「奉　遣」（タテマタシタマヘ）
②遂与辞訣，奉遣於朝。（14）上471-14
　　図書寮本1142年点「奉　遣」（タテマツル）
③僕窃聞之，百済国主，奉疑天朝，奉遣臣後，留而弗還。（20）下143-18
　　前田本院政期点「奉-遣」（タテマタイ）
④百済国，聞天皇崩，奉遣弔使。（24）下237-14
　　岩崎本平安中期点「奉-遣せり」（タテマタ）

　漢籍の用例を『国学宝典』を利用して検索すると，『漢書』0例，『後漢書』0例，『晋書』0例，『梁書』0例，『魏書』0例，『隋書』0例，『楽府詩集』0例，『世説新語』0例，『遊仙窟』0例，『祖堂集』0例と，用例がない。
　仏典の用例を『CBETA電子仏典』を利用して検索すると用例がない。

『敦煌変文校注』には1例がある。

　　奉遣下界，歴便凡間，（『八相変』）

　中国仏典にも用例の見当らない二字漢語であり『日本書紀』の用例は何れも朝鮮関係の部分であるが，『日本書紀』の訓点では，④岩崎本平安中期点が一語であることを示す中央合符及び和訓「タテマタす」，③前田本院政期点が熟合符及び和訓「タテマタイ」，①前田本院政期点が「タテマタシ」，②図書寮本1142年点が「タテマツル」と加点して平安時代訓点資料として系統も年代も異る全4例とも「タテマダス」「タテマツル」と的確に一語として訓んでいる。

（Ⅰ-1-27）**奉　献**
①仍領率百八十種勝，奉献庸調絹縑，（14）上 495-07
　　図書寮本1142年点　無点
②仍奉献上御野・下御野・上桑，（18）下 053-09
　　北野本南北朝期点「奉＿献」
　　兼右本1540年点「奉-献ッ」
③秋時五百丁，奉献天皇，子孫不絶。（18）下 053-17
　　北野本南北朝期点「奉＿献」
　　兼右本1540年点「奉-献」
④以七織帳，奉献於天皇。（19）下 127-08
　　北野本南北朝期点「奉レ献」
　　兼右本1540年点「奉-献」
⑤船史恵尺，即疾取所焼国記，而奉献中大兄。（24）下 265-14
　　岩崎本平安中期点「奉-献セリ」（タテマタ）

　漢籍の用例を『国学宝典』を利用して検索すると，『漢書』3例，『後漢書』14例，『晋書』0例，『梁書』5例，『魏書』0例，『隋書』2例，『楽府詩集』0例，『世説新語』0例，『遊仙窟』0例，『祖堂集』1例がある。5例を示す。

子代立，遣使奉献，(『漢書』・巻96)

冬十月，倭国遣使奉献。(『後漢書』・巻5)

莫不奉献，以表慕義之誠。(『梁書』・巻54)

毎年奉献，不過数十匹馬。(『隋書』・巻37)

将何奉献？(『祖堂集』・巻8)

仏典の用例を『CBETA電子仏典』を利用して検索すると983例がある。2例を示す。

今此奉献是天王物。(隋天竺三蔵闍那崛多等訳『起世経巻第二』1-316)

可以此食奉献彼仏世尊。(北涼天竺三蔵曇無讖訳『大般涅槃経巻第一』12-365)

『敦煌変文校注』には6例がある。4例を示す。

分一半功能奉献君。(『双恩記』)

所得財物買好物，将来奉献我慈親。(『盂蘭盆経講経文』)

供養弥勒，奉献観音。(『茶酒論』)

七宝珍財，奉献其仏。(『金剛醜女因縁』)

『日本書紀』の訓点は，⑤岩崎本平安中期点が一語であることを示す中央合符及び和訓「タテマダス」が加点されているので，②③北野本南北朝期点は訓合符のみ，②③④兼右本1540年点は熟合符のみの加点であるが，「奉遺」と同じく「(タテマダス)」「(タテマツル)」と一語として訓んでいるものと見做される。尚，④北野本南北朝期点は返点のみが加点されているが「(タテマツル)」の例と見做される。

(Ⅰ-1-28) **奉　進**

①天熊人悉取持去而奉進之。(01) 上103-11

　　兼方本弘安点「奉 _ 進」(タテマツル)

②使二女，持百机飲食奉進。(02) 上155-13

　　兼方本弘安点「奉-進」(タテマツル)

③思則潮涸之瓊，副其鉤而奉進之曰，皇孫雖隔，(02) 上175-08

　　兼方本弘安点「奉-進」(タテマツリ)

④今汝宜奉進，(18) 下 051-11
　　北野本南北朝期点 無点
　　兼右本 1540 年点「奉_進」
⑤以我奉進，亦復不晩。(24) 下 257-07
　　岩崎本平安中期点「奉 - 進とも」 (タテマツリ 給)
⑥五十許人，奉進朝堂。(26) 下 345-11
　　北野本鎌倉初期点「奉-進」 (タテマツル)
⑦五月廿三日，奉進朝倉之朝。(26) 下 351-01
　　北野本南北朝期点「奉_進」

　漢籍の用例を『国学宝典』を利用して検索すると，『漢書』0 例，『後漢書』0 例，『晋書』1 例，『梁書』1 例，『魏書』2 例，『隋書』2 例，『楽府詩集』1 例，『世説新語』0 例，『遊仙窟』0 例，『祖堂集』0 例がある。5 例を示す。
　　　百姓之心復帰于晋，更奉進璽，(『晋書』・巻 74)
　　　奉進疏食，不暇精美。(『魏書』・巻 35)
　　　奉進賢三梁冠，至太子前，(『隋書』・巻 9)
　　　故令臣等奉進一觴。(『梁書』・巻 56)
　　　侍人承顔色，奉進金玉觴。(『楽府詩集』・巻 53)
　仏典の用例を『CBETA 電子仏典』を利用して検索すると 75 例がある。2 例を示す。
　　　然後乃将奉進太子。(隋天竺三蔵闍那崛多訳『仏本行集経巻第十三』3-710)
　　　以深経典奉進法師。(西晋月氏国三蔵竺法護訳『阿差末菩薩経巻第六』13-605)
　『敦煌変文校注』には用例がない。

　『日本書紀』の訓点では，⑤岩崎本平安中期点が一語であることを示す中央合符及び和訓「タテマツル」，⑥北野本鎌倉初期点が熟合符及び和訓「タテマツル」，①②③兼方本弘安点が熟合符又は訓合符及び和訓「タテマツル」

が加点され，総て「タテマツル」と一語で訓まれているので，訓合符のみ加点している⑦北野本南北朝期点・④兼右本1540年点の例も「(タテマツル)」と訓んでいるものと見做される。

(Ⅰ-1-29) 遊　行
①其子事代主神，遊行在於出雲国三穂三穂，此云美保。(02) 上 139-16
　　兼方本弘安点「遊-行ｱﾙｷﾃｲﾃﾏｼﾃ」
②遊行降来，到於日向襲之高千穂槵日二上，(02) 上 157-17
　　兼方本弘安点「遊-行ﾕｷ」
③卅年秋九月乙卯朔乙丑，皇后遊行紀国，到熊野岬，(11) 上 399-16
　　前田本院政期点「遊_行ｲﾃﾏｼｷ」
④由是，独馳越八尋屋而遊行。(12) 上 429-16
　　図書寮本1142年点「遊行ｲﾆｷ」
⑤月庚午朔，皇太子遊行於片岡。(22) 下 199-14
　　岩崎本平安中期点「遊-行ｲﾀﾏｽ」

　漢籍の用例を『国学宝典』を利用して検索すると，『漢書』1例，『後漢書』0例，『晋書』4例，『梁書』3例，『魏書』3例，『隋書』2例，『楽府詩集』4例，『世説新語』0例，『遊仙窟』0例，『祖堂集』4例がある。7例を示す。
　　　豨将候敵将万餘人遊行。(『漢書』・巻1)
　　　遊行礼塔，次至丹陽。(『梁書』・巻54)
　　　言周穆王遊行四海，(『晋書』・巻51)
　　　吾与汝曹遊行四境，(『魏書』・巻35)
　　　于是被発陽狂，遊行市里，(『隋書』・巻78)
　　　有一日大師領眾出牆遊行次，(『祖堂集』・巻15)
　　　遊行天下，令楽人歌之。(『楽府詩集』・巻64)
　仏典の用例を『CBETA電子仏典』を利用して検索すると3010例がある。2例を示す。
　　　遊行林野。(元魏婆羅門瞿曇般若流支訳『正法念処経巻第六』17-29)

若遊行時。(元魏婆羅門瞿曇般若流支訳『正法念処経巻第六』17-10)
『敦煌変文校注』には8例がある。4例を示す。
　　呉国臣佐，乗馬入市遊行，(『伍子胥変文』)
　　昨日遊行観看，見於何物？(『太子成道経』)
　　旦(但)縁家貧，遊行莨(浪)蕩。(『前漢劉家太子伝』)
　　一旦意欲遊行，心士只在須臾，(『葉淨能詩』)

　劉堅・江藍生(1997)では「遊行は「散歩」の意味」とする。
　『日本書紀』の訓点では，⑤岩崎本平安中期点が一語であることを示す中央合符及び和訓「イダマス」，③前田本院政期点が訓合符及び和訓「イデマス」，④図書寮本1142年点が和訓「イヌ」，①②兼方本弘安点が熟合符及び和訓「アルク」「イデマス」「ユク」の加点で，『日本書紀』訓点資料の系統も年代も異る訓点で何れも的確に一語として訓んでいる。

(Ⅰ-1-30) **羅　列**
①百官臣連国造伴造百八十部，羅列匝拝。(25) 下271-09
　　北野本鎌倉初期点「羅列ツラナリ」
②要於寅時，南門之外，左右羅列，候日初，(25) 下303-12
　　北野本鎌倉初期点「羅列ツラナリて」
③公卿百寮，羅列匝拝，而拍手，(30) 下501-13
　　北野本鎌倉初期点「羅-列」

　漢籍の用例を『国学宝典』を利用して検索すると，『漢書』3例，『後漢書』0例，『晋書』1例，『梁書』2例，『魏書』3例，『隋書』0例，『楽府詩集』6例，『世説新語』1例，『遊仙窟』0例，『祖堂集』0例がある。5例を示す。
　　奮以方攘，駢羅列布，(『漢書』・巻87)
　　楼観羅列，道途平正。(『梁書』・巻54)
　　子侄羅列階下。(『魏書』・巻58)
　　爾等并羅列吾前，(『世説新語』・識鑑第7)

第二章　二字動詞の訓読　93

十十五五，羅列成行。(『楽府詩集』・巻39)
　仏典の用例を『CBETA電子仏典』を利用して検索すると199例がある。
2例を示す。
　　十六者諸天玉女羅列而住。(西晋月氏三蔵竺法護訳『普曜経巻第二』
　　　3-489)
　　羅列而坐。(失訳人今附東晋録『盧至長者因縁経』14-821)
『敦煌変文校注』には1例がある。
　　錦綉瓊珍，羅列球場，万人称賀。(『張淮深変文』)

　『日本書紀』の訓点は，①②北野本鎌倉初期点が「ツラナル」と一語として訓み，熟合符のみ加点の③北野本鎌倉初期点も一語で「(ツラナル)」と訓んでいる例と見做される。

(Ⅰ-1-31)　留　住
①因留住之曰，吾亦欲，(02) 上 135-18
　　兼方本弘安点「留＿住之ﾃ
トヽマリ
」
②請任意遊之。故皇孫就而留住。(02) 上 141-17
　　兼方本弘安点「留＿住ﾄヽﾏﾘﾏｽﾄヽﾏﾘﾀﾌｴ」
③因曰，随勅奉矣。故天孫留住於彼処。(02) 上 157-20
　　兼方本弘安点「留－住
トヽマリタマフ
」
④因娶海神女豊玉姫。仍留住海宮，(02) 上 165-19
　　兼方本弘安点「留－住
トヽマリタマヘル
ｺﾄ」
⑤故留住海宮，已経三載。(02) 上 171-12
　　兼方本弘安点「留－住
トヽマリタマヘル
ｺﾄ」
⑥故請，留住角国。(14) 上 485-12
　　前田本院政期点・図書寮本1142年点「留＿住ﾑ
ハムヘ
」

　漢籍の用例を『国学宝典』を利用して検索すると，『漢書』0例，『後漢書』1例，『晋書』0例，『梁書』0例，『魏書』2例，『隋書』0例，『楽府詩集』1例，『世説新語』0例，『遊仙窟』0例，『祖堂集』0例がある。3例を

示す。
　　　　　楚太后勿上璽綬，留住楚宮。(『後漢書』・巻42)
　　　　　南遣二紀，猶有留住。(『魏書』・巻9)
　　　　　便嫁莫留住。(『楽府詩集』・巻38)
　　仏典の用例を『CBETA電子仏典』を利用して検索すると186例がある。
　2例を示す。
　　　　　留住深宮。極世五欲。(後秦弘始年仏陀耶舎共竺仏念訳『仏説長阿含経
　　　　　　巻第五』5-33)
　　　　　阿闍世王終不留住。(東晋罽賓三蔵瞿曇僧伽提婆訳『増壱阿含経巻第三』
　　　　　　2-725)
　　『敦煌変文校注』には1例がある。
　　　　　阿婆終不敢留住。(『秋胡変文』)

　　太田(1958，改訂1981)では「《～住》　動作の最終状態が不動のものとし
　て存続することをあらわす。がんらい《住》はとどまることを意味し，多く
　運動に関する動詞に用いられる。その例，師便把住云(祖10)(師はそこでつ
　かまえていった。)」と指摘する(220頁)。松尾(1987)では「動詞に後接し，
　動作が安定・固定していることを表す」とする。
　　『日本書紀』の訓点は，⑥前田本院政期点・図書寮本1142年点が訓合符及
　び和訓「ハムベリ」，①②③④⑤兼方本弘安点が熟合符又は訓合符及び和訓
　「トドマル」を加点して全6例とも一語として訓んでいる。

(Ⅰ-1-32)　往　還
①虜兵満路，難以往還。(03) 上 201-14
　　北野本兼永点「往^{カヨフコト}-還」
②賜多沙城，為往還路駅。(09) 上 357-18
　　北野本南北朝期点「往^{カヨフ}-還」
③以其父功，專於任那。来人我国，往還貴国。(10) 上 377-12
　　北野本南北朝期点「往^{カヨフ}-還」
④海人之苞苴，鯇於往還。(11) 上 387-18

前田本院政期点「往_還」カヨフアヒタ

⑤反側呼号，往還頭脚。(14) 上 461-10
　前田本院政期点「往-還」カヨフ

⑥日赴新羅域，公私往還，(19) 下 087-15
　兼右本 1540 年点「往-還」カヨフ

⑦今麻都等，腹心新羅，遂着其服，往還旦夕。(19) 下 087-19
　兼右本 1540 年点「往_還」カヨフ

⑧遂於路上，往還之間，(24) 下 255-14
　岩崎本平安中期点「往-還」カヨフ

⑨挙国百姓，無故持兵，往還於道。(26) 下 343-20
　北野本鎌倉初期点「往-還」カヨフ

　漢籍の用例を『国学宝典』を利用して検索すると，『漢書』0 例，『後漢書』0 例，『晋書』4 例，『梁書』6 例，『魏書』14 例，『隋書』1 例，『楽府詩集』3 例，『世説新語』0 例，『遊仙窟』1 例，『祖堂集』0 例がある。6 例を示す。

　　太子親臨者三焉，往還皆拝，(『晋書』・巻 68)
　　往還之間，故不見其至也。(『魏書』・巻 35)
　　積霜散之往還，鼓波濤之前却。(『梁書』・巻 64)
　　西蕃上将，句已往還。(『隋書』・巻 21)
　　身去長不返，簫声時往還。(『楽府詩集』・巻 51)
　　自恨往還疏，(『遊仙窟』) 醍醐寺本 1344 年点「往_還」キルコト／真福寺本 1353 年点「往-還」トサマヨヒ

仏典の用例を『CBETA 電子仏典』を利用して検索すると 581 例がある。2 例を示す。

　　往還其中。(月支優婆塞支謙訳『仏説梵網六十二見経』1-270)
　　往還朋友。(三蔵法師玄奘奉詔訳『阿毘達磨法蘊足論巻第九』26-493)

『敦煌変文校注』には 4 例がある。全例を示す。

　　交期朋友往還，一別無由再見。(『廬山遠公話』)
　　思慮恥於往還，遂乃精神不安，(『金剛醜女因縁』)

崇楼高峻下，行路清霄阻往還。(『降魔変文』)
善恵却往還不？(『不知名変文』)

劉堅・江藍生(1997)では「「往還」は「来往，交遊」の意味」とする。
『日本書紀』の訓点では，⑧岩崎本平安中期点が一語であることを示す中央合符及び和訓「カヨフ」，④⑤前田本院政期点が熟合符・訓合符及び「カヨフ」，⑨北野本鎌倉初期点が熟合符及び和訓「カヨフ」，②③北野本南北朝期点が熟合符及び和訓「カヨフ」，①北野本兼永点が熟合符及び和訓「カヨフ」，⑥⑦兼右本1540年点が熟合符・訓合符及び和訓「カヨフ」を加点しており，それぞれの箇所の訓点は『日本書紀』訓点資料としての系統・年代が異なるにもかかわらず，総て一語として「カヨフ」と訓んでいる。『遊仙窟』醍醐寺本1344年点は，「(ユ)キ(カヘ)ル」と二語で訓んでいるが，真福寺本1353年点は「(ワウカン)トサマヨヒ」と文選訓みしている。

(Ⅰ-1-33) 往　来
①又為汝往来遊海之具，高橋・浮橋及天鳥船，(02)上151-14
　　兼方本弘安点「往－来ﾃ」
②長九百七十丈焉。百寮蹈其樹而往来。(07)上295-19
　　北野本南北朝期点「往_来」
③亦呼之曰，鳥往来羽田之汝，(12)上427-18
　　図書寮本1142年点「往_来」
④由的臣等，往来新羅，方得耕種，是上欺天朝，(19)下087-11
　　北野本南北朝期点「往_来」
⑤一時倶鏁十二通門，勿使往来。(24)下263-10
　　岩崎本平安中期点「往－来」
⑥是故，可以温和之心，相継往来而已。(25)下273-08
　　北野本鎌倉初期点「往_来」
⑦従国造・郡領。但以公事往来之時，(25)下275-08
　　北野本鎌倉初期点「往_来」

第二章　二字動詞の訓読　97

　漢籍の用例を『国学宝典』を利用して検索すると,『漢書』45例,『後漢書』33例,『晋書』21例,『梁書』7例,『魏書』52例,『隋書』30例,『楽府詩集』12例,『世説新語』1例,『遊仙窟』0例,『祖堂集』5例がある。9例を示す。

　　臣常<u>往来</u>海中,（『漢書』・巻25）
　　我与<u>往来</u>,結為本走之友。（『後漢書』・巻67）
　　随商賈<u>往来</u>,見上国制度。（『晋書』・巻97）
　　逃難須密,不宜<u>往来</u>。（『梁書』・巻22）
　　聘問交市,<u>往来</u>不絶。（『魏書』・巻1）
　　自是西域諸蕃,<u>往来</u>相継,（『隋書』・巻24）
　　雖有<u>往来</u>,<u>往来</u>無所。（『祖堂集』・巻24）
　　故是常<u>往来</u>,無它所論。（『世説新語』・尤悔第33）
　　繚繞万家井,<u>往来</u>車馬塵。（『楽府詩集』・巻18）

仏典の用例を『CBETA電子仏典』を利用して検索すると3026例がある。2例を示す。

　　生死<u>往来</u>。精神不滅。（不載訳人附東晋録『般泥洹経巻下』1-183）
　　結跏趺坐。<u>往来</u>自在。（于闐国三蔵実叉難陀奉制訳『大方広仏華厳経巻第六十二』10-331）

『敦煌変文校注』には19例がある。4例を示す。

　　解通<u>往来</u>之人。（『廬山遠公話』）
　　生死<u>往来</u>,不得出離者。（『妙法蓮華経講経文』）
　　移転山河,不覚<u>往来</u>之相。（『降魔変文』）
　　生死<u>往来</u>,不得出離者。（『妙法蓮華経講経文』）

　『日本書紀』の訓点では,⑤岩崎本平安中期点が一語であることを示す中央合符及び和訓「カヨフ」,③図書寮本1142年点が訓合符及び和訓「カヨフ」,⑥⑦北野本鎌倉初期点が訓合符及び和訓「カヨフ」,①兼方本弘安点が熟合符及び和訓「カヨフ」,②北野本南北朝期点が訓合符及び和訓「カヨフ」を加点して,総て一語として「カヨフ」と訓んでいる。訓合符のみ加点の④北野本南北朝期点も「（カヨフ）」の例と見做される。

Ⅰ-1に分類される33語の語構成を見ると，類似意の付加が多いが中には「動詞＋目的語」や動詞に補助動詞が付されたものなど一様ではない。それにもかかわらず二字を一語の和語で訓んでいることは，学習の達成が口語起源の二字動詞にも及んでいたことを示している。

Ⅰ-2　合符のみを加点している例　1語

```
1 還帰
```

（Ⅰ-2-1）還　帰
①由是，沙門智達等還帰。(26)下 331-13
　　北野本南北朝期点「還_帰」

　漢籍の用例を『国学宝典』を利用して検索すると，『漢書』0例，『後漢書』0例，『晋書』0例，『梁書』0例，『魏書』0例，『隋書』0例，『楽府詩集』3例，『世説新語』0例，『遊仙窟』0例，『祖堂集』1例がある。2例を示す。
　　展則周遍法界中，収乃還帰一塵里。(『祖堂集』・巻9)
　　暫動凝質，還帰積陰，(『楽府詩集』・巻6)
　仏典の用例を『CBETA 電子仏典』を利用して検索すると1076例がある。2例を示す。
　　宜各還帰。(後秦弘始年仏陀耶舎共竺仏念訳『仏説長阿含経巻第四』
　　　1-27)
　　即受珍宝還帰其家。(僧伽斯那撰呉月支優婆塞支謙字恭明訳『菩薩本縁
　　　経巻中』3-60)
　『敦煌変文校注』には4例がある。2例を示す。
　　還帰本国，与父母相見。(『双恩記』)
　　還帰天宮処，若為陳説？(『頻婆娑羅王後宮綵女功徳意供養塔生天因縁
　　　変』)

第二章　二字動詞の訓読　99

　松尾(1987)では「「還」「帰」「廻」「却」の四字は，いろいろに組み合さり同義結合の二音節動詞を構成するが，意味は「かえる」で共通する。次の「廻帰」も同じ」と説明している。
　『日本書紀』の訓点は，北野本南北朝期点で訓合符のみの加点であるが，「廻帰」と同じく「(カヘル)」と一語として訓んでいるものと見做される。

II　二字一語として訓んでいない例

II-1　二字一語として訓まず和訓も不当な例　0語
　これに該当する語が，動詞では1例もないことが注目される。

II-2　二字一語として訓んでいないが文意は大きく外れていない又は不明な
　　　　例　4語

> 1 意欲　2 情願(一部)　3 欲得　4 陳説(一部)

(II-2-1) 意　欲
①意欲窮誅。(03) 上209-10
　　北野本兼永点「意ニ欲ニ窮ゴロ誅サムと」
②是夜，興志意欲焼宮。猶聚士卒。(25) 下309-10
　　北野本鎌倉初期点「意ニ欲焼宮ヲ」

　漢籍の用例を『国学宝典』を利用して検索すると，『漢書』16例，『後漢書』4例，『晋書』6例，『梁書』2例，『魏書』12例，『隋書』6例，『楽府詩集』7例，『世説新語』3例，『遊仙窟』0例，『祖堂集』0例がある。7例を示す。
　　武意欲以刑法治梁。(『漢書』・巻76)
　　帝見大惊，意欲留之，(『後漢書』・巻89)
　　有人葬母意欲借而不敢言。(『晋書』・巻49)

意欲待集，然後上頓。(『梁書』・巻45)
　　　突厥意欲降之，(『隋書』・巻37)
　　　意欲結交情。(『楽府詩集』・巻44)
　　　意欲窺之，可乎？(『世説新語』・第19)
　仏典の用例を『CBETA 電子仏典』を利用して検索すると1587例がある。2例を示す。
　　　意欲放棄寿命。(西晋河内沙門白法祖訳『仏般泥洹経巻上』1-165)
　　　王意欲須金銀七宝衣被飲食。(中失訳人名今附東晋録『仏説菩薩本行経』
　　　　3-118)
　『敦煌変文校注』には4例がある。全例を示す。
　　　韓朋意欲還家，(『韓朋賦』)
　　　意欲寄書与人，恐人多言。(『韓朋賦』)
　　　意欲助仏化人，(『維摩詰経講経文』)
　　　皇帝意欲求仙，(『葉淨能詩』)

　太田(1958，改訂1981)に「中世から近世まで，複音節語をつくり補動詞として多く用いられた。例えば《欲得》《欲要》《欲待》《欲擬》《欲願》《意欲》など多い」と指摘がある。松尾(1987)では「古訓は「意」を「ミココロニ」と実義をもたせて訓じるが，この二字で一語の動詞」と指摘している(松尾(1986b)も同様の指摘)。
　『日本書紀』の訓点は，②北野本鎌倉初期点，①北野本兼永点が共に「ミコヽロに……と(オモフ)」と二語として訓んでいるが，文意は大きくは外れていない。古典語にも用例がある語であるが，一語の動詞としての認識は薄かったのであろうか。

(II-2-2) **情　願**(一部)
①聴臣情願地者，臣親歴視諸国，則合于臣心欲被給。(06) 上 261-12
　　熱田本南北朝期点「情　願　地　ロヲ」
②天皇詔五十瓊敷命・大足彦尊曰，汝等各言情願之物也。(06) 上 273-12
　　北野本兼永点「情 - 願 之物を」

③故随其情願，令班邦畿之外。(07) 上 313-15
　　北野本南北朝期点「情　願」(コ丶ロノネカヒノ)

　漢籍の用例を『国学宝典』を利用して検索すると，『漢書』0 例，『後漢書』0 例，『晋書』1 例，『梁書』0 例，『魏書』3 例，『隋書』0 例，『楽府詩集』0 例，『世説新語』0 例，『遊仙窟』0 例，『祖堂集』0 例がある。2 例を示す。

　　　悪未改，情願未移。(『晋書』・巻 46)
　　　売公営私，本非情願。(『魏書』・巻 94)
　仏典の用例を『CBETA 電子仏典』を利用して検索すると 98 例がある。2 例を示す。

　　　情願不遂。(宋天竺三蔵求那跋陀羅訳『雑阿含経巻第三十八』2-278)
　　　於諸有情願証平等。((附広釈)『世親菩薩造六門陀羅尼経論巻』21-879)
『敦煌変文校注』には 6 例がある。4 例を示す。

　　　我舎慈親来下界，情願将身作夫妻。(『破魔変文』)
　　　畢期有意親聞法，情願相随也去来。(『維摩詰経講経文』)
　　　情願長居玉塞垣。(『李陵変文』)
　　　情願与作阿耶児。(『張議潮変文』)

　太田(1958，改訂 1981)に「「情願」の「情」は〈心から〉という意味であるが意義を失い接頭辞のごとくなったものである」と指摘されている。
　『日本書紀』の用例 3 箇所の「情願」のうち 1 箇所②の訓点では一語として訓んでいる (Ⅰ-1 相当)。2 箇所の訓点③北野本南北朝期点・①熱田本南北朝期点は共に，「ココロノネガヒノ」「(ココロ)ノ(ネガ)ハシキ」と二語として訓んでいるが，文意は大きくは外れていない。

(Ⅱ-2-3) **欲　得**
①天皇欲得為妃，幸弟媛之家。(07) 上 285-11
　　熱田本南北朝期点「欲レ得レ為」(ヲホシテ　ト　セン)
　　北野本南北朝期点「欲二得……」(ヲホシ　エテ)

②今君王欲得出家修道者，且奉教也。(19)　下 117-09
　　北野本南北朝期点「欲ㇾ得㆓出ㇾ家修ㇾ道」

　　漢籍の用例を『国学宝典』を利用して検索すると，『漢書』0例，『後漢書』0例，『晋書』1例，『梁書』0例，『魏書』1例，『隋書』0例，『楽府詩集』0例，『世説新語』0例，『遊仙窟』0例，『祖堂集』27例がある。3例を示す。
　　　尓欲得使汝公死乎？（『晋書』・巻 120）
　　　欲得往来顕陽之意，（『魏書』・巻 16）
　　　欲得送薬山尊者，你持書速去。（『祖堂集』・巻 4）
　　仏典の用例を『CBETA 電子仏典』を利用して検索すると 5020 例がある。2例を示す。
　　　欲得飲食時。（西晋沙門法立共法炬訳『大楼炭経巻第四』1-297）
　　　欲得和解。（西晋河内沙門白法祖訳『仏般泥洹経巻下』1-175）
　『敦煌変文校注』には 14 例がある。4例を示す。
　　　欲得相見，面審懐抱。（『伍子胥変文』）
　　　必其欲得磨勘，請検山海経中。（『燕子賦』）
　　　不欲得聞念経之声。（『盧山遠公話』）
　　　若欲得与臣再相見。（『葉浄能詩』）

　　松尾(1987)では「「得＋動詞」の形式では，「～しうる」という「得」の実義性が大きく働くが，「動詞＋得」の形式では「得」の実義性が弱まる。この語序の差は文語と口語の差につながる」「「得」の実義性の薄れたものが口語表現であり，多くは下に動詞句を伴う」とする。程湘清(2003)では「「欲得」は「想要」の意味」とする。
　　『日本書紀』の訓点では，①②北野本南北朝期点・①熱田本南北朝期点が共に，「得」と和訓「ウ」との結びつきを残している。

(Ⅱ-2-4)　陳　説(一部)→(Ⅰ-1-21)参照
①然後陳説，欲与計事。(24)　下 255-16

岩崎本平安中期点「陳_説て」
図書寮本1142年点・北野本鎌倉初期点「陳説ノベトイ」

　漢籍の用例を『国学宝典』を利用して検索すると，『漢書』0例，『後漢書』0例，『晋書』5例，『梁書』1例，『魏書』5例，『隋書』1例，『楽府詩集』0例，『世説新語』2例，『遊仙窟』0例，『祖堂集』0例がある。3例を示す。
　　　上表称臣，陳説天命。（『晋書』・巻1）
　　　陳説愆咎，（『隋書』・巻35）
　　　方自陳説，玄怒，（『世説新語』・文学第4）
　仏典の用例を『CBETA電子仏典』を利用して検索すると192例がある。2例を示す。
　　　陳説人間善悪。（隋天竺沙門達摩笈多訳『多起世因本経巻第七』1-402）
　　　乃敢陳説。（呉月支優婆塞支謙訳『撰集百縁経巻第十』4-256）
　『敦煌変文校注』には13例がある。2例を示す。
　　　悲喜交集処若為陳説？（『降摩変文』）
　　　若為陳説。（『頻婆娑羅王後宮綵女功徳意供養塔生天因縁変』）

　『日本書紀』の用例，2箇所の訓点では，1箇所が「カタラヒ」と一語として訓み（（Ⅰ-1-21）参照），他の1箇所で岩崎本平安中期点が二字の間の左側に合符を加点しているので和語二語として訓むことを示し，図書寮本1142年点・北野本鎌倉初期点も「ノベトイ」と二語として訓んでいる。
　Ⅱ-2に分類される4語のうち2語は一部Ⅰ-1にも分類されているが，「陳説」の用法自体に両様があり，『日本書紀』の訓点は其れらを訓み分けたものと見られる。

　以上，『日本書紀』の二字動詞36語の訓読例を検討した。33語まで一語の和訓として訓んでおり，二字名詞の場合と同様に二字一語として訓まず和訓も不当な語は皆無である。他に，合符のみを加点している語が1語，二字一語として訓んでいないが文意は大きく外れていない又は不明な語が4語で

ある。
　前に検討した二字名詞の場合と同様に，学習の達成が口語起源の二字動詞にも及んでいたものと見做し得る。

第三章　二字形容詞の訓読

　松尾(1987)に取り上げられている全104語の二字漢語のうち二字形容詞にあたる次の1語

> 少許

及び筆者が同様の二字形容詞として補った6語(漢音五十音順)

> 窮乏　平安　可愛　曉然　晏然　猶如

を対象として考察する。

Ⅰ　二字一語として訓んでいる例

Ⅰ-1　一語の和訓として訓んでいる例　6語

> 1 少許(一部)　2 窮乏(一部)　3 平安　4 可愛　5 曉然(一部)　6 晏然

(Ⅰ-1-1)　**少　許**(一部)

①物部大連尾輿等奏曰，<u>少許</u>軍卒，不可易征。(19) 下067-07
　北野本南北朝期点「少-許」(Ⅰ-2相当)
　寛文九年版訓「少_許」(スコシハカリ)
　寛文九年版訓「少-許」(Ⅰ-2相当)

漢籍の用例を『国学宝典』を利用して検索すると，『漢書』0例，『後漢書』0例，『楽府詩集』2例，『世説新語』2例，『遊仙窟』0例，『祖堂集』1例がある。5例を示す。

　　《明君》止以弦隷少許為上舞而已。(『楽府詩集』・巻29)
　　衣香随逆風。江南少許地，年年情不窮。(『楽府詩集』・巻26)
　　直以真率少許，便足対人多多許。(『世説新語』・賞誉第8)
　　人餉魏武一杯酪，魏武啖少許，(『世説新語』・捷悟第11)
　　不避腥膻，亦有少許。(『祖堂集』・巻11)

仏典の用例を『CBETA電子仏典』を利用して検索すると578例がある。2例を示す。

　　毎一遍取少許投火中。(大興善寺三蔵沙門大広智不空訳『聖迦柅忿怒金
　　　剛童子菩薩成就儀軌経巻中』114-04)
　　経七八聚落。或得少許或不得者。(蕭斉外国三蔵僧伽跋陀羅訳『善見律
　　　毘婆沙巻第五』706-08)

『敦煌変文校注』には6例が存在する。2例を示す。

　　今縁少許急事，欲往江南行李。(『伍子胥変文』)
　　覆蔵其中，未曾少許改悔。(『維摩詰経講経文』)

　張永言(1992)では「少許」は「少量」の意味とする。王政白(1986，改訂2002)では，「少許」は数量が多くない，少しの意味に相当するとする。
　『日本書記』の訓点資料は，北野本南北朝期点では中央合符のみの加点である(Ⅰ-2相当)が，寛文九年版訓に「スコシバカリ」とある。

(Ⅰ-1-2)　窮　乏(一部)
①五穀不登窮乏也。邦畿之内，尚有不給者。(11) 上391-13
　前田本院政期点「窮_乏と」
　兼右本1540年点「窮 乏セマリ ラン キハマリトモシカラン」(Ⅱ-2相当)

　漢籍の用例を『国学宝典』を利用して検索すると，『漢書』0例，『後漢

第三章　二字形容詞の訓読　107

書』0 例,『楽府詩集』0 例,『世説新語』0 例,『遊仙窟』0 例,『祖堂集』0
例と，用例がない。
　仏典の用例を『CBETA 電子仏典』を利用して検索すると 146 例がある。
2 例を示す。
　　父母窮乏。妻子裸凍。(『生経巻第一』73-19)
　　人民窮乏無復生路。波羅奈王憂愁懊悩。(『法苑林巻第七十一』209-15)
『敦煌変文校注』には用例がない。

　『日本書記』の訓点は，前田本院政期点では和訓は不明ながら一語で訓ん
でいると思われるが，兼右本 1540 年点では二語で訓んでいる(II-2 相当)。

(I-1-3) 平　安
①請姉照臨天国，自可平安。(01) 上 121-14
　　兼方本弘安点「可＿平＿安」サキクマシマセ
②天孫若用此矛治国者，必当平安。(02) 上 141-09
　　御巫本『日本書紀私記』「当平安太比良／介々牟」
③況復平安之世，刀剣不離於身。(19) 下 123-15
　　兼右本 1540 年点「平-安」ヤスキ
④日本国天皇，平安以下。(26) 下 339-15
　　北野本鎌倉初期点「平－安」タヒラカニマスヤ

　漢籍の用例を『国学宝典』を利用して検索すると,『漢書』0 例,『後漢
書』1 例,『楽府詩集』3 例,『世説新語』0 例,『遊仙窟』0 例,『祖堂集』0
例がある。3 例を示す。
　　百姓平安，而西州発兵,(『後漢書』・巻 29)
　　伸腰再拝跪，問客平安不。(『楽府詩集』・巻 37)
　　無因善行止，車轍得平安。(『楽府詩集』・巻 71)
　仏典の用例を『CBETA 電子仏典』を利用して検索すると 147 例がある。
2 例を示す。
　　夏熱比得平安好。(『貞元新定釈教目録巻第十七』895-12)

好努力当得平安。(『国清百録巻第三』812-29)
『敦煌変文校注』には4例がある。2例を示す。
　君但平安，妾亦無他。(『韓朋賦』)
　懐胎難月，母子平安。(『仏説阿弥陀経講経文二』)

　鄭懐徳・孟慶海(2003)では「平安」は「事故」がない,「危険」がない,「安全」の意味とする。
　『日本書記』の訓点資料では，②御巫本『日本書紀私記』・③兼右本1540年点は一語の形容詞で訓んでいるが，①兼方本弘安点・④北野本鎌倉初期点は一概念複合語で訓んでいる。

(Ⅰ-1-4) 可　愛
①陰神乃先唱曰，妍哉，可愛少男歟。……可愛少女歟。(01) 上 083-15
　兼方本弘安点「可ᴱ愛」

　漢籍の用例を『国学宝典』を利用して検索すると，『漢書』0例,『後漢書』0例,『楽府詩集』0例,『世説新語』0例,『遊仙窟』0例,『祖堂集』0例と，用例がない。
　仏典の用例を『CBETA電子仏典』を利用して検索すると3320例がある。2例を示す。
　　於命終時即便可愛一切自体円満而生。(『摂大乗論本巻中』350-19)
　　念夢中可愛音楽。於意云何。(『大宝積経巻第七十四』419-09)
『敦煌変文校注』には用例がない。

　程湘清(2003)では「可愛」の「可」は動詞「愛」の接頭詞であり,「可」は虚化しているとする。
　『日本書紀』の用例は，原注で一語の和訓として訓むべき注があり，兼方本弘安点でも一語として訓んでいる。

(Ⅰ-1-5) 暁　然(一部)

①暁然若是尚天朝欺自餘虚妄必多。(19) 下087-10
　北野本南北朝期点「暁-然」（Ⅰ-2相当）
　兼右本1540年点「暁-然ニ」（アラハ）

　漢籍の用例を『国学宝典』を利用して検索すると，『漢書』0例，『後漢書』0例，『楽府詩集』0例，『世説新語』0例，『遊仙窟』0例，『祖堂集』0例と，用例がない。
　仏典の用例を『CBETA電子仏典』を利用して検索すると29例がある。2例を示す。
　　荘年必老。此事暁然。（『薬師経疏』307-20)
　　故知有仏影而伝者尚未暁然。（『広弘明集巻第十五』198-10)
『敦煌変文校注』には用例がない。

　『日本書紀』の訓点は，北野本南北朝期点では合符のみの加点である（Ⅰ-2相当）が，兼右本1540年点では「アラハに」と一語で訓んでいる。

（Ⅰ-1-6）晏　然
①男大迹天皇，晏然自若，踞坐胡，(17) 下021-10
　前田本院政期点「晏_然」（シツカニ）

　漢籍の用例を『国学宝典』を利用して検索すると，『漢書』11例，『後漢書』8例，『楽府詩集』1例，『世説新語』2例，『遊仙窟』0例，『祖堂集』0例がある。7例を示す。
　　高后女主制政，不出房闥，而天下晏然，（『漢書』・巻3）
　　北辺晏然，靡有兵革之事。（『漢書』・巻8）
　　上下相親，晏然富殖。（『後漢書』・巻23）
　　靡歳或寧，而漢之塞地晏然矣。（『後漢書』・巻89）
　　一物周天至，洪纖尽晏然。（『楽府詩集』・巻82）
　　旁人為之反側，充晏然，神意自若。（『世説新語』・方正第5）
　　荊門昼掩，閑庭晏然，（『世説新語』・品藻第9）

仏典の用例を『CBETA 電子仏典』を利用して検索すると55例がある。2例を示す。

　　域胡跪晏然不動容色。(『高僧伝巻第九』388-25)
　　草其衣木其食。晏然自得。(『重刊鎝門警訓序』1044-01)
『敦煌変文校注』には用例がない。

　張永言(1992)では「晏然」は「安然」「平静」の意味とする。程湘清(2003)では「晏然」は「然」が接尾辞化している，「然」は「晏」という単音形容詞の後に加えて二音節語の形容詞になっているとする。
　『日本書紀』訓点本では，前田本院政期点が「シヅカニ」と和語一語で的確に訓んでいる。

Ⅰ-2　合符のみを加点している例　3語

┌─────────────────────────────────┐
│ 1 少許(一部)　2 暁然(一部)　3 猶如(一部) │
└─────────────────────────────────┘

(Ⅰ-2-1)　少　許(一部)→(Ⅰ-1-1)参照
(Ⅰ-2-2)　暁　然(一部)→(Ⅰ-1-5)参照
(Ⅰ-2-3)　猶　如(一部)→(Ⅱ-1-1②)参照

Ⅱ　二字一語として訓んでいない例

Ⅱ-1　二字一語として訓まず和訓も不当な例　1語

┌─────────────┐
│ 1 猶如(一部) │
└─────────────┘

(Ⅱ-1-1)　猶　如(一部)
①是時，伊弉冉尊，猶如生平，(01)　上 099-11
　　兼方本弘安点「猶　如 ₋生 ₋ 平₋」
　　　　　　　　コトクニシ　イケリシトキ
②雖内木綿之真迮国，猶如蜻蛉之臀呫焉。(03)　上 215-18

熱田本南北朝期点「猶-₌ 如 蜻-蛉-之-<ruby>臀<rt>アルカナアキツノ</rt></ruby> -<ruby>呫<rt>トナメノ</rt></ruby>-」（Ⅰ-2 相当）
③永事天皇，猶如往日。(19) 下 075-14
　北野本南北朝期点「猶如₌往日-」
④猶如古代，而置以不。(25) 下 293-07
　兼右本 1540 年点「猶如₌<ruby>古代<rt>クナ</rt></ruby>-」
⑤着脛裳，婦女垂髪于背，猶如故。(29) 下 479-15
　兼右本 1540 年点「猶如レ故」

　漢籍の用例を『国学宝典』を利用して検索すると，『漢書』0 例，『後漢書』0 例，『楽府詩集』0 例，『世説新語』0 例，『遊仙窟』0 例，『祖堂集』0 例と，用例がない。
　仏典の用例を『CBETA 電子仏典』を利用して検索すると 1 万 6756 例がある。2 例を示す。
　　猶如欲声而為弁釈。(『成唯識宝生論巻第一』78-19)
　　身心明浄猶如琉璃。(『菩薩万行首楞厳経巻第七』133-8)
『敦煌変文校注』には用例がない。

　『日本書記』の用例は，「猶」字に加点した例がないので不読か否か不明であるが，①兼方本弘安点を始めとして「ナホ……ゴトシ」と二語で訓んでいた可能性が高い。その中で②熱田本南北朝期点は「猶」「如」の間に中央合符及び返点「₌」が加点されているので「猶如」二字で「(ゴトクニ)」と訓んだ例と見做される（Ⅰ-2 相当）。

Ⅱ-2　二字一語として訓んでいないが文意は大きく外れていない又は不明な
　　　例　1 語

```
1 窮乏(一部)
```

(Ⅱ-2-1)　**窮　乏**(一部)→(Ⅰ-1-2)参照

以上,『日本書紀』の二字形容詞7語の訓読例を検討した。一語の和訓として訓んでいる例が6語,二字一語として訓まず和訓も不当な例が1語(重複),二字一語として訓んでいないが文意は大きく外れていない又は不明な例が1語(重複)である。二字一語として訓まず和訓も不当な例は助動詞相当語とも見做されるので,二字形容詞は大概一語の和訓として適切に訓んでいるものと見做される。

第四章　二字副詞の訓読

松尾(1987)に取り上げられている全104語の二字漢語のうち二字副詞にあたる次の35語(漢音五十音順)

一時	亦復	益復	応時	何当	各自	況復	極甚	元来	更不	更無
事須	実是	少々	触事	触路	即便	即自	即時	大有	輒爾	都不
都無	当時	当須	独自	倍復	必応	必須	必当	並不	便即	本自
猶復	要須									

及び筆者が同様の二字副詞として補った19語(漢音五十音順)

更亦	更復	最為	再三	茲甚	皆悉	咸皆	共同	勿復	豈復	自然
悉皆	時復	正在	必自	無復	不復	並悉	並是			

を対象として考察する。

I　二字一語として訓んでいる例

I-1　一語の和訓として訓んでいる例　11語

1 一時　2 益復　3 元来　4 再三(一部)　5 自然　6 触事　7 触路　8 少々
9 即便　10 当時　11 本自

（Ⅰ-1-1） 一　時
①則一時刺虜。已而坐定酒行。(03) 上 205-07
　　熱田本南北朝期点「一時に」
②時我卒聞歌，俱抜其頭椎剣，一時殺虜。(03) 上 205-10
　　熱田本南北朝期点「一時に」
③是以，諸国一時貢上五百船。(10) 上 377-19
　　熱田本南北朝期点「一_時に」
④筋力精神，一時労竭，(14) 上 499-17
　　前田本院政期点「一時に」
⑤拯民塗炭，彼此一時。(17) 下 037-09
　　前田本院政期点「彼此一_時」
⑥入鹿，終与子弟妃妾一時自経倶死也。(24) 下 253-11
　　岩崎本平安中期点「　一_時に」
⑦一時俱鏁十二通門，勿使往来。(24) 下 263-10
　　岩崎本平安中期点「　一_時に」
⑧唯吹負留謂，立名于一時，欲寧艱難。(28) 下 393-14
　　北野本鎌倉初期点　無点

　漢籍の用例を『国学宝典』を利用して検索すると，『漢書』0 例，『後漢書』22 例，『晋書』119 例，『梁書』24 例，『魏書』59 例，『隋書』35 例，『楽府詩集』23 例，『世説新語』13 例，『遊仙窟』4 例，『祖堂集』36 例がある。12 例を示す。
　　珍国之衆，一時土崩，(『梁書』・巻 1)
　　一時蕩儘。(『晋書』・巻 27)
　　一時放免。(『魏書』・巻 19)
　　此一時之功也。(『後漢書』・巻 18)
　　但筋力精神，一時撈竭。(『隋書』・巻 2)
　　一時放却，当処解脱。(『祖堂集』・巻 3)
　　一時絶嘆，以為名通。(『世説新語』・文学第 4)
　　五日一時来，観者満路傍。(『楽府詩集』・巻 18)

衆人皆大笑，一時俱坐，(『遊仙窟』)醍醐寺本1344年点「一-時に」
　　一時大笑。(『遊仙窟』)醍醐寺本1344年点「一-時に」
　　又一時大笑。(『遊仙窟』)醍醐寺本1344年点「一-時に」
　　死去一時休，(『遊仙窟』)醍醐寺本1344年点「一-時に」
　仏典の用例を『CBETA電子仏典』を利用して検索すると1万2685例(含名詞，因みに華厳部133例中の副詞の用例は61例)がある。2例を示す。
　　一時演説。(于闐国三蔵実叉難陀奉制訳『大方広仏華厳経巻第三十九』
　　　10-207)
　　一時隠没倶不現。(伝法大師臣施護奉詔訳『仏説護国尊者所問大乗経巻
　　　第四』12-13)
　『敦煌変文校注』には49例がある。2例を示す。
　　一時打其鼓不鳴。(『李陵変文』)
　　将士聞言，一時入草。(『李陵変文』)

　塩見(1995)では「「一斉に，即座に」の意の「一時」は『世説新語』容止篇に現れる。唐詩でも頻用される語彙であるが，中唐以降になってからで，盛唐ではまだ珍しい。たとえば願学禪門非想定，千愁万年一時空(白居易晏坐間吟)」とするが，実際には前記の如く唐以前にも相当数の用例がある。松尾(1987)では古訓「モロトモニ」は適切と説明している。
　『日本書紀』の訓点⑥⑦の岩崎本平安中期点は，左側合符を加点しているので「モロトモに」を一語と認定しなかった如くであるが，系統も年代も異る訓点本④前田本院政期点・①③熱田本南北朝期点「モロトモに」は一語として訓んでいるものと見做される。

(Ⅰ-1-2) **益　復**
①非我故鉤，雖多不取，益復急責。(02) 上165-10
　兼方本弘安点・兼夏本乾元点　無点
　丹鶴本墨点「益後(復)〔マス〕」

　漢籍の用例を『国学宝典』を利用して検索すると，『漢書』0例，『後漢

書』0例,『晋書』0例,『梁書』0例,『魏書』0例,『隋書』0例,『楽府詩集』0例,『世説新語』0例,『遊仙窟』0例,『祖堂集』0例と,用例がない。

仏典の用例を『CBETA電子仏典』を利用して検索すると69例がある。2例を示す。

> 非常離散時,<u>益復</u>増苦悩,(北涼天竺三蔵曇無讖訳『仏所行讃第三(亦云仏本行経)』4-19)

> 心不異不驚。<u>益復</u>歡喜作是念。(後秦亀茲国三蔵鳩摩羅什訳『摩訶般若波羅蜜経巻第十』8-334)

『敦煌変文校注』には用例がない。

松尾(1987)では「前条(「亦復」)に同じく,意味は「益」の一字に同じ」とする。太田(1988,改訂1999)では「「~復」は現代語では用いないが,漢から唐にかけてきわめて多く用いられた。"復"の意味は消失しているものと解される」と説明している。

『日本書紀』の訓点では丹鶴本墨点が「マスマス」と一語として訓んでいる。

(Ⅰ-1-3) **元　来**

① 即日,勅曰,<u>元来</u>諸家貯於神府宝物,今皆還其子孫。(29) 下 417-07
　　北野本鎌倉初期点「元_来」
　　北野本南北朝期点「元来ハジ」
② 時新羅言,新羅奉勅入者,<u>元来</u>用蘇判位。(30) 下 497-10
　　北野本鎌倉初期点　無点
③ 又新羅<u>元来</u>奏云,我国,自日本遠皇祖代,(30) 下 497-14
　　北野本鎌倉初期「元_来モト」

漢籍の用例を『国学宝典』を利用して検索すると,『漢書』0例,『後漢書』0例,『晋書』0例,『梁書』0例,『魏書』1例,『隋書』0例,『楽府詩集』0例,『世説新語』0例,『遊仙窟』5例,『祖堂集』14例がある。7例を示す。

置上元来尽所求年。(『魏書』・巻170)
　　　師弟元来有這個身心。(『祖堂集』・巻5)
　　　元来不見，他自尋常，(『遊仙窟』) 醍醐寺本1344年点「元_来」
　　　　　　　　　　　　　　　　　　　　　　　　　　　　モト　ヨリ
　　　元来無次弟，請五嫂為作酒章，(『遊仙窟』) 醍醐寺本1344年点「元_来」
　　　　　　　　　　　　　　　　　　　　　　　　　　　　　　　モト　ヨリ
　　　元来知劇，未敢承望，(『遊仙窟』) 醍醐寺本1344年点「元_来」
　　　　　　　　　　　　　　　　　　　　　　　　　　　モト　ヨリ
　　　李樹子，元来不是偏，巧知娘子意，擲果到渠辺。(『遊仙窟』) 醍醐寺本
　　　　　1344年点「元_来」
　　　　　　　　　　モト　ヨリ
　　　元来不相識，判自断知聞，(『遊仙窟』) 醍醐寺本1344年点「元_来」
　　　　　　　　　　　　　　　　　　　　　　　　　　　　　モト　ヨリ
仏典の用例を『CBETA電子仏典』を利用して検索すると用例がない。
『敦煌変文校注』には6例がある。2例を示す。
　　　法界元来本清浄，都不関他空不空。(『仏説阿弥陀経講経文』)
　　　地獄元来是我家。(『大目乾連冥間救母変文』)

　　太田(1958，改訂1981)中に，『遊仙窟』に例を挙げた
　　　元来不相識，(『遊仙窟』)(もともと知りあいではない)
の引用とその解釈があり，志村(1984)では「「元来」の「〜来」は六朝初期より慣用される傾向を見せ，「悲来」「憂来」などまで副詞的用法が登場する」とする。松尾(1987)では「「もともと，もとから」の意。「元自」「本来」「本自」と同義」とする。
　『日本書紀』の訓点では③北野本鎌倉初期点で「モト(ヨリ)」，①北野本南北朝期点で「ハシ(メヨリ)」と，共に一語で訓んでいる。『遊仙窟』醍醐寺本1344年点も「モトヨリ」と一語で訓んでいる。

(Ⅰ-1-4) **再　三**(一部)
①爰無以過。如是相譲再三。(15) 上511-17
　　図書寮本1142年点　無点
　　北野本南北朝期点「相_譲(リタマフコト)再_三」
②百済使将軍君等，在於堂下。凡数月再三，(17) 下039-18
　　　　　　　　　　　　　　アマタツキ(フタタ)ヒ(ミタ)ヒ
　　前田本院政期点「数_月再_三」
③任那旱岐等対曰，前再三廻，与新羅議。(19) 下069-15

北野本南北朝期点「再＿三廻」
　　　寛文九年版訓「再ニ三＿廻ヒ」
④以中臣鎌子連拝神祇伯。再三固辞不就。（24）下253-19
　　　岩崎本平安中期点「再ーニニに固ー辞ヒテ」
　　　図書寮本1142年点「再ー三に固ー辞ヒテ」
⑤軽皇子，再三固辞，（25）下269-15
　　　北野本鎌倉初期点「再＿三に固ー辞ヒテ」

　漢籍の用例を『国学宝典』を利用して検索すると，『漢書』3例，『後漢書』0例，『晋書』1例，『梁書』1例，『魏書』1例，『隋書』7例，『楽府詩集』2例，『世説新語』0例，『遊仙窟』0例，『祖堂集』11例がある。7例を示す。
　　　一日再三出。（『漢書』・巻51）
　　　再三発火。（『晋書』・巻95）
　　　再三返覆之。（『魏書』・巻88）
　　　其使或歳再三至。（『梁書』・巻54）
　　　令美人再三吟詠。（『隋書』・巻22）
　　　再三辞推。（『祖堂集』・巻2）
　　　一弾一唱再三嘆，（『楽府詩集』・巻98）
　仏典の用例を『CBETA電子仏典』を利用して検索すると842例がある。『金光明最勝王経』の用例はなく，ここでは3例を示す。
　　　再三索財。小母答如初。（後秦弘始年仏陀耶舎共竺仏念訳『仏説長阿含経巻第七』1-46）
　　　我再三告言。閻浮利内大楽。（西晋河内沙門白法祖訳『仏般泥洹経巻上』1-165）
　　　如是再三求哀乞。（姚秦涼州沙門竺仏念訳『菩薩処胎経巻第七』12-1048）
　『敦煌変文校注』には20例がある。6例を示す。
　　　子婿即欲前行，再三苦被留連。（『伍子胥変文』）
　　　遠公既蒙再三邀請。（『廬山遠公話』）

獄子脱枷，獄子<u>再三</u>不肯。(『燕子賦』)
是日耶輸<u>再三</u>請，太子当時脱指環。(『太子成道経』)
太子問死転愁眉，<u>再三</u>怨恨実可悲。(『八相変文』)
<u>再三</u>感謝実是智人。(『双恩記』)

　高偉(1985)では，「再」と「三」は本来数詞であるが，二語が結びつくと副詞に変化し，その時「再」と「三」の語素の意義が相同し，「多次」「反復」「非常に」の意味を持つようになり，「二」と「三」の意味は示さなくなる，とする。塩見(1995)では「『辞源』修訂本「再三」の条によれば「屢次」と説明し，何度も，たびたびの意で，唐詩では初唐以来頻用される」とする。
　『日本書紀』の訓点では，④岩崎本平安中期点が一語であることを示す中央の合符及び和訓「シキリに」，④図書寮本1142年点が熟合符及び和訓「シキリに」，⑤北野本鎌倉初期点が訓合符及び和訓「シキリに」を加点して「シキリニ」と一語として訓み，②前田本院政期点が訓合符及び和訓「(フタタ)ヒ(ミタ)ヒ」，③寛文九年版訓が「(フタタ)ヒ(ミタ)ヒ」と加点して「フタタビミタビ」と二語として訓んでいる。

（Ⅰ-1-5）**自　然**
①即<u>自然</u>有可怜小汀。(02) 上165-12
　　兼方本弘安点「自-然に」(ヲノツカラ)
②<u>自然</u>沈去。(02) 上177-15
　　兼方本弘安点「自-然に」(ヲノツカラ)
③而<u>自然</u>言之，玉菱鎮石。出雲人祭，(05) 上253-13
　　熱田本南北朝期点「自-然に」(ヲノツカラ)
④清彦答曰，昨夕，刀子<u>自然</u>至於臣家。(06) 上279-13
　　熱田本南北朝期点「自_然に」
⑤是後，出石刀子，<u>自然</u>至于淡路島。(06) 上279-14
　　北野本兼永点「自然に」
⑥布弥支・半古，四邑，<u>自然</u>降服。(09) 上357-09
　　熱田本南北朝期点「自_然」(ヲノツカラ)

⑦若已建任那，移那斯・麻都，<u>自然</u>却退。(19) 下 085-17
　　北野本南北朝期点「自-然_{ヲノツカラ}」
⑧太佐平・王子等来。即<u>自然</u>心生欽伏。(20) 下 145-17
　　前田本院政期点「自-然_に」
⑨<u>自然</u>増益，三百餘丈。(29) 下 465-16
　　北野本鎌倉初期点「自然_に」
　　北野本南北朝期点「自_然」

　漢籍の用例を『国学宝典』を利用して検索すると，『漢書』0 例，『後漢書』4 例，『晋書』18 例，『梁書』5 例，『魏書』11 例，『隋書』6 例，『楽府詩集』9 例，『世説新語』6 例，『遊仙窟』2 例，『祖堂集』12 例がある。8 例を示す。

　　　百城聞風，<u>自然</u>竦震。(『後漢書』・巻 31)
　　　知妖逆之徒<u>自然</u>消殄也。(『晋書』・巻 28)
　　　若糧運不通，<u>自然</u>離散，(『梁書』・巻 1)
　　　行之積久，<u>自然</u>致治。(『魏書』・巻 54)
　　　<u>自然</u>而有，(『隋書』・巻 35)
　　　年在桑榆，<u>自然</u>至此。(『世説新語』・言語第 2)
　　　天衣錫体，<u>自然</u>浮出，(『遊仙窟』) 醍醐寺本 1344 年点「自 - 然_と^{ヲノツカラニ}」
　　　<u>自然</u>能挙止，可念無比方。(『遊仙窟』) 醍醐寺本 1344 年点「自 - 然_と^{ヲノツカラニ}」

仏典の用例を『CBETA 電子仏典』を利用して検索すると 1 万 1968 例(含名詞，因みに『大正新脩大蔵経』第二巻阿含部の 127 例中の副詞の用例は 63 例)がある。2 例を示す。

　　　栗<u>自然</u>例裂。(後秦弘始年仏陀耶舍共竺仏念訳『仏説長阿含経巻第十八』1-121)
　　　大宝<u>自然</u>而至。(後秦亀茲国三蔵法師『妙法蓮華経巻第二』9-17)

『敦煌変文校注』には 31 例がある。4 例を示す。

　　　災祥<u>自然</u>消散，(『燕子賦』)
　　　法界<u>自然</u>安楽。(『廬山遠公話』)

天男天女自然弦歌。(『破魔変』)
体瑩而琉璃不異，自然清浄，(『維摩詰経講経文』)

　太田(1988，改訂1999)では，「「自然」は，自然に，当然，もとよりなどの意がある」とする。
　『日本書紀』の訓点は，①②兼方本弘安点・③熱田本南北朝期点で熟合符及び和訓「ヲノツカラに」を加点して一語として的確に訓んでおり，⑧前田本院政期点・⑨北野本鎌倉初期点・④熱田本南北朝期点・⑤北野本兼永点も「(オノツカラ)に」の例と見做される。尚，⑥熱田本南北朝期点・⑦北野本南北朝期点「ヲノツカラ」のように，「に」のない語形も南北朝期の用例から見られる(『遊仙窟』の訓点では醍醐寺本1344年点の如く「(ジネン)とヲノツカラニ」と文選訓みしている。二字副詞を文選訓みすることは，中国語と日本語との語法の差を埋める上で合理的であるが，『日本書紀』では文選訓みをしていない)。

(Ⅰ-1-6) **触　事**
①触事驕慢，(16) 下 009-12
　　図書寮本1142年点「触事に、驕慢て」
　　兼右本1540年点「触＿事」

　漢籍の用例を『国学宝典』を利用して検索すると，『漢書』0例，『後漢書』0例，『晋書』0例，『梁書』0例，『魏書』1例，『隋書』0例，『楽府詩集』0例，『世説新語』1例，『遊仙窟』1例，『祖堂集』1例がある。3例を示す。
　　見若不見，触事何妨？(『祖堂集』・巻13)
　　道淵源〝触事長易〟。(『世説新語』・賞誉第8)
　　下官是客，触事卑微。(『遊仙窟』) 醍醐寺本1344年点「触レ事て」
　仏典の用例を『CBETA電子仏典』を利用して検索すると169例がある。2例を示す。
　　触事不留情所居無暫安。(北涼天竺三蔵曇無讖訳『仏所行讃巻第一(亦云

仏本行経）』4-1）
　　　譬如王子無所綜習触事不成。（北涼天竺三蔵曇無讖訳『大般涅槃経巻第
　　　十』12-422）
『敦煌変文校注』には1例がある。
　　　但弟子雖宰相，触事無堪，（『盧山遠公話』）

　松尾(1987)では「触事」「触路」について「『日本書紀』の古訓では，〔例略〕の「触事」は「コトコトニ」と，また〔例略〕の「触路」は「ミチナラシニ」と訓じられているのである」と指摘する。塩見(1995)では「『匯釈』によると「猶云到処或随処也」と説明し，「在処，著処」と同じ意味であるとしている。これは『助字弁略』巻五で説明するように「触」に「是」と同じ「あらゆるもの」の意があるところからくるもので，それ故「触事」は「あらゆること」，「触物」は「あらゆるもの」という意になる」とする。
　『日本書紀』の訓点では，松尾(1987)の指摘にあるように，兼右本1540年点では「コトゴトニ」と訓み，図書寮本1142年点も「（コトゴト）に」の用例と見做され，何れも一語として訓んでいる。

（Ⅰ-1-7）　触　路
①還時触路，抜騰利枳牟羅・布那牟羅，（17）下045-17
　　前田本院政期点・図書寮本1142年点「触＿路に ミチナラシ」

　漢籍の用例を『国学宝典』を利用して検索すると，『漢書』0例，『後漢書』0例，『晋書』0例，『梁書』0例，『魏書』0例，『隋書』0例，『楽府詩集』0例，『世説新語』0例，『遊仙窟』0例，『祖堂集』0例と，用例がない。
　仏典の用例を『CBETA電子仏典』を利用して検索すると用例がない。
　『敦煌変文校注』にも用例がない。

　松尾(1987)に説く如く，漢籍，仏典，敦煌変文に用例が見られない特殊な二音節語であり，『日本書紀』の用例は朝鮮関係の部分であるが，『日本書紀』の前田本院政期点・図書寮本1142年点は共に訓合符及び和訓「ミチナラ

ラシに」を加点して的確に一概念一語として訓んでいる。

（Ⅰ-1-8）**少　々**

①少々違我之所聆。（23）下 221-12
　　北野本鎌倉初期点「少々、」
　　兼右本 1540 年点「少-々」

　漢籍の用例を『国学宝典』を利用して検索すると，『漢書』0 例，『後漢書』1 例，『晋書』0 例，『梁書』0 例，『魏書』0 例，『隋書』0 例，『楽府詩集』0 例，『世説新語』0 例，『遊仙窟』0 例，『祖堂集』1 例がある。2 例を示す。

　　　所亡少少，何足介意！（『後漢書』・巻 38）
　　　不為少少苦，（『祖堂集』・巻 8）

　仏典の用例を『CBETA 電子仏典』を利用して検索すると 38 例がある。2 例を示す。

　　　少少衆生能入薩云然者。（西晋于闐国三蔵無羅叉訳『放光般若経巻第十四』8-94）
　　　恵及少少。（後漢西域沙門曇果共康孟詳訳『中本起経巻上』4-153）

　『敦煌変文校注』には 1 例がある。

　　　少少之莚猶。（『維摩詰経講経文』）

　王政白(1986，改訂 2002)では「①時間を表すときに「不多時」「一会児」の意味であり，②程度を表すときに「稍微」の意味であり，③数量を表すときに「少」の意味である」とする。

　『日本書紀』の訓点は，北野本鎌倉初期点では二字の間に熟合符は加点されていないが「スコシ」の訓みは二字の右傍に加点されていて，兼右本 1540 年点の如く「少々」を「スコシ」と一語で訓んでいるものと見做される。

（Ⅰ-1-9）**即　便**

①以褌触体，即便懐脈。(14) 上 463-12
　　前田本院政期点・図書寮本 1142 年点「即-便」
②即便灑涕愴矣，纏心歌曰，(16) 下 013-11
　　図書寮本 1142 年点　無点
③馬子宿禰，即便随去，(21) 下 157-19
　　図書寮本 1142 年点　無点
　　北野本南北朝期点「即_便」

　漢籍の用例を『国学宝典』を利用して検索すると，『漢書』0 例，『後漢書』3 例，『晋書』7 例，『梁書』0 例，『魏書』5 例，『隋書』0 例，『楽府詩集』0 例，『世説新語』2 例，『遊仙窟』0 例，『祖堂集』3 例がある。5 例を示す。

　　　堂勒兵追討，即便奔散。(『後漢書』・巻 31)
　　　臣被詔之日，即便東下。(『晋書』・巻 42)
　　　時以此既辺将之常，即便听許。(『魏書』・巻 110)
　　　適来見什摩道理，即便大笑。(『祖堂集』・巻 14)
　　　即便夜乗小舟就文。(『世説新語』・任誕第 23)

　仏典の用例を『CBETA 電子仏典』を利用して検索すると 6516 例がある。2 例を示す。

　　　懈怠比丘即便臥息。(後秦弘始年仏陀耶舎共竺仏念訳『仏説長阿含経巻
　　　　第九』1-55)
　　　即便駆逐令出国界。(北涼天竺三蔵曇無讖訳『大般涅槃経巻第二』
　　　　12-378)

　『敦煌変文校注』には 25 例がある。4 例を示す。

　　　今来助国，即便拝為左相，(『秋胡変文』)
　　　探得軍機，即便回来。(『韓擒虎話本』)
　　　太子見已，即便驚忙。(『八相変』)
　　　走到門前略看，即便却来同飲。(『難陀出家縁起』)

松尾(1987)では「「即」も「便」も「スナハチ」、二字合さっても「スナハチ」。また逆の「便即」も同じ」と説明している。太田(1988，改訂1999)では「〝便〟〝就〟〝於是〟の意。短時間後の承接をいうが，ほとんど純然たる承接といえる例も多い」とする。王政白(1986，改訂2002)では「「即」と「便」が同義であることが示され，そしてこの二語は「即便」として連合式複音時間副詞を構成して「すぐ」の意味を示す」とする。
　『日本書紀』の訓点では，①前田本院政期点・図書寮本1142年点が熟合符及び和訓「スナハチ」を加点して的確に一語で訓んでいる。

(Ⅰ-1-10)　当　時
①当時自佩之。弟佩真刀。(05) 上253-07
　　北野本南北朝期点「当-時ニ」
②当時諸人，不勝我之威力，(07) 上299-18
　　北野本南北朝期点「当-時ニ」
③而求通溝。則当時，雷電霹靂，(09) 上335-09
　　北野本南北朝期点「当-時ニ」
④当時風俗，於宴会，儛者儛終，則自対座長曰，奉娘子也。(13) 上441-11
　　図書寮本1142年点「当_時ノ」
⑤当時独秀者也。天皇，傾耳遥聴，而心悦焉。(14) 上475-10
　　図書寮本1142年点「当時に イマノ」
⑥臣独曰，臣也当時，不得便言。(23) 下219-10
　　北野本鎌倉初期点「当-時 タタイマ」
⑦乃当時侍之近習者，悉知焉。(23) 下221-19
　　北野本南北朝期点「当_時 キニ」
⑧当時麾下軍少，以不能距。(28) 下403-20
　　北野本鎌倉初期点「当-時ニ」
⑨則当時得実，重給紬綿。(29) 下475-18
　　北野本鎌倉初期点「当-時ニ」

　漢籍の用例を『国学宝典』を利用して検索すると，『漢書』15例，『後漢

書』18 例,『晋書』58 例,『梁書』30 例,『魏書』71 例,『隋書』42 例,『楽府詩集』24 例,『世説新語』9 例,『遊仙窟』3 例,『祖堂集』42 例がある。9 例を示す。

　　当時弟子各有所記,(『漢書』・巻 30)
　　当時皆哀其文。(『後漢書』・巻 45)
　　当時莫能測其意,(『晋書』・巻 38)
　　熱病発黄, 当時必謂不済,(『梁書』・巻 12)
　　当時人物, 忻慕為之。(『魏書』・巻 18)
　　当時以為美事。(『世説新語』・徳行第 1)
　　当時有一破銅熨斗在于床側,(『遊仙窟』) 醍醐寺本 1344 年点「当時に」
　　当時, 樹上忽有一李子落下官懐中,(『遊仙窟』) 醍醐寺本 1344 年点
　　　「当レ時て」
　　当時腹里癲狂, 心中沸乱。(『遊仙窟』) 醍醐寺本 1344 年点「当レ時に」
　仏典の用例を『CBETA 電子仏典』を利用して検索すると 1728 例がある。2 例を示す。

　　当時苦悩大患飢渇。(失訳人名在後漢録『大方便仏報恩経巻第四』3-
　　　142)
　　富貴栄華当時快意。(曹魏天竺三蔵康僧鎧訳『仏説無量寿経巻下』12-
　　　272)
　『敦煌変文校注』には 108 例がある。2 例を示す。

　　另三百将士, 当時便往巡営。(『漢将王陵変』)
　　当時変却老人之身,(『廬山遠公話』)

　松尾(1987)では『日本書紀』中に③と⑥の例は口語の例, 前者は「たちまち, すぐに」, 後者は「即座」と釈せよう,「当時」は文白異同語であるが, 声調は違っていたと思われる, すなわち平声では, 文言,「むかし, その頃」, 口語では去声「すぐに」の意, とする。
　『日本書紀』の訓点は, ⑤図書寮本 1142 年点「イマノ(トキ)に」, ⑧⑨北野本鎌倉初期点・①②③⑦北野本南北朝期点が訓合符・熟合符及び和訓「トキニ」, ⑥北野本鎌倉初期点が熟合符及び和訓「タタイマ」を加点して一語

で訓んでいる。尚，④は形容詞の例であるが「トキノ」として一語で訓んでいる。

(Ⅰ-1-11) **本　自**
①本自荒芒。(01) 上 129-22
　　兼方本弘安点「本_自ヨリアラヒ荒_芒タリ」

　漢籍の用例を『国学宝典』を利用して検索すると，『漢書』1例，『後漢書』7例，『晋書』3例，『梁書』2例，『魏書』8例，『隋書』3例，『楽府詩集』19例，『世説新語』0例，『遊仙窟』1例，『祖堂集』9例がある。9例を示す。
　　汝南尹更始翁君本自事千秋。(『漢書』・巻88)
　　聖公，光武本自春陵北徙。(『後漢書』・巻12)
　　我本自疑此。(『晋書』・巻32)
　　王筠本自旧手，後進有蕭愷可称，(『梁書』・巻35)
　　本自江海人，(『魏書』・巻12)
　　万寿本自書生，(『隋書』・巻76)
　　一切諸法，本自空寂。(『祖堂集』・巻15)
　　男児本自重横行，(『楽府詩集』・巻33)
　　眼多本自令渠愛，(『遊仙窟』) 醍醐寺本1344年点「本_自リ」
　仏典の用例を『CBETA電子仏典』を利用して検索すると1173例がある。2例を示す。
　　本自誓言。不犯梵行。(後秦弘始年仏陀耶舎共竺仏念訳『仏説長阿含経
　　　巻第十一』11-67)
　　一切諸法性本自空。(宋代沙門慧厳『大般涅槃経巻第二十四』12-765)
　『敦煌変文校注』には4例がある。2例を示す。
　　如来本自大慈悲，聞語惨地剣双眉。(『大目乾連冥間救母変文』)
　　為是真如本自修。(『金剛般若波羅蜜経講経文』)

　王云路(1999)では「"本自"は"本来"に相当する」と説明している。

松尾(1987)では古訓「モトヨリ」,「元来」と同義，と説明している。塩見(1995)では,「「本自」は，六朝以後現われはじめた俗語で，例えば，本自同根生，相煎何太急(曹植七歩詩) 本自江海人，忠義感君子(謝霊運詩一首)など，その例は多数にのぼるが，唐詩に於いても頻用される。由来巫峡水，本自楚人家(杜甫小園) 百勝本自有前期，一飛由来無定所(劉禹錫競渡曲)，この二例は，ほんの一例であり，意味はすべて「もとより」の意である。この「自」は，意味のない接尾語であって，この外にも「各自」「猶自」「尚自」「空自」「忽自」「徒自」など枚挙にいとまがない」とする。
　『日本書紀』の訓点で兼方本弘安点が訓合符及び和訓「モトヨリ」を加点して，一語として的確に訓んでいる。

Ⅰ-2　合符のみを加点している例　3語

1 亦復　2 況復(一部)　3 独自

(Ⅰ-2-1) 亦　復

①至於卓淳，亦復然之。(19) 下 087-18
　北野本南北朝期点「亦_復」
②卓淳之国，亦復当興。(19) 下 091-10
　北野本南北朝期点「亦_復」
③懐随意宝，遂所須用，尽依情，此妙法宝亦復然。(19) 下 101-17
　北野本南北朝期点「亦_復」
④来到任那，亦復如是。(19) 下 107-09
　北野本南北朝期点「亦_復」
⑤溝瀆之流，亦復凝結。(24) 下 249-08
　岩崎本平安中期点・図書寮本 1142 年点・北野本鎌倉初期点・寛文九年版無点
⑥奉進，亦復不晩。(24) 下 257-07
　岩崎本平安中期点・図書寮本 1142 年点・北野本鎌倉初期点・寛文九年版無点

⑦天神地祇，<u>亦復</u>誅罰。(27) 下 381-10
　　北野本鎌倉初期点・同南北朝期点・兼右本 1540 年点・寛文九年版 無点

　漢籍の用例を『国学宝典』を利用して検索すると，『漢書』1 例，『後漢書』15 例，『晋書』9 例，『梁書』10 例，『魏書』6 例，『隋書』2 例，『楽府詩集』0 例，『世説新語』10 例，『遊仙窟』1 例，『祖堂集』8 例がある。7 例を示す。
　　　東郡白馬故大堤<u>亦復</u>数重。(『漢書』・巻 29)
　　　餓死者<u>亦復</u>不少。(『魏書』・巻 55)
　　　其餘州郡，<u>亦復</u>望風従之。(『後漢書』・巻 45)
　　　<u>亦復</u>漸漸稍下，都不繞辺北去。(『晋書』・巻 11)
　　　菩提道果，<u>亦復</u>如是。(『祖堂集』・巻 14)
　　　<u>亦復</u>竟不異人。(『世説新語』・仮譎第 27)
　　　囲棋出于智慧，張郎<u>亦復</u>太能。(『遊仙窟』) 醍醐寺本 1344 年点「亦ᐟ又復」
　仏典の用例を『CBETA 電子仏典』を利用して検索すると 2 万 2141 例がある。2 例を示す。
　　　<u>亦復</u>歓喜。思惟分別。(後秦弘始年仏陀耶舎共竺仏念訳『仏説長阿含経巻第八』1-51)
　　　是諸法者<u>亦復</u>虚偽。(西晋月氏国三蔵竺法護訳『仏説如幻三昧経巻下』12-150)
『敦煌変文校注』には 15 例がある。3 例を示す。
　　　更一小弟，<u>亦復</u>痴顛。(『舜子変』)
　　　貧道慈親不積善，亡魂<u>亦復</u>落三塗。(『大目乾連冥間救母変文』)
　　　<u>亦復</u>転心念弥陀。(『大目乾連冥間救母変文』)

　太田(1988，改訂 1999)では「中古では，「…もまた」という意味の副詞〝也〟も稀には用いられるが，一般には〝亦〟が用いられ，接尾辞をとった〝亦復〟の使用も多い」とする。志村(1984)では「「～復」は中古初期からにわかに活発化する現象で，「～復」は接尾辞化してゆく。「而復」「或復」「況

復」「乃復」「雖復」「亦復」「加復」「尋復」「若復」「故復」「又復」「時復」「豈復」これらの「〜復」は第一音節の意義素と重複する同義結合を持つものが多く，ほとんど文に調子を与えるだけの働きとなっているものが多い。接尾辞化しているとみとめられるものである」とする。松尾(1987)では，「「〜復」は二音節副詞の接尾辞。この「亦復」は六朝の漢訳仏典中に特に多用される。意味は「亦」の一字と全く同じ」とする。

『日本書紀』訓点本の用例は，①②③④北野本南北朝期点の訓合符の例のみであるので，不確実であるが，『遊仙窟』醍醐寺本1344年点を参考例として，一応ここに分類する。

（Ⅰ-2-2）況　復(一部)
①況復朝聘既闕，貢職莫脩。(14)上481-12
　　前田本院政期点「況復(去)」((去)は「マタ」の意味)
②況復謀滅百済官，(19)下113-17
　　北野本南北朝期点「況_復」
③況復平安之世，刀剣不離於身。(19)下123-15
　　北野本南北朝期点「況_復」
④斯等雖微，尚謂祥物。況復白雉，(25)下313-14
　　北野本南北朝期点「況」欠損

漢籍の用例を『国学宝典』を利用して検索すると，『漢書』0例，『後漢書』3例，『晋書』2例，『梁書』4例，『魏書』1例，『隋書』1例，『楽府詩集』16例，『世説新語』1例，『遊仙窟』0例，『祖堂集』1例がある。8例を示す。
　　況復苟肆行之，其以欺天乎！(『後漢書』・巻75)
　　況復今日，実是名邦，(『晋書』・巻87)
　　況復煩擾積埋，深為民害。(『梁書』・巻38)
　　況復厳刑広設也。(『魏書』・巻77)
　　擬心則差，況復有言。(『祖堂集』・巻12)
　　使君且不顧，況復論秋胡。(『楽府詩集』・巻28)

況復神器之重，生民之大哉！（『隋書』・巻48）
　　同盤尚不相助，況復危難乎？（『世説新語』・黜免第28）
　仏典の用例を『CBETA電子仏典』を利用して検索すると2009例がある。
2例を示す。
　　心不暫念。況復親近。（後秦弘始年仏陀耶舎共竺仏念訳『仏説長阿含経
　　　巻第十八』1-120）
　　況復能得一切智智。（三蔵法師玄奘奉詔訳『大般若波羅蜜多経巻第三百
　　　七十二』6-917）
『敦煌変文校注』には3例がある。全例を示す。
　　況復小小軽財，敢向仏辺吝惜！（『降魔変文』）
　　帝王尚自降他，況復凡流下庶？（『降魔変文』）
　　況復更能相済。（『大目乾連冥間救母変文』）

　松尾(1987)では，「況復」について「「まして～であるからには」の意」と，「～復」について「接尾辞として副詞を二音節化する」，と説明している。
　『日本書紀』訓点の①前田本院政期点は「復」を「マタ」の意としているので，文意も不当である（II-1に相当）が，②③の北野本南北朝期点では訓合符としているので，一応ここに分類する。

（Ⅰ-2-3）独　自
①而至此天皇，独自書者，拠旧本耳。（15）上 527-12
　　図書寮本1142年点・北野本南北朝期点・寛文九年版　無点
②大使知之，装束衣帯，独自潜行。（20）下 135-13
　　前田本院政期点「独自(ラ)」
　　北野本南北朝期点「独_自(ラ)」
③独自向家門底。（20）下 143-16
　　前田本院政期点　無点
　　北野本南北朝期点「独_自(ラ)家(ノ)門底(ニ)向(ヒテ)」
④衣裳弊垢，形色憔悴，持弓帯剣，独自出来。（21）下 165-17
　　図書寮本1142年点　無点

北野本南北朝期点「独_自(ラ)」

　漢籍の用例を『国学宝典』を利用して検索すると，『漢書』2例，『後漢書』2例，『晋書』1例，『梁書』0例，『魏書』0例，『隋書』0例，『楽府詩集』18例，『世説新語』0例，『遊仙窟』1例，『祖堂集』7例がある。6例を示す。

　　独自脱還，贖為庶人。(『漢書』・巻6)
　　独自恚怒，(『後漢書』・巻82)
　　左右皆惊，広独自若。(『晋書』・巻43)
　　独自無人看侍，争抛得？(『祖堂集』・巻8)
　　蕩子好藍степ，留人独自思。(『楽府詩集』・巻17)
　　自隱多姿則，欺他独自眠。(『遊仙窟』)醍醐寺本1344年点「独，自(ミ)，」

仏典の用例を『CBETA電子仏典』を利用して検索すると255例がある。2例を示す。

　　独自思惟。入禅三昧。(東晋賓三蔵瞿曇僧伽提婆訳『増壱阿含経巻第十一』2-596)
　　独自行諦不護仏法。(西晋月氏国三蔵竺法護訳『仏説文殊師利浄律経』14-448)

『敦煌変文校注』には12例がある。4例を示す。

　　須達独自入城，道行作計。(『祇園因由記』)
　　独自俄俄獅子歩，(『大目乾連冥間救母変文』)
　　須達独自入城。(『難陀出家縁起』)
　　独自坐不恓恓。(『降魔変』)

　高偉(1985)では「"独自"『孔雀東南飛』以後に使用され，附加式復詞である」とする。
　『日本書紀』の訓点は，②③④北野本南北朝期点の訓合符の用例のみである。

II 二字一語として訓んでいない例

II-1 二字一語として訓まず和訓も不当な例 4語

> 1 況復(一部)　2 必自　3 無復　4 不復

(II-1-1) 況　復(一部)→(I-2-2)参照

(II-1-2) 必　自
①則曾不血刃，虜必自敗矣。(03) 上 193-12
　熱田本南北朝期点 無点
　北野本兼永点「必，自に」
②犯不意之処，則曾不血刃，賊必自敗。(07) 上 291-20
　北野本南北朝期点「必　自」
　　　　　　　　　　カナラスミツカラ
③若能祭吾者，則曾不血刃，其国必自服矣。(08) 上 327-13
　北野本南北朝期点「必　自 -服」
　　　　　　　　　　フツクニシタカヒ　ナム
　熱田本南北朝期点「必自_　服」
　　　　　　　　　　ヲ　マツロヒシカハン

　漢籍の用例を『国学宝典』を利用して検索すると，『漢書』3例，『後漢書』2例，『晋書』6例，『梁書』0例，『魏書』1例，『隋書』4例，『楽府詩集』1例，『世説新語』2例，『遊仙窟』0例，『祖堂集』0例がある。7例を示す。

　　兵雖不出，必自服矣。(『漢書』・巻69)
　　不過百日，必自潰矣。(『晋書』・巻67)
　　多行無礼必自及，(『隋書』・巻49)
　　浮以為天子必自将兵討之，(『後漢書』・巻33)
　　知楚之必自来，(『魏書』・巻37)
　　観其情貌，必自不凡，(『世説新語』・雅量第6)
　　必自起舞，(『楽府詩集』・巻52)

仏典の用例を『CBETA電子仏典』を利用して検索すると142例がある。2例を示す。

　　　<u>必自</u>如意。(後漢西域三蔵竺大力共康孟詳訳『修行本起経巻上』3-466)
　　　狂愚不捨。<u>必自</u>焼身。(西晋沙門法炬訳『羅云忍辱経』14-769)
『敦煌変文校注』には用例がない。

　王政白(1986，改訂2002)では「「自」は単音節副詞の後に使われ，その語と複合して二音節語になった。「必自」の「自」は虚化している」とされる。志村(1984)では「「～自」をともなう複音節語の増加も注目される。羅什訳『法華経』には，「便自」(「五百弟子受記品」)，「常自」(「法師品」)，「而自」(「如来子寿量品」)，「各自」(「化城喩品」)，「亦自」(「如来神力品」)，「即自」(「信解品」)，「復自」(「薬王菩薩本事品」)，「本自」(「胡笳十八拍」)，「徒自」(簡文帝「登場」)など，『世説新語』には「正自」(「品藻」)，「方自」(「文学」)，「乃自」(同)，「殊自」(同)，「本自」(同)，「必自」(「賞誉」)，「今自」(同)，「輒自」(同)，「故自」(同)，「既自」(「言語」)，「常自」(「夙慧」)，「恒自」(「言語」)，『遊仙窟』はあまり「～自」を用いない。「本自」「各自」「亦自」「稍自」「猶自」が用いられる程度である」と説明している。

　『日本書紀』の訓点は，②北野本南北朝期点「カナラスミツカラ」，①北野本兼永点「(カナラズ)，(ヲノヅカラ)に」の如く，二字一語として訓まず和訓も不当であり，③北野本南北朝期点・熱田本南北朝期点は共に「自服」に熟合符・訓合符を加点して「必自」を一語とする認識がない。

(II-1-3) **無　復**
①天下恒闇，<u>無復</u>昼夜之殊。(01) 上115-10
　　兼方本弘安点「無復(去)」((去)は「マタ」の意)
②而山中嶮絶，<u>無復</u>可行之路。(03) 上195-19
　　熱田本南北朝期点「無₌復……」
③一時殺虜。々<u>無復</u>噍類者。(03) 上205-10
　　熱田本南北朝期点「無₌復……」
④而猶守迷図，<u>無復</u>改意。(03) 上211-08

熱田本南北朝期点「無₂復₍去₎……」
⑤<u>無復</u>風塵。(03) 上 213-09
熱田本南北朝期点「無₂復……」
⑥<u>無復</u>可行之路。(07) 上 309-14
北野本南北朝期点「無₂復ᵏ……」
⑦新羅<u>無復</u>侵逼他境。(19) 下 087-07
北野本南北朝期点「無₃復……」

漢籍の用例を『国学宝典』を利用して検索すると，『漢書』10 例，『後漢書』31 例，『晋書』86 例，『梁書』18 例，『魏書』40 例，『隋書』28 例，『楽府詩集』32 例，『世説新語』8 例，『遊仙窟』0 例，『祖堂集』0 例がある。8 例を示す。

　　凡一百二章，<u>無復</u>字，(『漢書』・巻 30)
　　後進<u>無復</u>狐疑，則天下幸甚。(『後漢書』・巻 36)
　　二三年間，関中<u>無復</u>行人。(『晋書』・巻 26)
　　公私計立，<u>無復</u>還情。(『魏書』・巻 15)
　　則君臣分定，<u>無復</u>異心。(『梁書』・巻 13)
　　宴会之時，<u>無復</u>先師之敬，(『隋書』・巻 9)
　　允<u>無復</u>入理，家従深以為慢。(『世説新語』・賢媛第 19)
　　漳河東流<u>無復</u>来，(『楽府詩集』・巻 31)

仏典の用例を『CBETA 電子仏典』を利用して検索すると 2797 例がある。2 例を示す。

　　当於爾時。<u>無復</u>日月星辰。(後秦弘始年仏陀耶舎共竺仏念訳『仏説長阿含経巻第六』1-37)
　　<u>無復</u>諸煩悩，(伝教大師臣法天奉詔訳『毘婆尸仏経巻下』1-159)

『敦煌変文校注』には 2 例がある。全例を示す。

　　諸漏已尽，<u>無復</u>煩悩。(『太子成道経』)
　　諸漏已尽，<u>無復</u>煩悩。(『悉達太子修道因縁』)

呉金華(1994)では「〝無復〟は意義上と用法の面で〝無〟に相当する。

"復"は双音詞の付加成分である」とする。王政白(1986，改訂 2002)では「無復」の「復」は虚化しているとされる。

『日本書紀』の訓点では，①兼方本弘安点・④熱田本南北朝期点が「復」に「マタ」の意を示す去声点を加点し，⑥北野本南北朝期点は「復」に和訓「マタ」を加点し，②③④⑤熱田本南北朝期点の返点は「無復」を一語とする認識がないことを示し，共に不当である。

(Ⅱ-1-4) 不　復
①不復別有処所，但臨死気絶之際，是之謂歟。(01) 上 095-11
　　兼方本弘安点「不₌復……」
②由是，長髄彦軍卒皆迷眩，不復力戦。(03) 上 209-07
　　北野本兼永点 無点
③今年蹤若干。不復称夭。(14) 上 499-17
　　前田本院政期点・図書寮本 1142 年点「不復，称 - 夭」
④後由出火之乱，棄而不復検。(26) 下 341-09
　　北野本南北朝期点「不復_検」

　　漢籍の用例を『国学宝典』を利用して検索すると，『漢書』43 例，『後漢書』49 例，『晋書』141 例，『梁書』32 例，『魏書』74 例，『隋書』39 例，『楽府詩集』46 例，『世説新語』19 例，『遊仙窟』0 例，『祖堂集』3 例がある。9 例を示す。

　　　　伯牙終身不復鼓琴。(『漢書』・巻 62)
　　　　設壇而拝，不復考試。(『後漢書』・巻 27)
　　　　流汗変色，不復敢言。(『晋書』・巻 9)
　　　　故不復呼医飲薬。(『梁書』・巻 33)
　　　　後入秦川，不復攻城。(『魏書』・巻 43)
　　　　玉樹後庭花，花開不復久。(『隋書』・巻 22)
　　　　深奇其言，不復更問。(『祖堂集』・巻 2)
　　　　三日不飲酒，覚形神不復相親。(『世説新語』・簡傲第 24)
　　　　衰老不復如今楽。(『楽府詩集』・巻 30)

仏典の用例を『CBETA 電子仏典』を利用して検索すると 7326 例がある。2 例を示す。

　　　反覆諦観。<u>不復</u>屈伸。(後秦弘始年仏陀耶舍共竺仏念訳『仏説長阿含経
　　　　巻第七』1-45)
　　　現身財宝<u>不復</u>貪楽。(曹魏西域沙門白延於洛陽白馬寺訳『仏説須頼経』
　　　　12-56)

『敦煌変文校注』には 4 例がある。2 例を示す。

　　　更<u>不復</u>坐苦。(『廬山遠公話』)
　　　<u>不復</u>煩悩国家財宝,(『須大拿太子好施因縁』)

松尾(1987)では,「〜復」は接尾辞として副詞を二音節化すると説明している。

『日本書紀』の訓点では,③前田本院政期点・図書寮本 1142 年点・①兼方本弘安点で「復」を「マタ」と訓み,④北野本南北朝期点で「復検」に訓合符を加点して,共に「復」が虚化していることに対する認識不足で,不当である。

II-2　二字一語として訓んでいないが文意は大きく外れていない又は不明な例　36 語

1 応時	2 何当	3 皆悉	4 豈復	5 各自	6 咸皆	7 共同	8 極甚
9 更亦	10 更不	11 更無	12 更復	13 勿復	14 再三(一部)	15 最為	
16 事須	17 茲甚	18 悉皆	19 実是	20 時復	21 正在	22 即自	
23 即時　大有[1]	24 輒爾	25 都不	26 都無	27 当須	28 倍復		
29 必応	30 必須	31 必当	32 並悉　並不[2]	33 並是	34 便即		

---

[1] 松尾(1987)では,「ひじょうに〜だ」の意の強調表現とするが,『日本書紀』の用例は「有」に動詞の意が残っているので,二字副詞とは見做さず対象から外す(二字動詞でもない)。
[2] 松尾(1987)では,「並不」を二字副詞としているが,本書では二字副詞とは見做さず,対象から外す。

35 猶復　36 要須

(Ⅱ-2-1) 応　時
①乃応時而活。(11) 上 389-07
　　前田本院政期点「応時に（コタヘテ）」
②応時往救。(19) 下 087-10
　　北野本南北朝期点「応レ時」
③奉勅至臣蕃曰，所乞救兵，応時遣送。(19) 下 097-10
　　北野本南北朝期点「応レ時」

　漢籍の用例を『国学宝典』を利用して検索すると，『漢書』3例,『後漢書』8例,『晋書』8例,『梁書』3例,『魏書』5例,『隋書』3例,『楽府詩集』1例,『世説新語』0例,『遊仙窟』0例,『祖堂集』2例がある。8例を示す。
　　二千石有罪，応時挙奏，(『漢書』・巻86)
　　朕奮兵討撃，応時崩解，(『後漢書』・巻1)
　　并力距之，応時敗走。(『晋書』・巻82)
　　内外斉撃，居士応時奔散。(『梁書』・巻11)
　　又聞北征隷臣為統，応時変色。(『魏書』・巻18)
　　聊申薄伐，応時瓦解。(『隋書』・巻38)
　　須通俊士，応時如風。(『祖堂集』・巻9)
　　西風応時筋角堅，承露牧馬水草冷。(『楽府詩集』・巻92)
　仏典の用例を『CBETA電子仏典』を利用して検索すると1578例がある。2例を示す。
　　応時即来。駆彼衆生。(隋天竺三蔵闍那崛多等訳『起世経巻第四』1-327)
　　応時欣笑。阿難問仏。(西晋三蔵竺法護訳『生経巻第二』3-78)
　『敦煌変文校注』には9例がある。4例を示す。
　　危厄逼身，称名応時消散。(『降魔変文』)
　　須達応時順命，更無低昂。(『降魔変文』)

鉛錫登爐，応時化為灰爐。(『降魔変文』)
行悪不論天所罪，応時冥零亦共誅。(『大目乾連冥間救母変文』)

　張万起(1993)では「「応時」は時間を表示する。いつでも，すぐに」を表すとする。松尾(1987)では「すぐさま」の意。『降魔変文』には「須達応時順命，更無低昂」とある。古訓がこの例を「コタヘテ」と訓じるのは従い難いとする。
　『日本書紀』の訓点では，①前田本院政期点・②北野本南北朝期点・③北野本南北朝期点が共に「応時」を一語としては訓んでいないが，①前田本院政期点「(トキ)にコタヘテ」は文意として大きくは外れていない。

(II-2-2) **何　当**
①吾雖婦女，何当避乎，(01) 上 119-18
　兼方本弘安点「何　当　避」（ナソサラムトノタヒ）
②何当聿遵皇祖之跡，(05) 上 239-07
　北野本南北朝期点「何＿当」（イカニシテカ）

　漢籍の用例を『国学宝典』を利用して検索すると，『漢書』1例，『後漢書』0例，『晋書』1例，『梁書』0例，『魏書』0例，『隋書』1例，『楽府詩集』0例，『世説新語』1例，『遊仙窟』0例，『祖堂集』0例がある。4例を示す。
　　顧無喋喋占占，冠固何当！(『漢書』・巻 94)
　　朕殿何当得成邪！(『晋書』・巻 120)
　　曹州刺史何当入朝？(『隋書』・巻 38)
　　卿国史何当成？(『世説新語』・排調第 25)
　仏典の用例を『CBETA 電子仏典』を利用して検索すると 1473 例がある。2 例を示す。
　　云何当捨離欲。(東晋罽賓三蔵瞿曇僧伽提婆訳『増壱阿含経巻第十二』
　　　2-601)
　　其身云何当有病苦無常破壊。(北涼天竺三蔵曇無讖訳『大般涅槃経巻第

三』12-379)

『敦煌変文校注』には2例がある。全例を示す。

　　布施何当不要！（『維摩詰経講経文』）

　　不敢，不敢，何当，何当！（『維摩詰経講経文』）

　松尾(1987)では「この二字で一語，いつ。張相『詩詞曲語辞匯釈』に多くの例を挙げる。李商隠「夜雨寄北」詩の「何当共剪西窓燭，却説巴山夜雨時」はその一例」とする。塩見(1995)では「『匯釈』巻三によれば，「何当」を五種に分類して以下の如く説明する。(一)何日也。(二)(商量之辞)何妨或何如也。(三)安得也。(四)何況也。(五)合当也。しかし，詩で使用される場合は(一)の「いつ」の意で使用されるのが普通で，その「いつ」も「いつかそうしたい」という願望をこめて用いられるのが普通である」と説明している。

　『日本書紀』の訓点では，①兼方本弘安点が「ナ(ン)ソ……ム」と二語として訓み，②北野本南北朝期点が訓合符及び和訓「イカニシテカ」を加点して複合語として訓んでいるが，文意は大きくは外れていない。

(II-2-3) 皆　悉

①一皆悉断。(25)　下 295-13
　　北野本鎌倉初期点「皆悉(クに)」
②国朝政，皆悉委焉。(27)　下 353-18
　　北野本鎌倉初期点「皆悉(クに)」
③弟・諸王・内臣及群臣，皆悉従焉。(27)　下 369-17
　　北野本鎌倉初期点「皆悉(クに)」
　　北野本南北朝期点「皆_悉」
④大皇弟・藤原内大臣及群臣，皆悉従焉。(27)　下 371-18
　　北野本鎌倉初期点「皆悉(クに)」
　　北野本南北朝期点「皆_悉」

　漢籍の用例を『国学宝典』を利用して検索すると，『漢書』0例，『後漢

書』6例,『晋書』3例,『梁書』3例,『魏書』1例,『隋書』2例,『楽府詩集』0例,『世説新語』0例,『遊仙窟』0例,『祖堂集』0例がある。5例を示す。

　　明購賞，皆悉破散，(『後漢書』・巻38)
　　六情所受，皆悉是賊。(『晋書』・巻95)
　　起十一年正月以前，皆悉従恩。(『梁書』・巻3)
　　楊郢荊益，皆悉我有，(『魏書』・巻8)
　　妻妾子孫皆悉没官。(『隋書』・巻45)

仏典の用例を『CBETA電子仏典』を利用して検索すると1万1950例がある。2例を示す。

　　皆悉壊敗。為断滅法。(後秦弘始年仏陀耶舎共竺仏念訳『仏説長阿含経
　　　巻第十七』1-107)
　　地之所生百穀草木。皆悉枯乾。(宋天竺三蔵求那跋陀羅訳『雑阿含経巻
　　　第十』2-64)

『敦煌変文校注』には2例がある。全例を示す。

　　百官忙怕，皆悉捶胸。(『韓朋賦』)
　　五天皆悉，現神通。(『歓喜国王縁』)

『日本書紀』の訓点では，①②③④北野本鎌倉初期点は合符が加点されていないので「(ミナコトゴトク)に」と二語として訓んでいる例と見做される。

(II-2-4) 豈　復
①思欲朝之，豈復得耶。(19)　下089-07
　北野本南北朝期点「豈復＿得耶ヤ」
②朕猶以之傷惻。民豈復思至，(25)　下285-15
　北野本鎌倉初期点・同南北朝期点　無点

漢籍の用例を『国学宝典』を利用して検索すると，『漢書』0例,『後漢書』5例,『晋書』10例,『梁書』4例,『魏書』7例,『隋書』2例,『楽府詩集』5例,『世説新語』2例,『遊仙窟』0例,『祖堂集』0例がある。7例を

示す。
　　　豈復惜性命，（『後漢書』・巻 84）
　　　往事豈復可追，顧思弘将来。（『晋書』・巻 89）
　　　豈復仰昕金色，式瞻玉色。（『梁書』・巻 33）
　　　尋自令反，豈復苟留一人。（『魏書』・巻 53）
　　　公豈復得為箕，穎之事乎？（『隋書』・巻 78）
　　　帝豈復憶汝乳哺時恩邪！（『世説新語』・規箴第 10）
　　　至士止餘四人豈復成楽。（『楽府詩集』・巻 52）
　仏典の用例を『CBETA 電子仏典』を利用して検索すると 271 例がある。2 例を示す。
　　　豈復更思還来報王。（西天訳経三蔵朝散大夫試光禄卿明教大師臣法賢奉
　　　　詔訳『大正句王経巻上』1-832）
　　　豈復香潔可更食不。（西秦沙門聖堅奉詔訳『太子須大拏経』3-418）
『敦煌変文校注』には用例がない。

　『日本書紀』の訓点では，①北野本南北朝期点で「復得」に訓合符が加点されていて，「豈復」を一語とする認識はない。

（Ⅱ-2-5) **各　自**
①邑有君，村有長，各自分疆。（03）上 189-16。
　　北野本兼永点「各　自　疆を分（チテ）」
　　　　　　　　　　ミツカラサカヒ
②各自耕之，不相侵奪。（19）下 085-20
　　北野本南北朝期点・兼方本弘安点・寛文九年版等諸本　無点
③是日，皇子・大臣，各自新嘗。（24）下 243-18
　　岩崎本平安中期点・図書寮本 1142 年点・北野本鎌倉初期点・同南北朝期
　　点・寛文九年版等諸本　無点

　漢籍の用例を『国学宝典』を利用して検索すると，『漢書』25 例，『後漢書』16 例，『晋書』11 例，『梁書』2 例，『魏書』9 例，『隋書』14 例，『楽府詩集』17 例，『世説新語』1 例，『遊仙窟』1 例，『祖堂集』13 例がある。10

例を示す。

  方士所興祠，<u>各自</u>主，(『漢書』・巻 25)
  人不自呆，<u>各自</u>顧望。(『後漢書』・巻 33)
  宜使<u>各自</u>服其母。(『晋書』・巻 20)
  人<u>各自</u>挙学士二人，(『梁書』・巻 25)
  听其人<u>各自</u>陳訴。(『魏書』・巻 11)
  当日者<u>各自</u>為宮，(『隋書』・巻 49)
  <u>各自</u>相争，就講主証明。(『祖堂集』・巻 2)
  <u>各自</u>饑困，以君之賢，(『世説新語』・徳行第 1)
  鳥生如欲飛，二飛<u>各自</u>去。(『楽府詩集』・巻 47)
  <u>各自</u>相譲，倶不肯先坐。(『遊仙窟』) 醍醐寺本 1344 年点「各，自」

仏典の用例を『CBETA 電子仏典』を利用して検索すると 2162 例がある。2 例を示す。

  其八千象然後<u>各自</u>入池洗浴，飲食。(後秦弘始年仏陀耶舍共竺仏念訳
  『仏説長阿含経』1-114)
  然其還家。<u>各自</u>放逸。(失訳人名今附秦録『別訳雑阿含経巻第九』2-
  435)

『敦煌変文校注』には 32 例がある。4 例を示す。

  須臾黄昏，<u>各自</u>至営。(『李陵変文』)
  汝与衆僧衆，火急<u>各自</u>回避。(『盧山遠公話』)
  雀児但為鳥，<u>各自</u>住村坊。(『燕子賦』)
  <u>各自</u>題詩一首。(『百鳥名』)

 塩見(1995)では，「この「自」は接尾語とみてよく，唐詩では頻用されるもののひとつである。六朝詩では，陶淵明詩をはじめとして散見するが，まだ唐詩ほどは頻用されてない。君情与妾意，<u>各自</u>東西流(李白　妾薄命)，<u>各自</u>限官守，何由叙涼温(岑参潼関鎮国軍句覆使院早春寄王同州)」と説明している。松尾(1987)の中で，「「〜自」も二音節副詞によく用いられる接尾辞」「めいめい，それぞれ」の意と説明している。

 『日本書紀』の訓点では，①北野本兼永点が加点の位置(「ミツカラ」)は

「自」一字に対する加点の上，「各」は「谷」と誤写して左傍に「各ィ」と記して「(オノモオノモ)ミツカラ」と二語として訓み，誤訓に近いが，②③は各本無点で不明である。

(II-2-6) 咸　皆
①国内居民，咸皆振怖。(14) 上 465-08
　前田本院政期点・図書寮本 1142 年点「咸(ク)に皆」
②国内居人，咸皆震怖。(16) 下 009-11
　図書寮本 1142 年点「咸(ク)に皆」

　漢籍の用例を『国学宝典』を利用して検索すると，『漢書』1 例，『後漢書』1 例，『晋書』7 例，『梁書』1 例，『魏書』1 例，『隋書』0 例，『楽府詩集』0 例，『世説新語』0 例，『遊仙窟』0 例，『祖堂集』0 例がある。5 例を示す。
　　少婦多宝物，属官，咸皆鉤校，(『漢書』・巻 66)
　　咸皆散与諸生之貧者。(『後漢書』・巻 79)
　　人心斉一，咸皆切歯。(『晋書』・巻 67)
　　左伊右繹，咸皆仰化，(『梁書』・巻 5)
　　助喪者咸皆哀懼。(『魏書』・巻 92)
　仏典の用例を『CBETA 電子仏典』を利用して検索すると 773 例がある。2 例を示す。
　　外国郷人咸皆善之。(晋沙門釈道安撰『増壱阿含経序』2-549)
　　城中居人咸皆驚怖。(中天竺国沙門地婆訶羅奉詔訳『方広大荘厳経巻第四』3-558)
　『敦煌変文校注』には 4 例がある。全例を示す。
　　見者咸皆称嘆。(『降魔変文』)
　　合国人民，咸皆瞻仰処。(『難陀出家縁起』)
　　縁有新来，咸皆集会。(『仏説阿弥陀経講経文』)
　　各各解談微妙教，聞者咸皆発道心。(『妙法蓮華経講経文』)

第四章　二字副詞の訓読　　145

　　王政白(1986，改訂 2002)では「「咸皆」　範囲を表す副詞で，「全部」の意味を示す」とする。
　『日本書紀』の訓点では，①前田本院政期点・図書寮本 1142 年点・②図書寮本 1142 年点が共に「(コトゴトク)に(ミナ)」と訓み，「咸皆」を一語とする認識はないが，文意は大きくは外れていない。

(Ⅱ-2-7)　共　同
①天皇詔皇太子大臣及諸王諸臣，共同発誓願，(22) 下 187-1
　　岩崎本平安中期点「共に同(ジク)誓-願(フ)ことを発(テ)て」
　　図書寮本 1142 点「共に同(ジク)誓願を発(シ)て」

　漢籍の用例を『国学宝典』を利用して検索すると，『漢書』0 例，『後漢書』5 例，『晋書』4 例，『梁書』0 例，『魏書』0 例，『隋書』0 例，『楽府詩集』2 例，『世説新語』0 例，『遊仙窟』0 例，『祖堂集』2 例がある。4 例を示す。
　　　欲与将軍共同吉凶。(『後漢書』・巻 29)
　　　思与万国，共同休慶。(『晋書』・巻 6)
　　　寝共織成被，絮共同功綿。(『楽府詩集』・巻 76)
　　　共同一被蓋。(『祖堂集』・巻 8)
　仏典の用例を『CBETA 電子仏典』を利用して検索すると 730 例がある。2 例を示す。
　　　為大家甚至世間学者所共同承認的。(『般若波羅蜜多心経講記』161-12)
　　　因這是諸仏教共同的甚深境界，(『戊二信謗徳失』152-10)
　『敦煌変文校注』には 3 例がある。全例を示す。
　　　於時鋪設，両共同餐。(『伍子胥変文』)
　　　兵眾与臣共同一心。(『伍子胥変文』)
　　　高下共同一体空，(『八相変』)

　　裴学海(1954，改訂 1962，1996)では「〝共〟と〝同〟は同義。〝共同〟，〝同共〟は〝全都〟あるいは〝一緒〟の意味である」とする。

『日本書紀』の訓点は，岩崎本平安中期点・図書寮本1142年点が共に「(トモ)に(オナジク)」と訓み，二字一語として訓んでいないが，文意は大きくは外れていない。

（Ⅱ-2-8）極　甚
①皇聞之，傷惻極甚。(20) 下133-15
　　前田本院政期点「傷-惻ミタマフこと極(メ)て甚(シ)」
②極甚愚痴，専行暴悪，(24) 下253-14
　　岩崎本平安中期点「極(メ)て甚(シク)愚-痴(ニシ)て」
　　図書寮本1142年点「極(メ)て甚(シク)愚痴に(シテ)」
③損費極甚。於是，葛野秦造河勝，悪民所惑，打大生部多。(24) 下259-15
　　岩崎本平安中期点「損り費(ユル)こと極甚」
　　図書寮本1142年点「損　費　極甚」
④愴然傷怛，哀泣極甚。(25) 下311-14
　　北野本鎌倉初期点「哀 - 泣こと極(メ)て甚(シ)」
⑤故不忍哀，傷慟極甚。(26) 下333-07
　　北野本鎌倉初期点「傷　慟　こと極(メ)て甚シ」
⑥親問所患。而憂悴極甚。(27) 下373-09
　　北野本鎌倉初期点「悴ケたること極(メ)て甚(シ)」

　『国学宝典』を利用して文献を検索したところ，唐時代より古い中国古典には用例がない。
　仏典の用例を『CBETA電子仏典』を利用して検索すると150例がある。ここではそのうち『金光明最勝王経』の用例を，春日政治『西大寺本金光明最勝王経古点の国語学的研究』本文篇により該句の訓読の実態と共に示す。
　　此妙経宝極甚深　能与一切有情楽（唐義浄訳『金光明最勝王経』16-432)
　　西大寺本平安初期点「此の妙宝は極メて甚深にして」(115頁-21行)
　西大寺本平安初期点では，「極甚」を一語とせず，「甚深」を一語として訓んでいる。その他，仏典の用例2例を示す。
　　故知此縁起極甚深。明亦甚深。(隋達磨笈多訳『起世因本経巻第七』

1-578)
　　生一太子。極甚端正。(隋闍那崛多訳『仏本行集経巻第二十五』3-770)
『敦煌変文校注』には7例がある。全例を示す。
　　皇帝聞已，忙怕極甚，苦嘱□(崔)子玉，(『唐太宗冥記』)
　　政見時人耕種収刈，極甚労力。(『太子成道経』)
　　則知微細極甚精妙也。(『太子成道経』)
　　以見時人耕種収刈，極甚労力。(『悉達太子修道因縁』)
　　忽見一人，四体極甚羸劣，形容痩損，喘息不安。(『八相変』)
　　即便帰宮迷悶懊煩，極甚不悦。(『八相変』)
　　行歩匆匆，極甚忙切。(『八相変』)

　劉淇(1944，改訂1963)では「極」と「甚」が同義であることが示され，そしてこの二語は「極甚」として連合式複音程度詞を構成して「ある程度の上に更に程度の高深があること」とする。太田(1958，改訂1981)の「副詞」中で「極其」について「使者晏子，極其醜陋。(p 2564『晏子賦』)(使者の晏子はきわめて醜陋であった。)」という例を挙げて「「極」は動詞でなく副詞で，「其」は接尾辞化している」と記述している。志村(1984)では「極其」に関して太田と同様に「極其醜陋」の例を挙げ，「程度・比較を表す「極其」は唐末ごろから用いられ，最高級を現す」と述べている。松尾(1987)では，「極大」という語について，「如摩那答陀，極大憍慢」や，『撰集百縁経』の例である「雨時提波達多極大愚痴」，「時阿闍世王睹斯事已，……極大瞋恚」，「人民熾盛，極大豊楽」，「年在老邁，極大慳貪」という例を挙げて，「いずれも下にくる二音節の動詞・形容詞を強めている」とし，また「極大」を〈極めて大いに〉と訓じるのは不適切であり，「もちろん，口語を訓じること自体に無理があるのだが，少なくともここは注でそのことに言及するか，あるいは〈極大に〉と訓じ，はなはだとルビをふるか，とにかく口語であることへの注意は必要と思われる」と述べている。
　『日本書紀』の訓点②の例は，岩崎本平安中期点で合符が加点されていないので「極」と「甚」とは別々に「極(メ)て甚(シク)」と訓まれたものと判断される。図書寮本1142年点でも「甚」は無点であるが，「極(メ)て甚(シ

ク)」と訓んだものと判断される。③に関しては訓みが不明であるが、それ以外の例では上記の如く、岩崎本平安中期点・前田本院政期点・図書寮本1142年点・北野本鎌倉初期点と平安時代以来の訓点で形容詞の場合は「極(メ)て甚(ハナハダシ)」と「副詞(キハメテ)」＋「形容詞」として訓み、副詞の場合は「極(メ)て甚(ハナハダシク)」と訓んでいる。何れにしても二字一語としては認識されていないようである。「きはめて」という副詞自体が漢文訓読によって生れた日本語表現であり、その程度が更に高まったことを表す一語の日本語表現を生み出すことは無理で、「極メテ甚シク」と二語で訓んだものと察せられる。

(II-2-9) **更　亦**

①更亦起恨。隼別皇子之舎人等歌曰，(11) 上 407-09
　　前田本院政期点「更，亦，恨を起(シ)タマフ」
②既而更亦，令告群大夫等，(23) 下 221-11
　　北野本鎌倉初期点「既(ニシ)て而更に亦，群大夫等に告(ケシメ)て」
③僕啓既訖之。今何更亦伝以告耶。乃大忿而起行之。(23) 下 225-10
　　北野本鎌倉初期点「今，何(ソ)，更に亦伝(ヘ)以て告(ウサ)む耶」

　漢籍の用例を『国学宝典』を利用して検索すると、『漢書』0例，『後漢書』0例，『晋書』0例，『梁書』0例，『魏書』0例，『隋書』0例，『楽府詩集』0例，『世説新語』0例，『遊仙窟』2例，『祖堂集』1例がある。3例を示す。

　　　娘子把酒莫嗔，新婦更亦不敢。(『遊仙窟』)醍醐寺本1344年点・真福寺本1353年点・陽明文庫本1389年点「更に亦」
　　　即令人得伴，更亦不相求。(『遊仙窟』)醍醐寺本1344年点・真福寺1353年点・陽明文庫本1389年点「更に亦」
　　　富貴与貧賎，更亦無別道。(『祖堂集』・巻3)

　仏典の用例を『CBETA電子仏典』を利用して検索すると49例がある。『金光明最勝王経』の用例はなく、ここでは他の訳経の2例を示す。

　　　汝等大好。更亦尋聴或時未死。(大唐三蔵法師義浄奉制訳『根本説一切

有部毘奈耶破僧事巻第十九』24-196)
　更亦不須受持。(唐金剛智訳『不動使者陀羅尼秘密法一巻』21-16)
『敦煌変文校注』には7例がある。全例を示す。
　津旁更亦没男夫，唯見軽盈打紗女。(『伍子胥変文』)
　其婦知謀大事，更亦不敢驚動。(『伍子胥変文』)
　子胥被婦識認，更亦不言。(『伍子胥変文』)
　君子懐抱可知，更亦不須分雪。(『伍子胥変文』)
　吉祥最勝，更亦無過。(『降魔変文』)
　各擬悔謝帰三宝，更亦無心事火竜。(『降魔変文』)
　夜叉聞語心遏遏，直言更亦無刑(形)迹。(『大目乾連冥間救母変文』)

「更亦」は「更加」と同じで，「更」と同じ意味を持つが，語気は「更」より重い。
　中国古典文献と『大正蔵』の用例から，「更亦」は唐代に用いられた二音節語と判断でき，『日本書紀』にもその用法で用いられている。『日本書紀』の訓点は，①前田本院政期点では「(サラニ)，(マタ)」，②③北野本鎌倉初期点では「(サラ)ニ(マタ)」と訓み，「更亦」を一語とする認識はない。『日本書紀』の述作者は，「更亦」という中国では一語の二音節語として用いられる新しい表現を取り入れたが，平安時代以来の受容者は二字一語としては読解していない。

(II-2-10) **更　不**

①則至高麗，更不知道路。(10) 上379-12
　北野本南北朝期点「更 不ㇾ知」(サラニシラス)
②既従天皇遺命耳。更不可待群言。(23) 下217-17
　北野本鎌倉初期点「更ニ不可」

　漢籍の用例を『国学宝典』を利用して検索すると，『漢書』1例，『後漢書』1例，『晋書』9例，『梁書』1例，『魏書』15例，『隋書』4例，『楽府詩集』2例，『世説新語』1例，『遊仙窟』0例，『祖堂集』24例がある。9例を

示す。
　　　起皮山南，更不属漢之国四五，（『漢書』・巻96）
　　　四章更不得朔餘一。（『後漢書』・志第2）
　　　室家分離，咸更不寧。（『晋書』・巻46）
　　　所部文武更不追攝。（『梁書』・巻56）
　　　良由水大渠狹，更不開瀉，（『魏書』・巻56）
　　　臣更不理曠，（『隋書』・巻25）
　　　預取之処，後更不生。（『祖堂集』・巻1）
　　　更不飽五母之宅？（『世説新語』・捷悟第11）
　　　戎衣更不著，今日告功成。（『楽府詩集』・巻20）
　仏典の用例を『CBETA 電子仏典』を利用して検索すると3412例がある。2例を示す。
　　　更不殺盗及非法等。（隋天竺三蔵闍那崛多等訳『起世経巻第八』1-347）
　　　更不敢言此処常恒無有変易。（失訳人名今附秦録『別訳雑阿含経巻第六』
　　　　413-12）
『敦煌変文校注』には27例がある。4例を示す。
　　　何処蔵身更不聞。（『捉季布伝文』）
　　　前眼相看，更不用憜慮。（『盧山遠公話』）
　　　白庄得銭，更不敢久住，（『盧山遠公話』）
　　　更不是別疾病，是坐俊風，（『維摩詰経講経文』）

　塩見（1995）では「「都」は「すべて」の意であるが，「不」と結合することにより「全然……ではない」「まったく……ではない」意となる。これは「都無」「更不（無）」「並不（無）」「絶不（無）」「竟不（無）」「総不（無）」「渾不（無）」なども同様であって」とする。
　『日本書紀』の訓点は，②北野本鎌倉初期点・①北野本南北朝期点が共に「サラニ……ズ」とする訓法で「更不」を一語としては訓んでいないが，文意は外れてはいない。

(II-2-11) 更　無

①更無悒矣。(10) 上 379-20
　　北野本南北朝期点「更無レ悒矣」(サラニナシ イキトヲリ)
②更無愁焉。皇后対諮，何謂富矣。(11) 上 391-19
　　前田本院政期点「更，無シ」
③氏姓自定，更無詐人。(13) 上 439-13
　　図書寮本 1142 年点　無点
　　北野本南北朝期点「更無」(サラニナシ)
④安国之方，更無過此。(18) 下 059-11
　　北野本鎌倉初期点「更ニ無」
⑤復縦火於伽藍。焼燼更無餘。(19) 下 103-15
　　兼右本 1540 年点「更無レ餘」(又)
⑥四臣曰，随大伴連言，更無異。(23) 下 219-08
　　北野本鎌倉初期点「更ニ無」
⑦臣曰，先日言訖。更無異矣。(23) 下 223-16
　　図書寮本 1142 年点・北野本鎌倉初期点「更ニ無」
⑧詔国司，如前所勅，更無改換。(24) 下 249-14
　　岩崎本平安中期点　無点
　　図書寮本 1142 年点・北野本鎌倉初期点「更ニ無」
⑨奉以赤心，更無所忌。(24) 下 257-07
　　岩崎本平安中期点　無点
　　図書寮本 1142 年点・北野本鎌倉初期点「更ニ無」

　漢籍の用例を『国学宝典』を利用して検索すると，『漢書』0 例，『後漢書』0 例，『晋書』1 例，『梁書』2 例，『魏書』22 例，『隋書』13 例，『楽府詩集』9 例，『世説新語』0 例，『遊仙窟』0 例，『祖堂集』21 例がある。5 例を示す。

　　貨本不多，又更無増益，(『晋書』・巻 26)
　　儻今考古，更無二謀。(『梁書』・巻 5)
　　父母，祖父母年老，更無成人子孫。(『魏書』・巻 7)
　　更無別法可得成仏。(『祖堂集』・巻 3)

更無相逢日，寧可相随飛。(『楽府詩集』・巻58)
　仏典の用例を『CBETA 電子仏典』を利用して検索すると5072例がある。2例を示す。

　　更無所為唯受勝楽。(隋天竺三蔵闍那崛多等訳『起世経巻第八』1-347)
　　除此正法更無救護。(北涼天竺三蔵曇無讖訳『大般涅槃経巻第十』12-422)

『敦煌変文校注』には31例がある。5例を示す。

　　今日更無餘物報女子之恩。(『伍子胥変文』)
　　我今更無眷恋処，恨不将身自滅亡，(『伍子胥変文』)
　　直至天明，更無睡眠。(『盧山遠公話』)
　　兄弟二人，更無外族。(『盧山遠公話』)
　　我今来意，更無別心。(『破魔変』)

　志村(1984)では「「無」「不」は上古以来の基本的否定詞で，「都不」「都無」，これらの否定は，いわゆる否定の強調が行われる」とする。
　『日本書紀』の訓点は，②前田本院政期点・⑦⑧⑨図書寮本1142年点・北野本鎌倉初期点・④⑥北野本鎌倉初期点・①③北野本南北朝期点が共に「サラニ……ナシ」，⑤兼右本1540年点が「マタ……ナシ」とする訓法で「更無」を一語としては訓んでいないが，文意は外れてはいない。

(II-2-12) 更　復

①時以陰神先言故，為不祥，更復改巡。(01) 上 085-16
　　兼方本弘安点「更に復，改(メ)巡(ル)」
②朕更復思崇正教，光啓大猷。(25) 下 277-14
　　北野本鎌倉初期点「朕レ更に復思(ハク)」

　漢籍の用例を『国学宝典』を利用して検索すると，『漢書』0例，『後漢書』4例，『晋書』1例，『梁書』2例，『魏書』0例，『隋書』0例，『楽府詩集』2例，『世説新語』0例，『遊仙窟』0例，『祖堂集』1例がある。4例を示す。

真偽同貫，更復由此而甚。(『晋書』・巻 41)

不宜更復加兵，揺動百姓。(『梁書』・巻 1)

一豪吞尽巨海，于中更復何言？(『祖堂集』・巻 9)

已能憔悴今如此，更復含情一待君，(『楽府詩集』・巻 72)

仏典の用例を『CBETA 電子仏典』を利用して検索すると 662 例がある。『金光明最勝王経』には用例はなく，ここでは南北朝・隋代の用例 3 例を示す。

更復前行。趣波波城。(東晋法顕訳『大般涅槃経巻第一』1-197)

将大火炬逆風而走。而彼火炬。更復転燃。(隋闍那崛多訳『起世経巻第二』1-327)

莫復如此。然是衆生更復重作。(隋闍那崛多訳『起世経巻第十』1-362)

『敦煌変文校注』には 4 例がある。全例を示す。

悲歌以(已)了，更復前行，(『伍子胥変文』)

悲歌已了，更復向前，悽愴依然。(『伍子胥変文』)

子胥哭了，更復前行。(『伍子胥変文』)

剣歌已了，更復前行。(『伍子胥変文』)

太田(1958，改訂 1981)には副詞接尾語としての「復」について述べた部分があり，「「復」の意味は消失しているものと解される」とある。胡勅瑞(2002)では，「復」本来は「再」や「還」の意味があり，「復」は一般に単音副詞，連詞後接尾辞であり，そのうち「復」の元来の語彙が虚化し，「更復」は前の副詞「更」の意味で用いられるようになったのである，と説明している。「更復」に類似した性格を持つものとして「亦復」が存在する。松尾(1987)では，「復」は六朝から頻用される接尾辞で副詞を二音節化し，「亦復」は六朝の漢訳仏典中に特に多用されるようになることを説明している。

魏晋以来用いられている「更復」という二音節語は，『日本書紀』では 2 例と少ないながらも取り入れられている。『日本書紀』の訓点は，②北野本鎌倉初期点・①兼方本弘安点が共に「復」が無点で不明であるが，「(サラ)に(マタ)」と訓んでいるものと見做される。共に「更復」を一語とする認識はない。

（Ⅱ-2-13）勿　復

①乃請曰，勿復還幸。（01）上 113-19
　　兼方本弘安点「勿_復_還_幸」
②老翁曰，勿復憂。（02）上 165-11
　　兼方本弘安点「勿‐復‐憂」
③火折尊対曰，云云。老翁曰，勿復憂。（02）上 181-17
　　兼方本弘安点「勿_復_憂」
④妾奴婢至君処者，勿復放還。（02）上 185-13
　　兼方本弘安点「勿‐復‐放‐還」
⑤君奴婢至妾処者，亦勿復還。（02）上 185-13
　　兼方本弘安点「勿‐復‐還」
⑥勿復進。（03）上 193-12
　　北野本兼永点「勿復_進」
⑦対立殿戸，自称大物主神曰，天皇，勿復為愁。（05）上 241-08
　　北野本南北朝期点「勿‐復為‐愁」

　漢籍の用例を『国学宝典』を利用して検索すると，『漢書』14 例，『後漢書』10 例，『晋書』10 例，『梁書』2 例，『魏書』5 例，『隋書』4 例，『楽府詩集』5 例，『世説新語』3 例，『遊仙窟』0 例，『祖堂集』0 例がある。8 例を示す。

　　願勿復再言。（『漢書』・巻 54）
　　願使君勿復出口。（『後漢書』・巻 52）
　　我死後，勿復听入，深憶吾言。（『晋書』・巻 31）
　　汝亦勿復与吾言之。（『梁書』・巻 25）
　　五年以後，勿復委人。（『魏書』・巻 98）
　　汝等勿復信之。（『隋書』・巻 73）
　　丘之禱久矣，勿復為煩！（『世説新語』・徳行第 1）
　　従今已往，勿復相思而与君絶。（『楽府詩集』・巻 16）

　仏典の用例を『CBETA 電子仏典』を利用して検索すると 382 例がある。

第四章　二字副詞の訓読　155

2例を示す。
　　勿復有声。仏起正坐。(西晋河内沙門白法祖訳『仏般泥洹経巻下』1-168)
　　且自寛思勿復憂愁。(西晋月氏三蔵竺法護訳『普曜経巻第四』3-504)
『敦煌変文校注』には1例がある。
　　事以已如斯，勿復重諫！(『伍子胥変文』)

　王政白(1986，改訂2002)では「「勿復」は「不再」の意味である」とする。
　『日本書紀』の訓点では，①②③④兼方本弘安点・⑦北野本南北朝期点・⑥北野本兼永点で「マタナ……ソ」と訓み，⑤兼方本弘安点で「マタ……ジ」と訓み，「マタ……(禁止・打消)」という訓法で「勿復」を一語として訓んではいないが，文意は通っている。

(Ⅱ-2-14) 再　三(一部)→(Ⅰ-1-4)参照

(Ⅱ-2-15) 最　為
①讃流通礼拝功徳云，是法於諸法中，最為殊勝。(19)下101-15
　北野本南北朝期点「 最 為-殊-勝 」
　　　　　　　　　モトモスクレテイマス

　漢籍の用例を『国学宝典』を利用して検索すると，『漢書』13例，『後漢書』7例，『晋書』3例，『梁書』1例，『魏書』11例，『隋書』11例，『楽府詩集』2例，『世説新語』0例，『遊仙窟』0例，『祖堂集』1例がある。9例を示す。
　　魏文候最為好古。(『漢書』・巻22)
　　車甲兵馬最為猛盛，(『後漢書』・巻11)
　　于彼震旦，最為殊勝。(『梁書』・巻54)
　　宗室之中最為俊望。(『晋書』・巻38)
　　恃強憑険，最為狡害，(『魏書』・巻42)
　　最為無礼。(『魏書』・巻42)
　　参校積時，最為精密。(『隋書』・巻17)

刹利王種最為高貴，(『祖堂集』・巻 1)
　　属城咸有士，呉邑最為多。(『楽府詩集』・巻 64)
　仏典の用例を『CBETA 電子仏典』を利用して検索すると 3083 例がある。3 例を示す。
　　於諸行人最為勇健。(蕭斉天竺三蔵曇摩伽陀耶舎訳『無量義経徳行品第一』9-388)
　　我於一切最為殊勝。(東晋天竺三蔵仏駄跋陀羅訳『大方広仏華厳経巻第十一』9-471)
　　是経甚深最為希有。(僧祐録云北涼録第二訳『不退転法論経巻第四』9-252)
『敦煌変文校注』には 5 例がある。全例を示す。
　　仏言供養最為多，是事精強更不過，(『妙法蓮華経講経文』)
　　柔而直，最為妙，不得凶粗多強拗，(『維摩詰経講経文』)
　　散香花，乗宝象，獅子金毛最為上。(『双恩記』)
　　我於此最為難。(『大目乾連問救母変文』)
　　西方仏国最為精。(『維摩詰経講経文』)

　太田(1958，改訂 1981)では「最為」について，「《最》も古代語に用いる。《最為》は〈一ばん……である〉という意味であるが，《為》が接尾辞化する傾向は古くからみられる。《最》は直接には《為》を修飾するものである。しかし，事実上，その重点はあとにくる語(《簡易》《饒》)にあって，《為》はさして重要なものではない。そのため，《最為》で一つの語となり，《為》が接尾辞となってしまったわけである」と述べる。また，劉淇(1944，改訂 1963)によると，「最為」は「きはめて，もっとも」の意味であり「為」は接尾語である，とされている。
　『日本書紀』の訓点では，北野本南北朝期点が「最」のみを「モットモ」と訓み，「為」は下の句に付けて「イマス」にあたるものとして訓んでいて，「最為」が一語である認識はない。

(Ⅱ-2-16) **事　　須**

第四章　二字副詞の訓読　157

①既為天下，事須割情。(14) 上 499-18
　前田本院政期点・図書寮本 1142 点　無点
　兼右本 1540 点「事，須」

　漢籍の用例を『国学宝典』を利用して検索すると，『漢書』1 例，『後漢書』0 例，『晋書』0 例，『梁書』1 例，『魏書』8 例，『隋書』1 例，『楽府詩集』0 例，『世説新語』0 例，『遊仙窟』1 例，『祖堂集』3 例がある。6 例を示す。

　　方制作未定，事須公而決，（『漢書』・巻 99）
　　其勢非弱，何事須和？（『梁書』・巻 43）
　　五兵之器，事須充積，（『魏書』・巻 8）
　　即為天下，事須割情。（『隋書』・巻 2）
　　事須有与摩道，不被人検点。（『祖堂集』・巻 11）
　　児意相当，事須引接。（『遊仙窟』）醍醐寺本 1344 年点「事ゴト，須ク」

　仏典の用例を『CBETA 電子仏典』を利用して検索すると 294 例がある。2 例を示す。

　　事須憐愍。若当有人。（隋天竺三蔵闍那崛多訳『仏本行集経巻第二十四』3-763）
　　事須詳審不可匆慮。（隋天竺三蔵闍那崛多訳『大法炬陀羅尼経巻第十八』21-743）

『敦煌変文校注』には 23 例がある。5 例を示す。
　　若也已俊為君，事須再興仏法。（『韓擒虎話本』）
　　若也得教，事須委嘱，（『韓擒虎話本』）
　　万行事須報答。（『妙法蓮華経講経文』）
　　王之園也誰肯出？　事須狂其太子。（『祇園因由記』）
　　事須為我分憂，問疾略過方丈，（『維摩詰経講経文』）

　塩見(1995)では「「事須」の「事」は強めの接頭辞であり，「是必・事必」と同じである。従来「事　須らく」と読んでいるが，二字で「すべからく……べし」と読むのがよい。「事」は「須」を強調しているにすぎないから

である」としている。

　『日本書紀』の訓点では，前田本院政期点・図書寮本1142点が無点で，兼右本1540年点で「事」と「須」との間に読点が加点されているので，「事須」を一語とする認識はない。

（II-2-17）**茲　甚**
①無礼茲甚。（20）下135-17
　　前田本院政期点「礼の無(キコト)茲レ甚(シ)」。
②相近茲甚。若有不虞，其悔難及者矣。（27）下357-12
　　北野本鎌倉初期点「相近(キ)こと茲甚(シ)」。

　漢籍の用例を『国学宝典』を利用して検索すると，『漢書』2例，『後漢書』8例，『晋書』11例，『魏書』7例，『梁書』4例，『隋書』5例，『楽府詩集』0例，『世説新語』0例，『遊仙窟』0例，『祖堂集』0例がある。7例を示す。

　　　所謀茲甚，（『漢書』・巻35）
　　　乃窃偽号，淫侈茲甚，（『後漢書』・巻75）
　　　蜀胡二寇凶虐茲甚。（『晋書』・巻73）
　　　致令賊盗并興，侵劫茲甚，（『魏書』・巻70）
　　　是時淫風茲甚，王政尽弛，（『魏書』・巻154）
　　　奸回淫縦，歳月茲甚。（『梁書』・巻1）
　　　五王陰謀茲甚，高祖賚酒肴以造趙王第，（『隋書』・巻1）

　仏典の用例を『CBETA 電子仏典』を利用して検索すると68例がある。『金光明最勝王経』の用例はなく，ここでは南北朝・唐代の3例を示す。

　　　其不仁者，為害茲甚。（呉月支優婆塞支謙訳『仏説太子瑞応本起経巻上』3-475）
　　　痛哉苦哉為害茲甚。（大唐沙門若那践陀羅訳『大般涅槃経巻後分上』12-900）
　　　成熟稲田被大雹雨傷残茲甚。（大唐玄奘訳『大宝積経巻第四十四』11-259）

『敦煌変文校注』には用例がない。

「茲甚」は中国古典文献にも存在している。王力(1962, 1964, 改訂 1999)では「「茲」は「滋」に通じ,「更」にあたる意味である。「茲甚」と共に「滋甚」が多数存在する」とする。

『日本書紀』の訓点では,①前田本院政期点・②北野本鎌倉初期点が共に「コレ(ハナハダシ)」と訓み,「茲」字に「コレ」が定着して古典語であっても「茲甚」を一語とする訓法は構築し得ていない。

(Ⅱ-2-18) 悉　皆
①天児屋命・太玉命,及諸部神等,悉皆相授。(02) 上 153-20
　　寛文九年版訓「悉(クナ)皆」
②下及百姓,悉皆饒富,令無所乏。(20) 下 145-14
　　前田本院政期点「悉(ク)に皆」
③悉皆随侍。使人賜鞍作臣屍於大臣蝦夷。(24) 下 265-09
　　岩崎本平安中期点「悉(ク)に皆」
④天皇,及臣連等,所有品部,宜悉皆罷,為国家民。(25) 下 299-15
　　北野本鎌倉初期点「悉(ク)に皆」

漢籍の用例を『国学宝典』を利用して検索すると,『漢書』0例,『後漢書』2例,『晋書』5例,『梁書』8例,『魏書』12例,『隋書』1例,『楽府詩集』0例,『世説新語』0例,『遊仙窟』0例,『祖堂集』16例がある。6例を示す。
　　于是西域五十餘国悉皆納質内属焉。(『後漢書』・巻47)
　　文武不堪苛政,悉皆散走。(『晋書』・巻35)
　　自是湘部諸郡,悉皆蜂起。(『梁書』・巻19)
　　後園鷹犬,悉皆放棄。(『魏書』・巻12)
　　人間甲仗,悉皆除毀。(『隋書』・巻2)
　　五百宮人,悉皆得睡。(『祖堂集』・巻1)
仏典の用例を『CBETA 電子仏典』を利用して検索すると 7591 例がある。

2例を示す。

　　深至咽喉。悉皆熱沸。(隋天竺三蔵闍那崛多等訳『起世経巻第三』1-
　　322)
　　諸人民等悉皆出家。(西天訳経三蔵朝散大夫試鴻臚卿伝法大師臣施護奉
　　詔訳『仏説護国尊者所問大乗経巻第四』12-14)

『敦煌変文校注』には15例がある。5例を示す。
　　兵士悉皆勇健，怒叫二声。(『伍子須変文』)
　　応是听眾，悉皆雨涙，(『廬山遠公話』)
　　応是山澗鬼神，悉皆到来。(『廬山遠公話』)
　　妃後，婇女，悉皆歓笑。(『葉淨能詩』)
　　身肉悉皆充供養，経過千劫不為難。(『仏説阿弥陀経押座文』)

　「悉皆」は範囲を表す副詞であり，「尽，全部」の意味である。王政白(1986，改訂2002)では，「悉皆」は複合虚詞とする。「悉」と「皆」とが連合式複音詞を構成する仏典用語で，六朝時代から用いられた二字漢語である，現代漢語では使用しない，とされる。

　『日本書紀』の訓点では，③岩崎本平安中期点・②前田本院政期点・④北野本鎌倉初期点が共に「悉(ク)に皆」，①寛文九年版「(コトゴト)ク(ミ)ナ」と訓み，「悉皆」を一語としては訓んでいないが，文意は外れてはいない。

(Ⅱ-2-19)　実　是
①方知，実是皇孫之胤。(02) 上 163-10
　　兼方本弘安点「実に是(い)，」
②従地来者，当有地垢。実是妙美之。(02) 上 171-08
　　兼方本弘安点「実に是(い)，」

　漢籍の用例を『国学宝典』を利用して検索すると，『漢書』0例，『後漢書』0例，『晋書』0例，『梁書』0例，『魏書』0例，『隋書』1例，『楽府詩集』0例，『世説新語』0例，『遊仙窟』1例，『祖堂集』0例がある。2例を示す。

子是斉王，実是一心，(『隋書』・巻78)
　　真成物外奇希物，実是人間断絶人。(『遊仙窟』) 醍醐寺本1344点「実に是(い)，」
　仏典の用例を『CBETA電子仏典』を利用して検索すると1516例がある。2例を示す。
　　此実是毀謗言也。(後秦弘始年仏陀耶舎共竺仏念訳『仏説長阿含経巻第十六』1-102)
　　雖現女身実是菩薩。(宋代沙門慧厳等『大般涅槃経巻第一』12-606)
　『敦煌変文校注』には22例がある。4例を示す。
　　当今日下，実是孤危。(『李陵変文』)
　　将軍実是許他念経。(『廬山遠公話』)
　　東隣美女，実是不如，(『破魔変』)
　　不修実是愚痴意。(『解座文匯抄』)

　志村(1984)では，「中世初期に「〜是」の語構成を持つ語彙が激増し，羅什訳『法華経』には，「皆是」(「見宝塔品」)，「即是」(「譬喩品」)，「則是」(同)，「乃是」(「化城喩品」)，「若是」(「信解品」)，「実是」(「五百弟子受託品」)，「悉是」(「従地涌出品」)がすでに用いられる。おそらく，口語の世界にあった「〜是」の慣用を反映する。『世説新語』には「定是」(「さだめて」の意)，「必是」(「術解」)，「正是」(「品藻」)，「便是」(「文学」)，「自是」(「賢媛」)，「直是」(「言語」)，「本是」(「文学」)，「皆是」(「徳行」)，「則是」(「徳行」)，『遊仙窟』には「直是」「終是」「実是」「既是」「乃是」「即是」「定是」がある。杜甫には「〜是」の副詞的用法がたいへんに多い。晩唐・五代には「〜是」の接尾辞化の傾向がいっそう進展する」と述べている。
　『日本書紀』の訓点では，①②兼方本弘安点が共に「是」が無点であるので不明であるが，「(マコト)に(コレ)」と訓んでいるものと見做される。

(Ⅱ-2-20) 時　復
①彼処雖復安楽，猶有憶郷之情。故時復太息。(02) 上167-07
　兼方本弘安点「時に，復」

②八重之隈，冀時復相憶，而勿棄置也。(02) 上 175-09
　　兼方本弘安点「時に，復」

　漢籍の用例を『国学宝典』を利用して検索すると，『漢書』0 例,『後漢書』0 例,『晋書』1 例,『梁書』4 例,『魏書』7 例,『隋書』3 例,『楽府詩集』3 例,『世説新語』1 例,『遊仙窟』3 例,『祖堂集』1 例がある。10 例を示す。

　　　遂用林言，少時復止。(『晋書』・巻 26)
　　　性既好文，時復短詠。(『梁書』・巻 49)
　　　盧冠軍在此，時復恵好，(『魏書』・巻 47)
　　　各留一物，時復看之。(『隋書』・巻 45)
　　　若与摩在我身辺，時復要見。(『祖堂集』・巻 4)
　　　然以不才，時復托懐玄勝。(『世説新語』・品藻第 9)
　　　高翔入玄闕，時復承云齎。(『楽府詩集』・巻 45)
　　　時復偸眼看，十娘欲似不快。(『遊仙窟』) 醍醐寺本 1344 点「時に復,」
　　　裁因八幅被，時復一相思。(『遊仙窟』) 醍醐寺本 1344 点「時に復」
　　　若因行李，時復相過。(『遊仙窟』) 醍醐寺本 1344 点「時に復（マタ）」

　仏典の用例を『CBETA 電子仏典』を利用して検索すると 1085 例がある。2 例を示す。

　　　作歌声時復如絃音。(明教大師臣法賢奉詔訳『仏説帝釈所問経』1-246)
　　　時復有人解微妙者応曰。(西晋月氏国三蔵竺法護訳『慧上菩薩問大善権
　　　　経巻上』12-159)

『敦煌変文校注』には用例がない。

　王政白(1986，改訂 2002)では「「時復」は動作，行為の重複の発生を表す。「時常」「いつも」の意味を表示する」とする。
　『日本書紀』の訓点では，①②兼方本弘安点が共に「時」にヲコト点「に」と読点が加点されているので，「(トキ)に，(マタ)」と訓んでいるものと見做される。

（II-2-21）**正　在**

①此神正在姙身。(01) 上 125-12
　　兼方本弘安点「正ニ在ハラメリ_姙ミ_身」

　漢籍の用例を『国学宝典』を利用して検索すると，『漢書』0例，『後漢書』0例，『晋書』0例，『梁書』0例，『魏書』0例，『隋書』0例，『楽府詩集』0例，『世説新語』0例，『遊仙窟』0例，『祖堂集』0例と，用例がない。
　仏典の用例を『CBETA電子仏典』で検索すると452用例中に96例が二字副詞である。2例を示す。

　　又如正在滅尽定中。(大唐三蔵法師玄奘奉詔訳『解深密経巻第五』16-708)

　　正在小乗義通大小。(唐清涼山大華厳寺沙門澄観述『大方広仏華厳経巻随疏演義鈔第四十一』36-314)

『敦煌変文校注』には1例がある。

　　似鳥奔飛，正在商量。(『双恩記』)

　『日本書紀』の訓点は，兼方本弘安点で「正」にヲコト点「に」を加点して「在」は「姙身」と訓合符で結んでいるので，「正在」を一語とする認識はない。

（II-2-22）**即　自**

①朕命即自遣之。(19) 下 097-15
　　北野本南北朝期点「即(チ)自_遣(ラム)」

　漢籍の用例を『国学宝典』を利用して検索すると，『漢書』3例，『後漢書』0例，『晋書』2例，『梁書』1例，『魏書』1例，『隋書』1例，『楽府詩集』0例，『世説新語』0例，『遊仙窟』0例，『祖堂集』1例がある。6例を示す。

　　即自立為車梨単于。(『漢書』・巻94)
　　列嘗得石髄如飴，即自服半。(『晋書』・巻49)

前勝未挙，<u>即自</u>披猖，（『梁書』・巻 45）
　　　人十二匹，<u>即自</u>随身，（『魏書』・巻 44）
　　　其人惊懼，<u>即自</u>首伏。（『隋書』・巻 78）
　　　問吾不在，<u>即自</u>揀生路行，（『祖堂集』・巻 18）
　仏典の用例を『CBETA 電子仏典』を利用して検索すると 2231 例がある。
2 例を示す。
　　　<u>即自</u>厳服。至世尊所。（後秦弘始年仏陀耶舎共竺仏念訳『仏説長阿含経
　　　　巻第三』1-16）
　　　<u>即自</u>開解。不由他教故。（于闐国三蔵実叉難陀奉制訳『大方広仏華厳経
　　　　巻第十六』10-84）
『敦煌変文校注』には 5 例がある。2 例を示す。
　　　太子<u>即自</u>思惟。（『須大拿太子好施因縁』）
　　　望舎利弗辺并無火，<u>即自</u>行走。（『十吉祥』）

　「即自」の「自」は「各自」の「自」の如く接尾辞で，「自」は虚化している。
　『日本書紀』の訓点は，北野本南北朝期点で「自遺」に訓合符を加点しているので「即自」を一語とする認識はない。

（II-2-23）**即　時**
①<u>即時</u>，更為任那加一船。（22）下 209-14
　　岩崎本平安中期点「即の時に」

　漢籍の用例を『国学宝典』を利用して検索すると，『漢書』10 例，『後漢書』19 例，『晋書』4 例，『梁書』4 例，『魏書』5 例，『隋書』3 例，『楽府詩集』0 例，『世説新語』1 例，『遊仙窟』0 例，『祖堂集』2 例がある。8 例を示す。
　　　聞遂教令，<u>即時</u>解散，（『漢書』・巻 89）
　　　観察顔色，<u>即時</u>首服。（『後漢書』・巻 10）
　　　其宿衛兵人<u>即時</u>出散，（『晋書』・巻 67）
　　　如卿此言，<u>即時</u>便是大役其民，（『梁書』・巻 39）

百口居家，<u>即時</u>屠滅，（『魏書』・巻 45）

事法<u>即時</u>行決。（『隋書』・巻 25）

<u>即時</u>妙会，古人道同。（『祖堂集』・巻 19）

使我有身後名，不如<u>即時</u>一杯酒。（『世説新語』・任誕第 23）

仏典の用例を『CBETA 電子仏典』を利用して検索すると 3051 例がある。2 例を示す。

<u>即時</u>併穫。積数日糧。（後秦弘始年仏陀耶舎共竺仏念訳『仏説長阿含経巻第二十二』1-144）

得聞此事。<u>即時</u>修学。（失訳人名今附秦録『別訳雑阿含経第七』2-420）

『敦煌変文校注』には 7 例がある。3 例を示す。

<u>即時</u>入是三昧，于虚空中，（『妙法蓮華経講経文』）

<u>即時</u>三千大千世界若干百千珍宝。（『維摩詰経講経文』）

断側当日夫人問説，<u>即時</u>日夜堅持。（『歓喜国王縁』）

『日本書紀』の訓点は，岩崎本平安中期点で「（ソ）の（トキ）に」と二語として訓んでいるが，文意は外れてはいない。

(II-2-24) **輒　爾**

①自胎中之帝置官家之国，軽随蕃乞，<u>輒爾</u>賜乎，（17）下 029-08

　前田本院政期点「輒爾▢^カ賜ム」

漢籍の用例を『国学宝典』を利用して検索すると，『漢書』0 例，『後漢書』0 例，『晋書』0 例，『梁書』0 例，『魏書』2 例，『隋書』0 例，『楽府詩集』0 例，『世説新語』0 例，『遊仙窟』0 例，『祖堂集』0 例がある。2 例を示す。

<u>輒爾</u>軽発，殊為躁也。（『魏書』・巻 21）

終不敢<u>輒爾</u>伝通。（『魏書』・巻 58）

仏典の用例を『CBETA 電子仏典』を利用して検索すると 53 例がある。2 例を示す。

我若<u>輒爾</u>放出家者。（隋天竺三蔵闍那崛多訳『仏本行集経巻第五十八』

3-919)
　　起時不得輒爾起。(東晋天竺三蔵仏陀跋陀羅共法顕訳『摩訶僧祇律巻第
　　　十九』22-376)
『敦煌変文校注』には5例がある。全例を示す。
　　輒爾依前起逆心。(『張議潮変文』)
　　這賊争敢輒爾猖狂，恣行凶害！(『張議潮変文』)
　　須達縁何事，輒爾買園将作寺。(『降魔変文』)
　　太子，王之嗣，豈合輒爾相訌。(『祇園因由記』)
　　此処不口，如何輒爾造寺！(『祇園因由記』)

『日本書紀』の訓点は，前田本院政期点で「爾賜」に訓合符を加点しているので，「輒爾」を一語とする認識はない。

(II-2-25) 都　不
①明日往見，都不在焉。(24) 下 257-12
　　岩崎本平安中期点「都て不-在」
　　図書寮本1142年点「都 カツテ 不-在 ナシ」

　漢籍の用例を『国学宝典』を利用して検索すると，『漢書』3例，『後漢書』0例，『晋書』7例，『梁書』3例，『魏書』5例，『隋書』2例，『楽府詩集』1例，『世説新語』13例，『遊仙窟』0例，『祖堂集』10例がある。8例を示す。
　　上目都，都不行。(『漢書』・巻90)
　　表譲不拜，及西都不守。(『晋書』・巻39)
　　侃聞之，都不挂意，(『梁書』・巻39)
　　今天時人事都不和協，(『魏書』・巻35)
　　事捷之日，都不賜尤，(『隋書』・巻85)
　　既前，都不問病，(『世説新語』・方正第5)
　　文韶都不之疑，(『楽府詩集』・巻47)
　　師経于三日都不説法，(『祖堂集』・巻2)

仏典の用例を『CBETA 電子仏典』を利用して検索すると 1686 例がある。
2 例を示す。
　　一切華果皆悉枯乾都不成就。(明教大師臣法賢奉詔訳『仏説薩鉢多酥哩
　　　踰捺野経』1-811)
　　於身命財都不固惜。(罽賓国三蔵沙門般若奉詔訳『大乗本生心地観経巻
　　　第七』3-322)
『敦煌変文校注』には 20 例がある。4 例を示す。
　　淨能都不忙懼。(『葉淨能詩』)
　　其道士巡到便飲，都不推辞。(『葉淨能詩』)
　　彩女女仙都不顧。(『太子成道経』)
　　百味飲食将来，一般都不向口。(『八相変』)

　塩見 (1995) では「「都」は「すべて」の意であるが，「不」と結合することにより「全然……ではない」「まったく……ではない」意となる。これは「都無」「更不(無)」「並不(無)」「絶不(無)」「竟不(無)」「総不(無)」「渾不(無)」なども同様であって，下にくる否定詞を強調するために使用されている」とする。
　『日本書紀』の訓点は，岩崎本平安中期点・図書寮本 1142 年点が共に「不在」に熟合符を加点しているので「都不」を一語とする認識はないが，文意は外れてはいない。

(II-2-26) 都　無
①乃驚而求之，都無所見。(01) 上 131-16
　　兼方本弘安点「都ニ無」
　　　　　　　　　　フツ
②驕慢，都無臣節。(16) 下 009-13
　　図書寮本 1142 年点「都 無」
　　　　　　　　　　　　カツテ
③同議曰，臣等稟性愚闇，都無智略。(19) 下 079-08
　　北野本南北朝期点「都　無ニ智＿略-」
　　　　　　　　　　　テ
④都無怖畏。故前奏悪行，具録聞訖。(19) 下 087-15
　　北野本南北朝期点「都無ニ怖＿畏-」

⑤今猶着他服，日赴新羅域，公私往還，都無所憚，(19) 下 087-15
　　北野本南北朝期点「都無レ所レ憚」
⑥求福棄捨珍財。都無所益，(24) 下 259-14
　　岩崎本平安中期点「都ヵテ無」
　　図書寮本 1142 年点「都ヵッテ無」
⑦此即上宮王等性順，都無有罪，(24) 下 265-18
　　岩崎本平安中期点「順-都ユルクシて無」（誤読）
　　図書寮本 1142 年点「順_都ユルヲて無」（誤読）
⑧聞言不聞，不聞言聞。都無正語正見，(25) 下 295-14
　　北野本鎌倉初期点「都て無」
⑨自始治国皇祖之時，天下大同，都無彼此者也。(25) 下 301-17
　　北野本鎌倉初期点「都ヵ無」

　漢籍の用例を『国学宝典』を利用して検索すると，『漢書』0 例，『後漢書』0 例，『晋書』2 例，『梁書』2 例，『魏書』6 例，『隋書』2 例，『楽府詩集』0 例，『世説新語』16 例，『遊仙窟』0 例，『祖堂集』10 例がある。6 例を示す。
　　人人皆有所説，惟敦都無所関，(『晋書』・巻 98)
　　遣覇先守京口，都無備防。(『梁書』・巻 45)
　　崇欽已下伏地流汗，都無人色。(『魏書』・巻 48)
　　自銜自媒，都無慚恥之色。(『隋書』・巻 66)
　　謝子遠来，都無只対。(『祖堂集』・巻 5)
　　以示韓康伯，康伯都無言。(『世説新語』・言語第 2)
仏典の用例を『CBETA 電子仏典』を利用して検索すると 4787 例がある。2 例を示す。
　　当観一切都無所有。(伝法大師臣施護奉詔訳『仏説大生義経』1-846)
　　都無生死亦無涅槃。(梁三蔵曼陀羅訳『大宝積経巻第二十七』11-147)
『敦煌変文校注』には 17 例がある。4 例を示す。
　　遣打布鼓，都無音響。(『前漢劉家太子伝』)
　　此時先来貧虚，都無一物。(『盧山遠公話』)

第四章　二字副詞の訓読　169

　　数日尋逐，<u>都無</u>踪由。(『葉淨能詩』)
　　改変顔容，<u>都無</u>人色，(『八相変』)

　『日本書紀』の訓点では、⑥岩崎本平安中期点・図書寮本 1142 年点・②図書寮本 1142 年点・⑧⑨北野本鎌倉初期点・③④⑤北野本南北朝期点が共に「カツテ……(ナシ)」、①兼方本弘安点で「フツ(ク)に……(ナシ)」という訓法で、「都無」を一語とする認識はないが、文意は外れてはいない。

(Ⅱ-2-27)　当　須
①汝意何如，<u>当須</u>不避。(02) 上 139-15
　　兼方本弘安点「当-須‐避」
　　　　　　　　　　サリ　マツラムヤ
②将士之糧，我<u>当須</u>運。(19) 下 081-17
　　北野本南北朝期点「当レ須レ運」

　漢籍の用例を『国学宝典』を利用して検索すると、『漢書』1 例、『後漢書』1 例、『晋書』10 例、『梁書』3 例、『魏書』9 例、『隋書』2 例、『楽府詩集』3 例、『世説新語』0 例、『遊仙窟』0 例、『祖堂集』0 例がある。7 例を示す。

　　<u>当須</u>更始帝大兵到。(『漢書』・巻 99)
　　未易可進，<u>当須</u>諸郡所発悉至，(『後漢書』・巻 38)
　　<u>当須</u>合会之眾，以俟戦守之慸。(『晋書』・巻 59)
　　時月未利，<u>当須</u>来年二月。(『梁書』・巻 1)
　　士大夫<u>当須</u>好婚親，(『魏書』・巻 33)
　　<u>当須</u>南，董直筆，裁而正之。(『隋書』・巻 58)
　　<u>当須</u>蕩中情，游心恣所欲。(『楽府詩集』・巻 41)

　仏典の用例を『CBETA 電子仏典』を利用して検索すると 569 例がある。2 例を示す。

　　<u>当須</u>寝息。懈怠比丘即尋寝息。(後秦弘始年仏陀耶舎共竺仏念訳『仏説長阿含経巻第九』1-52)
　　我今<u>当須</u>為彼童子。(隋天竺三蔵闍那崛多訳『仏本行集経巻第五十四』

3-905)

『敦煌変文校注』には4例がある。2例を示す。
 吾有厳父，<u>当須</u>侍之。(『孔子項託相問書』)
 吾有小弟，<u>当須</u>教之。(『孔子項託相問書』)

 王政白(1986，改訂2002)によると「すべき」「かならず」の意味である。塩見(1995)では「「当須」は唐詩中に多く使用され，「当」と「須」は同じ意であり，「……すべきである」「……の必要がある」意」とする。
 『日本書紀』の訓点では，①兼方本弘安点は「当須避」に熟合符を加点しているので「当須」への理解があったものとも見做されるが，②北野本南北朝期点の返点の加点は「当須」を一語とする認識はない。

(Ⅱ-2-28) **倍　復**
①汝既伏拝膳臣。<u>倍復</u>足知百姓。(19) 下129-15
 兼右本1540年点「　倍 復」(マス)

 漢籍の用例を『国学宝典』を利用して検索すると，『漢書』0例，『後漢書』0例，『晋書』0例，『梁書』0例，『魏書』0例，『隋書』0例，『楽府詩集』0例，『世説新語』0例，『遊仙窟』0例，『祖堂集』0例と，用例がない。
 仏典の用例を『CBETA電子仏典』を利用して検索すると321例がある。2例を示す。
 <u>倍復</u>歓喜。不能自勝。(後秦弘始年仏陀耶舍共竺仏念訳『仏説長阿含経巻第五』1-30)
 然後<u>倍復</u>恭敬客医。(宋代沙門慧厳等依泥洹経加之『大般涅槃経巻第二』12-611)
『敦煌変文校注』には用例がない。

 朱慶之(1992)では「「復」は虚語素であり，音節を強化している」とする。
 『日本書紀』の訓点は，兼右本1540年点が「マスマス(マタ)」という訓法で，「復」が<u>虚化</u>していることを明確に示す訓点はない。

(II-2-29) 必　応

①仍曰，若有貴国使人来，必応告吾国。(09) 上 353-14
　　熱田本南北朝期点「必(ズ)告(ゲ)タゥ応(シ)」
②若先吾取帰，依実奏聞，吾之罪過，必応重矣。(17) 下 045-11
　　前田本院政期点「　必　応 - 重　矣」カナラ(ズ)オモカ ラムモノソ

　漢籍の用例を『国学宝典』を利用して検索すると，『漢書』1例，『後漢書』2例，『晋書』5例，『梁書』1例，『魏書』6例，『隋書』1例，『楽府詩集』1例，『世説新語』1例，『遊仙窟』0例，『祖堂集』0例がある。8例を示す。

　　強塞之末必応天。(『漢書』・巻 29)
　　而皇子有疾，必応陳進医方，(『後漢書』・巻 64)
　　然片言勤王，諸侯必応，(『晋書』・巻 54)
　　若以祭五帝必応燔柴者，(『梁書』・巻 41)
　　并干国之才，必応遠至。(『魏書』・巻 32)
　　安天下，殺伐必応義。(『隋書』・巻 22)
　　王自計才地，必応任已。(『世説新語』・識鑑第 7)
　　庭前桃花飛已合，必応紅妝来起迎。(『楽府詩集』・巻 32)
仏典の用例を『CBETA 電子仏典』を利用して検索すると 765 例がある。2 例を示す。

　　又有三種火必応滅之。(失訳人名今附秦録『別訳雑阿含経巻第十三』
　　　2-464)
　　必応出家求無上道。(隋天竺三蔵闍那崛多訳『仏本行集経巻第二十』)
　　　3-748)
『敦煌変文校注』には 7 例がある。3 例を示す。
　　今有計，必応我在君亦存。(『捉季布伝文』)
　　仗圣力而必応去得。(『維摩詰経講経文』)
　　向前問有刀山地獄之中，問必応得見。(『大目乾連冥間救母変文』)

『日本書紀』の訓点では，②前田本院政期点で「応重」に熟合符を加点し，①熱田本南北朝期点で「(カナラズ)……ヘ(シ)」という訓法で，共に「必応」を一語とする認識はない。

(II-2-30) 必　須
①此使便到，天皇必須問汝。(19) 下081-09
　北野本南北朝期点　無点
②奉法必須襃賞。(25) 下275-09
　北野本鎌倉初期点「必須(ク)は襃(ホメ)＿賞(タマモノセヨ)　」

　漢籍の用例を『国学宝典』を利用して検索すると，『漢書』0例，『後漢書』4例，『晋書』15例，『梁書』3例，『魏書』29例，『隋書』10例，『楽府詩集』0例，『世説新語』1例，『遊仙窟』1例，『祖堂集』3例がある。8例を示す。

　　　将軍所杖，必須良才。(『後漢書』・巻28)
　　　処之与遷，必須口実。(『晋書』・巻56)
　　　自古移鼎，必須瘢立，(『梁書』・巻56)
　　　城中所有北人，必須尽殺，(『魏書』・巻58)
　　　若為太子，必須書名。(『隋書』・巻58)
　　　名士不必須奇才。(『世説新語』・簡傲第24)
　　　住止必須択伴，時時聞于未聞。(『祖堂集』・巻6)
　　　何必須識遂舞，(『遊仙窟』) 醍醐寺本1344年点「必(モ)，須(ク)ヘキと云テ」

　仏典の用例を『CBETA電子仏典』を利用して検索すると1427例がある。2例を示す。

　　　今如来入城必須飲食。(東晋罽賓三蔵瞿曇僧伽提婆訳『増壱阿含経巻第十三』2-609)
　　　従師学問。必須報恩。(隋天竺三蔵闍那崛多訳『仏本行集経巻第三』3-663)

　『敦煌変文校注』には4例がある。全例を示す。

　　　但持金以厭王相，此時必須剪除。(『張淮深変文』)

斯事心中不快，必須召取相師，(『太子成道経』)
　　物若作怪，必須専売与人。(『降魔変文』)
　　凡是听法必須求哀。(『仏説阿弥陀経講経文』)

『日本書紀』の訓点では、②北野本鎌倉初期点も「必須」を一語として加点しているか否か不明であり、①北野本南北朝期点は無点である。

(Ⅱ-2-31) **必　当**
①此云宇気譬能美儺箇。必当生子。(01) 上 105-15
　兼方本弘安点・兼夏本乾元点　無点
　寛文九年版訓「必当……ベシ」(スサニ)
②必当奪我天原，乃設大夫武備。(01) 上 107-14
　兼方本弘安点「必，当ニ」
③不有凌奪之意者，汝所生児，必当男矣。(01) 上 107-17
　兼方本弘安点「必，当ニ」
④必当為女矣。如此則可以降女於葦原中国。(01) 上 119-20
　兼方本弘安点「必，当ニ」
⑤如有清心者，必当生男矣，(01) 上 119-20
　兼方本弘安点「必，当ニ」
⑥吾防禦者，国内諸神，必当同禦。(02) 上 141-08
　兼方本弘安点「必，当ニ」(マサ)
⑦天孫若用此矛治国者，必当平安。(02) 上 141-09
　兼方本弘安点「必，当-平-安」(サキクマシマサム)
⑧誓之曰，妾所娠，若非天孫之胤，必当焦滅。(02) 上 143-09
　兼方本弘安点「必当，焦 _ 滅」(ヤケホロ　ヒテム)
⑨若以悪心射者，則天稚彦，必当遭害。(02) 上 145-07
　兼方本弘安点「必 当 害」(マシコレ)
⑩是実天孫之子者，必当全生，則入其室中，以火焚室。(02) 上 155-20
　兼方本弘安点「必当ニ，」
⑪余謂，彼地，必当足以恢弘大業，(03) 上 189-17

北野本兼永点「必ス，足当ヘシ」
⑫若能敬祭我者，必当自平矣。（05）上 239-17
　　　北野本南北朝期点「必ズ当ニ……ナム」
⑬必当戮辱，遍於臣連，酷毒流於民庶。（14）上 501-08
　　　前田本院政期点「必当に」
⑭必当遣救。宜速報王。（19）下 097-09
　　　北野本南北朝期点　無点
　　　寛文九年版訓「必当ニ……(ベシ)」
⑮今不遠而復，必有敬，（19）下 103-13
　　　北野本南北朝期点「復_必……当ヘ(シ)」
⑯往救将亡之主，必当国家謐靖，（19）下 115-16
　　　北野本南北朝期点「必マサニ当」
⑰未詔之間，必当難待。（25）下 303-10
　　　北野本鎌倉初期点「必当に」
⑱方今不伐新羅，於後必当有悔。（25）下 317-19
　　　北野本鎌倉初期点「必当に」

　漢籍の用例を『国学宝典』を利用して検索すると，『漢書』0例，『後漢書』12例，『晋書』20例，『梁書』8例，『魏書』20例，『隋書』12例，『楽府詩集』1例，『世説新語』5例，『遊仙窟』0例，『祖堂集』0例がある。7例を示す。

　　　今若立之，後必当冤，（『後漢書』・巻 10）
　　　不過二日，必当奔潰。（『晋書』・巻 95）
　　　卿有富貴相，必当不死，（『梁書』・巻 12）
　　　然吾屍体必当有異，（『魏書』・巻 33）
　　　毎一人必当百人，（『隋書』・巻 24）
　　　中常侍候覧畏其親近，必当間已，（『楽府詩集』・巻 88）
　　　想君小時必当了了。（『世説新語』・言語第 2）
　仏典の用例を『CBETA 電子仏典』を利用して検索すると 1736 例がある。2 例を示す。

第四章 二字副詞の訓読　175

　　其在遠者。<u>必当</u>奔赴。(西晋河内沙門白法祖訳『仏般泥洹経巻下』1-
　　168)
　　<u>必当</u>為悪無所堪任。(呉月支優婆塞支謙字恭明訳『菩薩本縁経巻下』
　　3-64)
『敦煌変文校注』には6例がある。全例を示す。
　　屋無強梁，<u>必当</u>頽毀，(『伍子胥変文』)
　　若至天明，<u>必当</u>受縛。(『李陵変文』)
　　後乃<u>必当</u>有問。(『盧山遠公話』)
　　遥告霊山会上啓愿，<u>必当</u>救護。(『悉達太子修道因縁』)
　　竜天歓喜，<u>必当</u>罪悪三世。(『仏説阿弥陀経講経文』)
　　来世<u>必当</u>醜面。(『金剛醜女因縁』)

　劉淇(1944，改訂1963)によれば「必」は「審也」(248頁)，「当」は「応」
の意味で「当」と「応」とは同義である。張永言(1992)によれば，「当」に
は，実際の意味がないとする。松尾(1987)では「「必当」(きっと〜にちがい
ない)，という推量を表す」とする。塩見(1995)では「「必当」の「当」は接
尾語であり，従来「必当」は「必ず当に……すべし」と訓読しているが誤り
である。「当」は「必ず」という意を強めているのであり，「正当」「終当」
なども同系である」とする。
　『日本書紀』の訓点では，⑬前田本院政期点・⑰⑱北野本鎌倉初期点・②
③④⑤⑥⑩兼方本弘安点・⑫⑯北野本南北朝期点で「当」を「マサニ」と訓
み，②③④⑤⑥⑦兼方本弘安点・⑪北野本兼永点で「必」に読点を加点して
「(カナラ)ス」と訓んでいることを示し，「必当」を一語とする認識はない。

(Ⅱ-2-32)　並　悉
①学外典於博士覚哿。<u>並悉</u>達矣。(22)　下175-07
　　岩崎本平安中期点「並に悉(クに)に」
　　図書寮本1142年点「並に悉(クニ)」
②遣樟使主磐手於吉備国，<u>並悉</u>令興兵。(28)　下391-18
　　北野本鎌倉初期点「並に悉(クに)に」

漢籍の用例を『国学宝典』を利用して検索すると，『漢書』0例，『後漢書』1例，『晋書』0例，『梁書』1例，『魏書』0例，『隋書』1例，『楽府詩集』0例，『世説新語』0例，『遊仙窟』1例，『祖堂集』0例がある。3例を示す。

  二弟所得並悉劣少。(『後漢書』・巻76)
  卜筮占決，並悉称善。(『梁書』・巻3)
  薬草倶嘗遍，並悉不相宜。(『遊仙窟』) 醍醐本1344年点「並に，悉〔訓〕，」

仏典の用例を『CBETA 電子仏典』を利用して検索すると131例がある。2例を示す。

  並悉従於梵志出家。(隋天竺三蔵闍那崛多訳『仏本行集経巻第四十二』3-847)
  取乳頭香焼之。並悉性悟。(大広智不空密訳『仏説金毘羅童子威徳経』21-367)

『敦煌変文校注』には3例がある。全例を示す。

  並悉忠貞，為人洞達。(『伍子胥変文』)
  業也命也，並悉関天。(『伍子胥変文』)
  並悉総取心肝。(『伍子胥変文』)

王政白(1986，改訂2002)によると「並悉」は範囲を表す，「全部」の意味である。

『日本書紀』の訓点では，①岩崎本平安中期点・図書寮本1142年点・②北野本鎌倉初期点が共に「並に悉(ク)に」と訓み「並悉」を一語とする認識はないが，文意は外れてはいない。

(Ⅱ-2-33) 並 是
①即大日尊及月弓尊，並是質性明麗。(01) 上 089-12
  兼方本弘安点「並に是(レ)」

漢籍の用例を『国学宝典』を利用して検索すると，『漢書』0例，『後漢

書』0 例,『晋書』0 例,『梁書』0 例,『魏書』1 例,『隋書』0 例,『楽府詩集』1 例,『世説新語』5 例,『遊仙窟』0 例,『祖堂集』1 例がある。2 例を示す。

　　斉州商山並是往昔銅官。(『魏書』・巻 110)
　　曲中無別意，並是為相思。(『楽府詩集』・巻 22)

仏典の用例を『CBETA 電子仏典』を利用して検索すると 2160 例がある。2 例を示す。

　　並是邪思。諸比丘。(隋天竺三蔵闍那崛多等訳『起世経巻第八』1-347)
　　並是旧被髪外道。(大唐三蔵法師義浄奉制訳『根本説一切有部毘奈耶破僧事巻第七』18-135)

『敦煌変文校注』には 6 例がある。4 例を示す。

　　斉国大臣七十二相，並是聡明智慧。(『晏子賦』)
　　燕子文牒，並是虚辞。(『燕子賦』)
　　並是虚誑，欺謾人天。(『仏説阿弥陀経講経文』)
　　有時無雁異，群臣並是儜。(『百鳥名』)

高偉(1985)では「附加式双音副詞であり全部の意味である」とする。

『日本書紀』の訓点では，兼方本弘安点「是」が無点で不明であるが「(ナラヒ)に(コレ)」と訓んでいるものと見做される。「並是」を一語とする認識はない。

(II-2-34) **便　即**

①便即招慰島人王子阿波伎等九人，同載客船，(26) 下 349-18
　　北野本鎌倉初期点　無点

漢籍の用例を『国学宝典』を利用して検索すると,『漢書』0 例,『後漢書』1 例,『晋書』2 例,『梁書』4 例,『魏書』12 例,『隋書』6 例,『楽府詩集』1 例,『世説新語』1 例,『遊仙窟』0 例,『祖堂集』0 例がある。4 例を示す。

　　不問曲直，便即格殺，(『後漢書』・巻 25)

気絶之後，便即時服。(『晋書』・巻51)
　　　便即致死，(『魏書』・巻86)
　　　遂跳上船，至便即絶。(『世説新語』・黜免第20)
　仏典の用例を『CBETA 電子仏典』を利用して検索すると1051例がある。
2例を示す。
　　　服衆瓔珞。便即騎乗。(隋天竺沙門達摩笈多訳『起世因本経巻第六』
　　　　1-392)
　　　便即懺悔。修檀持戒。(元魏西域三蔵吉迦夜共曇曜訳『雑宝蔵経巻第七』
　　　　4-484)
『敦煌変文校注』には59例がある。4例を示す。
　　　盧中忽見一人，便即揺船就岸。(『伍子胥変文』)
　　　便即前抱父頭，失声大哭。(『舜子変』)
　　　朋得此書，便即自死。(『韓朋賦』)
　　　不経三二年間，便即生男種女。(『盧山遠公話』)

　志村(1984)では「「便」は「その場ですぐ」「そのまま」の意で唐代から用いられる」とする。
　『日本書紀』の訓点は，北野本鎌倉初期点を始めとして無点である。

(II-2-35) 猶　復
①月庚申朔己丑，詔曰，凡浮浪人，其送本土者，猶復還，(29) 下429-18
　北野本鎌倉初期点 無点

　漢籍の用例を『国学宝典』を利用して検索すると，『漢書』3例，『後漢書』4例，『晋書』5例，『梁書』4例，『魏書』1例，『隋書』2例，『楽府詩集』0例，『世説新語』0例，『遊仙窟』0例，『祖堂集』0例がある。3例を示す。
　　　猶復加聖心焉。(『漢書』・巻81)
　　　猶復増而深之，(『後漢書』・巻27)
　　　猶復不忍，(『晋書』・巻50)

仏典の用例を『CBETA 電子仏典』を利用して検索すると 90 例がある。2 例を示す。

  猶復不捨賢聖黙然。(後秦弘始年仏陀耶舎共竺仏念訳『仏説長阿含経巻第九』1-52)

  云何於中猶復有一愚痴凡夫。(宋天竺三蔵求那跋陀羅訳『雑阿含経巻第十』2-64)

『敦煌変文校注』には用例がない。

太田(1988, 改訂 1999)では「「～復」は現代語では用いないが，漢から唐にかけてきわめて多く用いられた。"復"の意味は消失しているものと解される」とする。

『日本書紀』の訓点は，北野本鎌倉初期点を始めとして無点である。

(II-2-36) **要　須**

①論有嗣無嗣，要須因物為名。(18) 下 051-16
 北野本南北朝期点　無点
 兼右本 1540 点「要 須」必(左訓)
②天皇所以治天下政，要須護養黎民。(20) 下 145-13
 前田本院政期点「要，須(ク)は」西也
③毎取国忌日，要須斎也。(30) 下 493-07
 北野本鎌倉初期点「要須」カ

漢籍の用例を『国学宝典』を利用して検索すると，『漢書』0 例，『後漢書』0 例，『晋書』0 例，『梁書』1 例，『魏書』4 例，『隋書』1 例，『楽府詩集』1 例，『世説新語』0 例，『遊仙窟』0 例，『祖堂集』3 例がある。4 例を示す。

  朝廷今者要須卿行。(『梁書』・巻 39)
  征伐之挙，要須戎馬，(『魏書』・巻 14)
  作猛獣要須成斑。(『隋書』・巻 40)
  為什摩不言九年，要須十年？ (『祖堂集』・巻 8)

仏典の用例を『CBETA 電子仏典』を利用して検索すると 881 例がある。2 例を示す。

　　要須誠諦知実有人有後世有化生。(明教大師臣法賢奉詔訳『大正句王経巻下』1-833)
　　愛子要須立世娶婦。(隋天竺三蔵闍那崛多訳『仏本行集経巻第四十五』3-860)

『敦煌変文校注』には 3 例がある。全例を示す。

　　隄防急疾要須供。(『双恩記』)
　　是人家要須教買，(『双恩記』)
　　要須待一年七月十五日始得飯吃？(『大目乾連冥間救母変文』)

　太田(1988，改訂 1999)では「「どうしても……したい」「ほしい」という意味のようである」とする。塩見(1995)では「「……ねばならない，……と思われる」の意の「要須」は，……『助字弁略』巻四「要」の条で指摘するように「要須，重言也」である。「要当」ともいうこと，『助字弁略』がいう通りであり，この例は『隋書』に現われる。「要」は平声に読めば「要求する」，去声に読めば「必ず，要約」の意で，「必ず」の意が「当，須」と結合して強調的に用いられるようになったものであろう」とする。
　『日本書紀』の訓点では，②前田本院政期点で「要」に読点を加点して「須」を「(スベカラク)は」と訓み，「要須」を一語としては認識していない。

　以上，『日本書紀』の二字副詞 54 語を対象として検討した結果，二字一語の和訓として訓んでいる例が 11 語あり，量的には全体の 20% 程である。また，二字一語として訓まず和訓も不当な例は 4 語あり，量的には 7% 程である。二字一語として訓んでいないが文意は大きく外れていない又は不明な例は 36 語，量的には 67% と大部分である。口語表現への理解が足らず二字一語として訓まず和訓も不当な例は 4 語，量的に 7% であるので，文意を取る上では大過ない訓法とも言い得るが，二字一語として訓んでいないが文意は大きく外れていない又は不明な例が 36 語，量的に 67% であることを併せて考慮すると口語表現を反映する訓法は構築し得ていない。

第五章　二字連詞（接続語）の訓読

　松尾（1987）に取り上げられている全104語の二字漢語のうち二字連詞にあたる次の7語（漢音五十音順）

| 仮使　縦使　雖然　遂乃　遂即　雖復　所以 |

及び筆者が同様の二字連詞として補った9語（漢音五十音順）

| 因復　因為　加以　何況　然是　然則　乃可　乃至　寧可 |

を対象として考察する。

Ⅰ　二字一語として訓んでいる例

Ⅰ-1　一語の和訓として訓んでいる例　8語

| 1 加以　2 仮使　3 縦使　4 雖然　5 然是(一部)　6 然則　7 所以　8 乃至(一部) |

（Ⅰ-1-1）**加　以**
①吾婦女之，加以不肖。(09) 上335-14
　北野本南北朝期点「加-以^{マタ}」
②顔色不秀。加以，情性拙之。(13) 上453-10

図書寮本 1142 年点「加-以，」(マタ)
③加以幼而穎脱，早擅嘉声，性是寛和，務存矜宥。(19) 下 065-08
　　兼右本 1540 年点「加-以，」(マタ)
④先日復十年調税既訖。且加以，帰化初年倶来之子孫，(29) 下 449-09
　　兼右本 1540 年点「加‐以，」(シカノミナラス)

　漢籍の用例を『国学宝典』を利用して検索すると，『漢書』19 例，『後漢書』22 例，『晋書』48 例，『梁書』22 例，『魏書』64 例，『隋書』42 例，『楽府詩集』0 例，『世説新語』1 例，『遊仙窟』0 例，『祖堂集』0 例がある。6 例を示す。
　　　加以亡天災数年之水旱，(『漢書』・巻 24)
　　　天下凋弊，加以災荒，(『晋書』・巻 6)
　　　加以天祥地瑞，無絶歳時。(『梁書』・巻 3)
　　　宰民之徒，加以死罪。(『魏書』・巻 5)
　　　蟹有八足，加以二螯，(『世説新語』・紕漏第 34)
　　　加以去年三方逆乱，(『隋書』・巻 45)
　仏典の用例を『CBETA 電子仏典』を利用して検索すると 497 例がある。2 例を示す。
　　　所遊之方加以仁心。(姚秦涼州沙門竺仏念訳『十住断結経巻第二』10-976)
　　　加以是義故我不命終。(高斉天竺三蔵那連提那舎訳『大悲経巻第二』12-953)
　『敦煌変文校注』には 5 例がある。2 例を示す。
　　　加以長纓広袖，還成壮国之威，(『降魔変文』)
　　　加以深崇三宝，重敬仏僧，(『頻婆娑羅王後宮綵功徳意供養塔生天因縁変』)

　王政白(1986，改訂 2002)では，「「加以」は後ろの分句に使用され，原因あるいは条件を表す接続詞で，「加上」に相当する」と説明している。
　古くから存在している二字漢語で，『日本書紀』の訓点でも②図書寮本

1142 年点が熟合符及び和訓「マタ」、①北野本南北朝期点が熟合符及び和訓「マタ」、③兼右本 1540 年点で熟合符及び和訓「マタ」を加点して一語として訓み、④兼右本 1540 年点も熟合符を加点して「シカノミナラズ」と複合語で訓んでいる。

（Ⅰ-1-2）仮　使

①故其父母勅曰，仮使汝治此国，（01）上 089-17
　　兼方本弘安点「仮-使，」タトヒ
②仮使天孫，不斥妾而御者，（02）上 155-14
　　兼方本弘安点「仮-使，」タトヒ
③別遣疾使迅如飛鳥，奉奏天皇。仮使二人，（19）下 085-12
　　寛文九年版訓「仮_使」タトヒ
④仮使卓淳国主，不為内応新羅招寇，豈至滅乎。（19）下 087-18
　　北野本南北朝期点「仮_使」
⑤仮使，得明三証，而俱顕陳，然後可諮。（25）下 297-08
　　北野本鎌倉初期点「仮-使」タトヒ

　漢籍の用例を『国学宝典』を利用して検索すると、『漢書』2 例、『後漢書』3 例、『晋書』4 例、『梁書』6 例、『魏書』5 例、『隋書』1 例、『楽府詩集』0 例、『世説新語』0 例、『遊仙窟』0 例、『祖堂集』3 例がある。7 例を示す。

　　仮使异世不及陛下，尚望国家追永。（『漢書』・巻 70）
　　仮使日在東井而蝕，以月験之，（『晋書』・巻 18）
　　仮使蕘水湯旱，吾豈知如何，（『梁書』・巻 25）
　　仮使鄭国有事，則変見角，亢也。（『魏書』・巻 91）
　　仮使成王殺邵公，周公可得言不知邪？（『後漢書』・巻 54）
　　仮使具存，亦不可用。（『隋書』・巻 16）
　　仮使百劫，粉骨砕身。（『祖堂集』・巻 19）
　仏典の用例を『CBETA 電子仏典』を利用して検索すると 3167 例がある。2 例を示す。

仮使汝種為真貴者。(呉月支国居士支謙訳『仏開解梵志阿颰経』1-259)
　　　仮使爾時知其道人縁覚道成。(失訳人名附東晋録『仏説古来世時経』
　　　　1-829)
『敦煌変文校注』には12例がある。4例を示す。
　　　仮使祁婆濃薬，扁鵲行針，(『盧山遠公話』)
　　　仮使身肉布地，尚不辞労，(『降魔変文』)
　　　仮使百千万年，以滄海水洗之，亦不能凈。(『維摩詰経講経文』)
　　　仮使千人防援，直饒你百種医術。(『不知名変文』)

　松尾(1987)では「仮定表現を表す接続詞，古訓「タトヒ」，『日本書紀』中には，「縦使」も用いられているが，共に「仮定の辞」+「命令・使役の辞」という構造を有する」とする。太田(1958，改訂1981)では「《使》はがんらい使役をあらわすものであるが，これが仮定に転じたもので古代語にもある。《仮》と《使》とが複合したのは古くからある」とする。
　『日本書紀』の訓点では，⑤北野本鎌倉初期点が熟合符及び和訓「タトヒ」，①②兼方本弘安点が熟合符及び和訓「タトヒ」，③寛文九年版訓が訓合符及び和訓「タトヒ」と加点して，一語として的確に訓んでいる。

(Ⅰ-1-3)　縦　使
①縦使星川得志，(14)　上 501-07
　　前田本院政期点・図書寮本 1142 年点「縦‿使」
②要須道理分明応教。縦使能用耆老之，(19)　下 117-11
　　兼右本 1540 年点「縦-使」

　漢籍の用例を『国学宝典』を利用して検索すると，『漢書』1例，『後漢書』0例，『晋書』2例，『梁書』0例，『魏書』1例，『隋書』2例，『楽府詩集』0例，『世説新語』0例，『遊仙窟』1例，『祖堂集』0例がある。5例を示す。
　　　而縦使督賊，快其意所欲得。(『漢書』・巻90)
　　　縦使五稼普収，僅足相接，(『晋書』・巻47)

第五章　二字連詞(接続語)の訓読　185

　　縦使如心，于国無用，(『魏書』・巻 54)
　　縦使百姓習久，未能頓同。(『隋書』・巻 69)
　　縦使身遊万里外，終帰意在十娘辺，(『遊仙窟』)醍醐寺本 1344 年点・真
　　　福寺本 1353 年点・陽明文庫本 1389 年点「縦, 使ニ身テ」

仏典の用例を『CBETA 電子仏典』を利用して検索すると 245 例がある。
2 例を示す。
　　縦使失諸比丘衣物。我饒財宝。(元魏西域三蔵吉迦夜共曇曜訳『雑宝蔵
　　　経巻第八』4-486)
　　縦使如此。続当蒙於大聖日照。(西晋月氏三蔵竺法護訳『仏説如来興顕
　　　経巻第二』10-599)

『敦煌変文校注』には 8 例がある。4 例を示す。
　　縦使求船覓渡，在此寂絶舟船，(『伍子胥変文』)
　　縦使万兵相向，未敵我之一身。(『伍子胥変文』)
　　縦使無籍貫，終是不関君。(『燕子賦』)
　　縦使黄金積到天半，乱采墜似丘山。(『秋胡変文』)

　太田(1958，改訂 1981)では「《使》は使役から転じて仮定・縦予にしばし
ば用いられるもの，《縦》と複合したのは唐代である」とする。塩見(1995)
では「「縦」は上古に譲歩関係を表示する。しかし，その複式「縦使・縦
令・縦然・縦爾」はすべて魏晋から始まった」とする。松尾(1987)では，
「「縦使」は古訓「タトヘ」」とする。
　『日本書紀』の訓点では，①前田本院政期点・図書寮本 1142 年点が訓合符
及び和訓「タトヒ」を加点して的確に一語で訓み，②兼右本 1540 年点も熟
合符を加点しているが，『遊仙窟』醍醐寺本 1344 年点・真福寺本 1353 年
点・陽明文庫本 1389 年点では「縦使」を一語として認識し得ていない。

(Ⅰ-1-4) **雖　然**
①雖然，吾当寝息。(01) 上 093-12
　兼方本弘安点「雖_然，」シカレトモ
②雖然不治天下，常以啼泣恚恨。(01) 上 097-10

兼方本弘安点「雖-然，」シカレトモ
③雖然，日神，恩親之意，不慍不恨。（01）上 115-17
　　兼方本弘安点「雖 然，」シカレトモ
④凡此悪事，曾無息時。雖然日神不慍，（01）上 117-16
　　兼方本弘安点「雖_然，」シカレトモ

　漢籍の用例を『国学宝典』を利用して検索すると，『漢書』16 例，『後漢書』3 例，『晋書』9 例，『梁書』3 例，『魏書』4 例，『隋書』0 例，『楽府詩集』3 例，『世説新語』0 例，『遊仙窟』0 例，『祖堂集』45 例がある。7 例を示す。

　　雖然，安可以不務修身乎哉！（『漢書』・巻 65）
　　邑雖然其言，而竟不用。（『後漢書』・巻 36）
　　雖然，天生神物，終当合耳。（『晋書』・巻 36）
　　雖然，亦有不同。（『梁書』・巻 38）
　　雖然，為卿計者，莫若行率此眾。（『魏書』・巻 59）
　　雖然端正，不堪為王。（『祖堂集』・巻 1）
　　万里雖然音影在，雨心終是死生同。（『楽府詩集』・巻 58）

　仏典の用例を『CBETA 電子仏典』を利用して検索すると 1156 例がある。2 例を示す。

　　雖然善悪両途。（『御製大乗妙法蓮華経序』9-11）
　　雖然故不如我已得阿羅漢道。（宋罽賓三蔵仏陀什共竺道生等訳『五分律巻第十六』22-13）

『敦煌変文校注』には 29 例がある。4 例を示す。

　　雖然与朕山河隔，（『王昭君変文』）
　　雖然懷孕十月，却乃愁懮，（『太子成道経』）
　　雖然魚水相同，於其中間有異，（『廬山遠公話』）
　　一虎雖然猛，不如眾狗強。（『燕子賦』）

　太田（1958，改訂 1981）では，「〝雖然〟は古代語では二語で，〝雖〟が「いえども」の意，〝然〟は〝如此〟（そのようである）の意であった。唐代にな

ると〝然〟は意義を失って接尾辞化し，〝雖然〟で〝雖〟の意となった。『祖堂集』には〝雖然如此〟とした例がある。この四字で，古代語の〝雖然〟に相当する。また〝雖則〟ともする」とする。塩見(1995)では「現代中国語の「雖然」と同じ用法で「然雖」とも表わされる。唐詩では専ら「雖然」であるが初唐頃から現われる」とする。

　古くから存在する二字漢語であり，『日本書紀』の訓点でも，①②④兼方本弘安点が訓合符・熟合符及び和訓「シカレドモ」，③兼方本弘安点が和訓「シカレドモ」と加点して，何れも的確に一語として訓んでいる。

（Ⅰ-1-5）**然　是**(一部)
①然是渟名城稚姫命，既身体悉瘦弱，以不能祭。(06) 上271-12
　　熱田本南北朝期点「然⸝是」
　　兼右本1540年点「然，是」

　漢籍の用例を『国学宝典』を利用して検索すると，『漢書』0例，『後漢書』0例，『晋書』4例，『梁書』0例，『魏書』2例，『隋書』0例，『楽府詩集』0例，『世説新語』0例，『遊仙窟』0例，『祖堂集』0例がある。2例を示す。

　　然是庸才，志識無遠，（『魏書』・巻76）
　　然是出群之器，（『晋書』・巻75）
　仏典の用例を『CBETA電子仏典』を利用して検索すると456例がある。2例を示す。

　　然是衆生更復重作。（隋天竺三蔵闍那崛多等訳『起世経巻第十』1-362)
　　然是大士年衰老，（大唐罽賓国三蔵般若奉詔訳『大乗本生心地観経巻第四』3-306)
　『敦煌変文校注』には用例がない。

　香坂(1994)では「「然雖」と同義」と説明している。
　『日本書紀』の訓点では，熱田本南北朝期点は「然是」を「（シカル）ニ」と一語の接続詞として訓んでいる如くであるが，兼右本1540年点は「（シカ

ルニ)，(コ)ノ」と分解して訓んでいる(II-1に相当)。

(I-1-6) 然　則
①神問曰，<u>然則</u>汝是誰耶。(01) 上 131-10
　　兼方本弘安点「然ハ則，」
②<u>然則</u>，君王登，(09) 上 347-17
　　熱田本南北朝期点「然_則，」
③<u>然則</u>可謂大神本名誉田別神，太子元名去来紗別尊。(10) 上 363-13
　　北野本南北朝期点「然_則」(シカレハスナハチ)
④<u>然則</u>君以百姓為本。(11) 上 393-07
　　前田本院政期点・北野本兼永点・兼右本1540年点「然則，」
⑤<u>然則</u>一宵喚幾廻乎。(14) 上 463-11
　　前田本院政期点・図書寮本1142年点「然則」(ラハ)
⑥天皇詔群臣曰，<u>然則</u>宜以歓因知利。(14) 上 475-15
　　熱田本南北朝期点「然_則」
⑦<u>然則</u>身労万里，命墜三韓。(14) 上 485-07
　　前田本院政期点「然テ則，」
⑧<u>然則</u>非弟，誰能激揚大節，可以顕著。(15) 上 511-16
　　熱田本南北朝期点「然ハ則」
⑨<u>然則</u>百済，欲新造国，必先以女人小子，(20) 下 145-18
　　前田本院政期点「然ハ則」
⑩<u>然則</u>為誰空戦，尽被刑乎，言畢解剣。(24) 下 265-12
　　岩崎本平安中期点・図書寮本1142年点・北野本鎌倉初期点・兼右本1540年点　無点

　漢籍の用例を『国学宝典』を利用して検索すると，『漢書』21例，『後漢書』15例，『晋書』67例，『梁書』5例，『魏書』50例，『隋書』41例，『楽府詩集』18例，『世説新語』0例，『遊仙窟』0例，『祖堂集』5例がある。8例を示す。

　　<u>然則</u>求臣亦慢是也，(『漢書』・巻45)

然則霊帝之為霊也優哉！（『後漢書』・巻 9）
　　然則餘衆不過五万。（『晋書』・巻 2）
　　然則高才而無貴仕，（『梁書』・巻 50）
　　然則天下雖平，忘戦者怠，（『魏書』・巻 70）
　　然則礼坏楽崩，由来漸矣。（『隋書』・巻 2）
　　然則歌声有長短，非言寿命也。（『楽府詩集』・巻 30）
　　然則圣意難測，（『祖堂集』・巻 18）
　仏典の用例を『CBETA 電子仏典』を利用して検索すると 1331 例がある。2 例を示す。
　　所有聖賢黙然則為解脱。（姚秦涼州沙門竺仏念訳『十住断結経巻第五』
　　　10-1002）
　　無為無起。然則痴滅。（後漢西域三蔵竺大力共康孟詳訳『修行本起経巻
　　　下』3-466）
　『敦煌変文校注』には 1 例がある。
　　然則窮大千之七宝，（『伍子胥変文』）

　香坂（1994）では「「してみれば，それならば，そうだとすると，だとすると」の意で，文の初めに用いる」とする。
　古くから存在している二字漢語であり，『日本書紀』の訓点では，南北朝期になると③北野本南北朝期点の如く訓合符及び和訓「シカレハスナハチ」を加点して「則」を「スナハチ」と訓む訓法も生じたが，古くは⑤前田本院政期点・図書寮本 1142 年点・⑦⑨前田本院政期点，①兼方本弘安点の如く「則」を不読としている。

（Ⅰ-1-7）**所　以**

①所以，成此純男。（01）上 077-13
　兼方本弘安点「所_以コノユヘニ」
②乾坤之道，相参而化。所以，成此男女。（01）上 079-21
　兼方本弘安点「所_以コノユヘニ，」
③既違陰陽之理。所以，今生蛭児。（01）上 089-16

兼方本弘安点「所ュヘ_以」
④所以，称五十猛命，為有功之神。(01) 上 127-20
　　兼方本弘安点「所_以ュヘ,ニ」
⑤所以小心励，(14) 上 499-12
　　前田本院政期点・図書寮本 1142 年点「所以に」
　　兼右本 1540 年点「所_以ュヘに」
⑥所以致此。人生子孫，(14) 上 499-18
　　前田本院政期点・図書寮本 1142 年点・兼右本 1540 年点・寛文九年版訓
　　「所_以は三致ニ此の(人)生ウミノコの子-孫にニ-」
⑦由是，請神往救。所以社稷安寧。(19) 下 115-17
　　前田本釈日本紀訓「所以カレ」
　　兼右本 1540 年点「所カレ_以,」
⑧所以，奉惜不肯奉，(20) 下 143-18
　　前田本院政期点「所-以に」
⑨所以，智勝於己則不悦。(22) 下 185-15
　　図書寮本 1142 年点「所の以に,」
⑩所以，懸鍾設匱，拝収表人。(25) 下 285-11
　　兼右本 1540 年点「所_以,ニ」
⑪所以，近侍於，(25) 下 311-12
　　北野本鎌倉初期点「所以に」
⑫穴戸国中，有此嘉瑞。所以，大赦天下。(25) 下 317-07
　　兼右本 1540 年点「所_以,」
⑬所以，留妻為表。(26) 下 345-08
　　北野本鎌倉初期点「所以に」

　　漢籍の用例を『国学宝典』を利用して検索すると，『漢書』410 例，『後漢書』120 例，『晋書』283 例，『梁書』51 例，『魏書』134 例，『隋書』51 例，『楽府詩集』38 例，『世説新語』7 例，『遊仙窟』1 例，『祖堂集』49 例がある。10 例を示す。
　　所以行礼楽也。(『漢書』・巻 8)

第五章　二字連詞(接続語)の訓読　　191

　　夫張官置吏，所以為人也，(『後漢書』・巻1)
　　嫡庶之別，所以弁上下，(『晋書』・巻3)
　　山岳題地，柔博所以成功。(『梁書』・巻1)
　　授子任賢，所以休息，(『魏書』・巻4)
　　山鎮川流，唯地所以宣気。(『隋書』・巻2)
　　今亦無滅，所以不同外道。(『祖堂集』・巻2)
　　本所以疑，正為此耳。(『世説新語』・徳行第1)
　　礼楽既正，人神所以和。(『楽府詩集』・巻15)
　　所以研難意，(『遊仙窟』)醍醐寺本1344年点「所_以」

仏典の用例を『CBETA 電子仏典』を利用して検索すると3万6978例がある。2例を示す。

　　所以善男子出家。(宋天竺三蔵求那跋陀羅訳『雑阿含経巻第一』2-3)
　　所以生極楽者更不染世。(大広智不空三蔵和尚訳『三司封粛国公贈司空謚大弁正』20-33)

『敦煌変文校注』には62例がある。8例を示す。

　　比為勢利不加，所以磋跎年歳。(『伍子胥変文』)
　　所以衆生不離於仏，仏不離衆生。(『廬山遠公話』)
　　我縁不遇，所以悲泣。(『太子成道経』)
　　宮中謀悶，所以不楽。(『太子成道経』)
　　痛苦非常，所以奔走。(『太子成道経』)
　　為宮中無太子，所以頻輸。(『悉達太子修道因縁』)
　　我不逢遇，所以悲泣。(『太子成道経』)
　　所以不得随君去也。(『孔子項託相問書』)

　松尾(1987)では「所以」は「文白異同語であり，文言としては，下の句を承け「〜たる所以は」と訓じ，口語としては，前句を承け「ゆえに」と下に接続する。古訓は「コノユエニ」が多い」とする。王政白(1986，改訂2002)では，「所以」は因果関係を述べる語で結果・結論を表す，「したがって，だから」の意味を表す，と説明している。塩見(1995)では「「ゆえん」と読んできた文語の「所以」ではなく，「ゆえに，だから」の意の接続詞と

しての用法……文章では六朝期のものに現れる。唐詩では盛唐頃から現れはじめるが，中唐以降は詩中多用される」とする。

『日本書紀』の訓点では，⑨図書寮本1142年点「(コ)の(ユヱ)に」，⑤⑧前田本院政期点「(コノユヱ)に」，⑪⑬北野本鎌倉初期点「(コノユヱ)に」，①②③④兼方本弘安点「コノユヘニ」，⑤兼右本1540年点「コノユへに」と平安時代院政期・鎌倉初期・鎌倉中期・室町後期の系統も年代も異る『日本書紀』訓点本で的確に「コノユヱニ」と一語で訓んでいる中で，⑥のみは前田本院政期点・図書寮本1142年点・兼右本1540年点・寛文九年版が共に誤って文語の如く「……(ユヱ)は」と訓んでいる。尚，⑦前田本釈日本紀訓・兼右本1540年点は「カレ」と古代語の接続詞を用いて的確に一語で訓んでいる。

(Ⅰ-1-8) 乃　至(一部)→(Ⅱ-1-5)参照

Ⅰ-2　合符のみを加点している例　0語

Ⅱ　二字一語として訓んでいない例

Ⅱ-1　二字一語として訓まず和訓も不当な例　5語

> 1 因復　2 雖復　3 然是(一部)　4 乃可　5 乃至(一部)

(Ⅱ-1-1)　因　復
①因復縦兵急攻之。(03)　上209-13
　熱田本南北朝期点「因て復(去)」(「復(去)」は「マタ」の意)
②因復赴敵，同時殞命。(14)　上483-09
　前田本院政期点・図書寮本1142年点「因て復(去)」

漢籍の用例を『国学宝典』を利用して検索すると，『漢書』2例，『後漢書』19例，『晋書』2例，『梁書』2例，『魏書』0例，『隋書』1例，『楽府詩

集』0例,『世説新語』0例,『遊仙窟』0例,『祖堂集』0例がある。5例を示す。

　　因復漢王亦寤復罵曰,(『漢書』・巻34)
　　因復備言其計。(『後漢書』・巻15)
　　因復進撃,又破之。(『晋書』・巻75)
　　義軍迫之,因復散走。(『梁書』・巻1)
　　因復将入,(『隋書』・巻85)

仏典の用例を『CBETA電子仏典』を利用して検索すると195例がある。2例を示す。

　　因復無性失自他。(京西大原寺沙門釈法蔵述『十二門論宗致義記巻上』
　　　42-212)
　　因復説竜所嘱之語。(呉月支優婆塞支謙訳『撰集百縁経巻第六』4-233)
『敦煌変文校注』には用例がない。

朱慶之(1992)では「復」は主として単音節副詞と助動詞の後に使われ,同時に単音節連詞など機能詞(function word)の後にも使用され,その語と二音節語を構成して,「そこで,それで,それゆえ」などの意味を示す,と説明している。

『日本書紀』の訓点では,②前田本院政期点・図書寮本1142年点・①熱田本南北朝期点が共に「復」と「マタ」の意とを離すことができず,「因復」で一語とする認識はない。

(II-1-2) 雖　復
①雖復天神,何能一夜之間,(02) 上 143-07
　　熱田本南北朝期点「雖=復天神と-」
②皇孫曰,雖復天神之子,如何一夜使人娠乎。(02) 上 155-18
　　兼方本弘安点「雖復天神之子ミコト」
　　兼夏本乾元点「雖=復天神之子ミコト-」
③何則雖復天神之子,豈能一夜之間,(02) 上 159-10
　　兼夏本乾元点「雖=復天神之子ミと-,」

④彼処雖復安楽，猶有憶郷之情。(02) 上 167-07
　兼方本弘安点「雖復安 - 楽と，」ヤスラカニタノシト
　兼夏本乾元点「雖＝復安 - 楽＝」ヤスラカニタノシト

　漢籍の用例を『国学宝典』を利用して検索すると，『漢書』1例，『後漢書』4例，『晋書』33例，『梁書』17例，『魏書』31例，『隋書』21例，『楽府詩集』1例，『世説新語』2例，『遊仙窟』1例，『祖堂集』1例がある。9例を示す。
　　　雖復破絶筋骨，(『漢書』・巻70)
　　　天下雖復儘力耕桑，慺不能供。(『後漢書』・巻78)
　　　雖復使研桑心算，隷首運籌，(『晋書』・巻18)
　　　雖復三思行事，而百慮多失。(『梁書』・巻3)
　　　雖復途遥二千，心想若対，(『魏書』・巻24)
　　　雖復素飽之眾，情在忘私，(『隋書』・巻4)
　　　雖復憶持，十方如来十二部経。(『祖堂集』・巻20)
　　　雖復刑餘之人，未敢聞命。(『世説新語』・方正第5)
　　　雖復贈蘭解珮，(『遊仙窟』)真福本1353年点・陽明文庫本1389年点
　　　　「雖＝復，贈蘭解＝珮＝」
　仏典の用例を『CBETA電子仏典』を利用して検索すると4129例がある。2例を示す。
　　　雖復有此四種之楽。(東晋平陽沙門釈法顕訳『大般涅槃経巻上』1-196)
　　　雖復隠密而尚可知。(三蔵法師玄奘奉詔訳『大般若波羅蜜多経巻第八十一』5-452)
『敦煌変文校注』には用例がない。

　松尾(1987)では「接続辞「〜復」が附き二音節化した接続詞で，「雖然」が文語の用法を合わせもち，「しかりといえども」と訓じられ，前の文を承け転接することもあるのに対し，もっぱら下を承け「〜ではあるが」の意を表わす。「復」字の実義性の弱さを知り得る」とする。王政白(1986，改訂2002)では「「雖復」は仮定の譲歩を表す接続詞」とし，蒋宗許(1990)では

「接尾語「復」は鮮明な口語の特徴であり，六朝の小説中に使用されている」とする。

『日本書紀』の訓点では，②④兼方本弘安点・兼夏本乾元点・③兼夏本乾元点・①熱田本南北朝期点が共に「雖復」が一語であるという認識はなく，「復」は「マタ」と訓んでいたものと察せられる。『遊仙窟』の南北朝期訓本でも同様である。

(Ⅱ-1-3) 然　是(一部)→(Ⅰ-1-5)参照

(Ⅱ-1-4) 乃　可
①以此与汝兄時，乃可称曰，大鉤，跟勝鉤，貧鉤，痴鉤。(02) 上 179-07
　兼方本弘安点「乃，可-称-曰」ノタマハマク
②是以，不自正者，不択君臣，乃可受殃。(25) 下 287-13
　北野本鎌倉初期点　無点
　兼右本1540年点「乃可レ受レ殃ヲ」

　漢籍の用例を『国学宝典』を利用して検索すると，『漢書』10例，『後漢書』8例，『晋書』12例，『梁書』8例，『魏書』12例，『隋書』4例，『楽府詩集』1例，『世説新語』2例，『遊仙窟』0例，『祖堂集』0例がある。8例を示す。

　　明其為賊，敵乃可服。(『漢書』・巻1)
　　上合天意，功乃可成，(『後漢書』・巻15)
　　此法乃可永載用之，(『晋書』・巻18)
　　徐還授甲，乃可進耳。(『梁書』・巻12)
　　垂死乃可図，今則未可。(『魏書』・巻15)
　　乃可娶婦，(『隋書』・巻8)
　　竹上之涙乃可滅。(『楽府詩集』・巻72)
　　卿乃可縦適一時，独不為身後名邪？(『世説新語』・任誕第23)

　仏典の用例を『CBETA電子仏典』を利用して検索すると用例がない。
　『敦煌変文校注』には4例がある。全例を示す。

乃可恨積如山，（『王昭君変文』）
　　　乃可先殄断我命，然後方始殺我児須。（『大拿太子好施因縁』）
　　　已以眾力乃可救之，（『大目乾連冥間救母変文』）
　　　乃可不要富貴，亦不藉你官職。（『金剛醜女因縁』）

　蔣礼鴻（1959，改訂1962）では「〝乃可〟は〝寧可〟の意味と相当する」とする。王政白（1986，改訂2002）では「乃可」は「寧願」と相当としている。
　『日本書紀』の訓点では，①兼方本弘安点・②兼右本1540年点の如く，「乃可」が一語の接続詞であるという認識はない。

（Ⅱ-1-5）　**乃　至**（一部）
①乃至于海中，暴風忽起，王船漂蕩，（07）上305-13
　　北野本南北朝期点「乃 至₌于海中」（イマシマシ　テ　ワタウチ）
　　熱田本南北朝期点「乃至₌于海中」（ルニ）
②乃至於人，豈得無慮。（17）下033-07
　　前田本院政期点　無点
　　兼右本1540年点「乃至₌於人₋」（ス）
③此法能生無量無辺福徳果報，乃至成弁無上菩提。（19）下101-16
　　北野本南北朝期点「乃₋至」（スナハチ）

　漢籍の用例を『国学宝典』を利用して検索すると，『漢書』6例，『後漢書』8例，『晋書』16例，『梁書』11例，『魏書』24例，『隋書』10例，『楽府詩集』1例，『世説新語』3例，『遊仙窟』0例，『祖堂集』17例がある。10例を示す。
　　　不意博応事変乃至于此。（『漢書』・巻83）
　　　罪之重者，乃至腰斬。（『後漢書』・巻29）
　　　不図徳之不建，乃至于斯。（『晋書』・巻8）
　　　吾慢国忘家，乃至于此。（『梁書』・巻25）
　　　人之無良，乃至此乎！（『魏書』・巻19）
　　　晋江左以後，乃至宋，斉相承，（『隋書』・巻7）

第五章　二字連詞(接続語)の訓読　197

　　乃至率天下皆終重服，(『晋書』・巻 20)
　　説某経教，乃至人天等作礼奉行。(『祖堂集』・巻 1)
　　謹厚有識，中者，乃至十万，(『世説新語』・排調第 25)
　　遠与君別者，乃至雁門関，(『楽府詩集』・巻 71)
　仏典の用例を『CBETA 電子仏典』を利用して検索すると 8 万 9857 例がある。2 例を示す。
　　乃至天人見神変化乃取滅度。(後秦弘始年仏陀耶舎共竺仏念訳『仏説長
　　　阿含経巻二』15-14)
　　乃至七日船不移邁。(呉康居国沙門康僧会訳『六度集経巻第四』19-16)
『敦煌変文校注』には 31 例がある。5 例を示す。
　　有一人受持観世音名号，乃至礼拝者，(『妙法蓮華経講経文』)
　　一切大衆皆共供給飲食，乃至充足，(『双恩記』)
　　咽苦吐甘，乃至男女成長了，(『父母恩重経講経文』)
　　乃至一時礼拝供養，(『妙法蓮華経講経文』)
　　乃至化身千丈，(『妙法蓮華経講経文』)

　張永言(1992)では「「以至」の意の接続詞」とする。
　日本語にはない語法であり，日本訓点資料における「乃至」の訓法については春日(1942)，大坪(1981)，尹幸舜(2005)等に分析がある。『日本書紀』の訓点本では，①北野本南北朝期点・熱田本南北朝期点・②兼右本 1540 年点の如く「乃」と「至」とを分解して訓む場合と，③北野本南北朝期点の如く一語の接続詞として訓む場合(Ⅰ-1 相当)とがある。

Ⅱ-2　二字一語として訓んでいないが文意は大きく外れていない又は不明な例　5 語

　　1 因為　2 何況　3 遂即　4 遂乃　5 寧可

(Ⅱ-2-1)　因　為
①因為吐。此化為神。(01) 上 091-10

兼方本弘安点「因て為_吐〔タクリス〕」

漢籍の用例を『国学宝典』を利用して検索すると，『漢書』15例，『後漢書』8例，『晋書』6例，『梁書』6例，『魏書』8例，『隋書』7例，『楽府詩集』1例，『世説新語』1例，『遊仙窟』0例，『祖堂集』2例がある。9例を示す。

　　因為分別其人民地界。(『漢書』・巻 96)
　　因為執勤，不懈朝夕。(『後漢書』・巻 83)
　　因為寇掠，往来不摺絶。(『晋書』・巻 180)
　　因為忘年之交，(『梁書』・巻 34)
　　郡陥于翟譲，因為李密所得。(『魏書』・巻 76)
　　因為高祖所知。(『魏書』・巻 27)
　　弟子後住古霊山，因為古霊和尚焉。(『祖堂集』・巻 14)
　　因為流涕。(『世説新語』・尤悔第 33)
　　後人因為楽章焉。(『楽府詩集』・巻 58)

仏典の用例を『CBETA 電子仏典』を利用して検索すると 1079 例がある。2 例を示す。

　　因為立字。名衆宝荘厳。(呉月支優婆塞支謙訳『撰集百縁経巻第九』 4-247)
　　因為少事。有所嫌恨遂便不共優波伽語。(隋天竺三蔵闍那崛多訳『仏本行集経巻第五十四』3-901)

『敦煌変文校注』には 2 例がある。全例を示す。

　　因為西門見死尸，(『孟姜女変文』)
　　因為国王，居士等百千万人皆来体問，(『維摩詰経講経文』)

太田(1958，改訂 1981)では，「「因」と「為」が復合されて「因為」となることはきわめて自然なことであり，古くからの用法であるが，現代語ではまたこれを主句に用いる用法もある」とする。

『日本書紀』の鎌倉中期の兼方本弘安点において一語の接続詞で訓む訓法は構築し得ていない。

(II-2-2) **何　況**

①何況禍福所倚，国家存亡者乎。(19) 下115-14
　　前田本釈日本紀訓「何　況」(イカニイハムヤ)

　漢籍の用例を『国学宝典』を利用して検索すると，『漢書』10例，『後漢書』8例，『晋書』3例，『梁書』0例，『魏書』2例，『隋書』1例，『楽府詩集』16例，『世説新語』0例，『遊仙窟』0例，『祖堂集』3例がある。7例を示す。

　　何況亡弘之属乎？（『漢書』・巻75）
　　今貴主尚見枉奔，何況小人哉！（『後漢書』・巻23）
　　何況大丈夫乎！（『晋書』・巻66）
　　我尚不惜身，何況妃嬪！（『魏書』・巻12）
　　革木尽皆不可，何況金象者乎？（『隋書』・巻10）
　　何況故園貧与賎，（『祖堂集』・巻7）
　　何況曲針不能伸巧指，（『楽府詩集』・巻34）

　仏典の用例を『CBETA電子仏典』を利用して検索すると6314例がある。2例を示す。

　　何況欲生別離去乎。（呉月支優婆塞支謙訳『仏説頼吒和羅経』1-869）
　　何況読誦受持之者。（後秦亀茲国三蔵法師鳩摩羅什奉詔訳『妙法蓮華経巻第五』9-45）

　『敦煌変文校注』には4例がある。全例を示す。

　　何況千里之客？（『韓朋賦』）
　　何況更同臭味？（『燕子賦』）
　　何況我輩君王？（『八相変』）
　　何況卒悟衆生？（『廬山遠公話』）

　太田(1958，改訂1981)では，文語でも用いるがややおくれて後漢あたりから用いられるようになったものらしいとする。香坂(1994)では接続詞で「まして……」と説明している。

『日本書紀』の鎌倉中期卜部家の訓読において一語の接続詞で訓む訓法は構築し得ていない。

(Ⅱ-2-3) 遂　即
①遂即安置於倭国吾礪広津，(14) 上 477-12
　　図書寮本1142年点・北野本南北朝期点・熱田本南北朝期点「遂に即」
②遂即民心不整，国政難治。(25) 下 303-08
　　北野本鎌倉初期点「遂に即」
　　兼右本1540年点「遂 _{スナハチ} 即，」

　漢籍の用例を『国学宝典』を利用して検索すると，『漢書』2例，『後漢書』1例，『晋書』3例，『梁書』0例，『魏書』1例，『隋書』0例，『楽府詩集』1例，『世説新語』0例，『遊仙窟』1例，『祖堂集』0例がある。6例を示す。
　　　遂即天子位。(『漢書』・巻4)
　　　征蠡吾候，遂即至尊。(『後漢書』・巻13)
　　　多見施用，遂即真。(『晋書』・巻36)
　　　子華親友也，見辱罵，遂即去之。(『魏書』・巻14)
　　　遂即至尊。(『楽府詩集』・巻88)
　　　遂即逶迤而起，(『遊仙窟』) 醍醐寺本1344年点・陽明文庫本1389年点
　　　「遂に即，」
　仏典の用例を『CBETA電子仏典』を利用して検索すると417例がある。2例を示す。
　　　遂即高声作大啼哭。(隋天竺三蔵闍那崛多訳『仏本行集経巻第四十七』
　　　　3-872)
　　　他軍強盛遂即滅壊。(大唐三蔵菩提流志奉詔訳『大宝積経巻第一百二十』
　　　　11-680)
　『敦煌変文校注』には58例がある。6例を示す。
　　　川中忽遇一家，遂即叩門乞食。(『伍子胥変文』)
　　　遂即抱石投河死，(『伍子胥変文』)

遂即墜在卵生之中，(『盧山遠公話』)
悶悶不已，遂即墜在卵生之中，(『盧山遠公話』)
太子遥見重臣，遂即下階迎接。(『降摩変文』)
寸歩難移，遂即将別，(『維摩詰経講経変文』)

　松尾(1987)では「遂便」と同じ「そこで」の意味であるとする。
　古くから存在している二字漢語であるが，『日本書紀』の訓点本では，①図書寮本1142年点・北野本南北朝期点・熱田本南北朝期点・②北野本鎌倉初期点が「遂に」と訓み「即」は不読にしたか「スナハチ」と訓んだものか不明であるが，②兼右本1540年点の如く「即」を「スナハチ」と訓んでいるものもある。

(Ⅱ-2-4)　遂　乃
①遂乃立標而合戦。(19) 下109-07
北野本南北朝期点・寛文九年版　無点
兼右本1540年点・内閣文庫本近世初期点「遂乃，」

　漢籍の用例を『国学宝典』を利用して検索すると，『漢書』3例，『後漢書』11例，『晋書』14例，『梁書』6例，『魏書』6例，『隋書』5例，『楽府詩集』0例，『世説新語』0例，『遊仙窟』0例，『祖堂集』4例がある。7例を示す。
　　遂乃開艙廩仮貧民，(『漢書』・巻89)
　　遂乃厳刑痛殺，随而縄之，(『後漢書』・巻77)
　　遂乃山川反覆，草木涂地。(『梁書』・巻1)
　　遂乃君茲青土，作牧東藩。(『晋書』・巻51)
　　遂乃負土成墳，致毀滅性。(『隋書』・巻73)
　　皇甫遂乃詐痴。(『魏書』・巻61)
　　遂乃懇告二親，将随輻侶。(『祖堂集』・巻20)
　仏典の用例を『CBETA電子仏典』を利用して検索すると183例がある。2例を示す。

遂乃失声従夢覚。(大唐罽賓国三蔵般若奉詔訳『大乗本生心地観経巻第
　　　四』3-306)
　　　遂乃操持智剣。(大広智三蔵和上於金剛頂瑜伽略述『三十七尊心要』
　　　18-291)
『敦煌変文校注』には45例がある。3例を示す。
　　　遂乃身軽体健，踴躍不勝。(『伍子胥変文』)
　　　陵母遂乃自刎身終。(『漢将王陵変』)
　　　太子遂乃潜身走出城外。(『前漢劉家太子伝』)

　松尾(1987)では「遂乃」と「遂即」について何れも「そこで」の意としている。王政白(1986，改訂2002)では「「遂乃」　順承関係を表す，「そこで，そして」」と説明している。
　古くから存在している二字漢語であるが，『日本書紀』諸本の加点情況は二字一語として訓んでいる確証はない。「遂即」の加点情況からすれば，「(ツヒニスナハチ)」と訓んでいた可能性の方が高い。

(Ⅱ-2-5) 寧　可
①寧可以口吐之物，敢養我乎，廼抜剣撃殺。(01) 上103-07
　　兼方本弘安点「寧，可ニ……養ニ我ニ一」
　　　　　　　　ムシロ　　　アフ
②天神之子，寧可以私養乎。(02) 上159-08
　　兼方本弘安点「寧，可以私に　養」
　　　　　　　　　ヘケム　　ヒタシマツル

　漢籍の用例を『国学宝典』を利用して検索すると，『漢書』4例，『後漢書』2例，『晋書』12例，『梁書』4例，『魏書』8例，『隋書』3例，『楽府詩集』2例，『世説新語』4例，『遊仙窟』0例，『祖堂集』3例がある。9例を示す。
　　　寧可以馬上治乎？(『漢書』・巻43)
　　　寧可以一人之命，救百姓于涂炭。(『後漢書』・巻75)
　　　寧可無授命之臣乎！(『晋書』・巻37)
　　　寧可納臣一介之服，(『梁書』・巻56)

黄河万仞，寧可卒渡！（『魏書』・巻 14）

寧可窃譽両賢！（『隋書』・巻 63）

寧可以急相棄邪？（『世説新語』・徳行第 1）

直去已垂滞，寧可望長安。（『楽府詩集』・巻 63）

寧可清貧長楽，（『祖堂集』・巻 13）

仏典の用例を『CBETA 電子仏典』を利用して検索すると 988 例がある。2 例を示す。

今我寧可捨世出家。（後秦弘始年仏陀耶舎共竺仏念訳『仏説長阿含経巻第五』1-32）

我寧可従高楼上東向自投。（西晋月氏国三蔵竺法護訳『仏説徳光太子経』3-417）

『敦煌変文校注』には 3 例がある。2 例を示す。

新婦寧可冬中忍寒，（『秋胡変文』）

寧可高索価難酬，（『降魔変文』）

塩見(1995)では「「乍可」と同じ意で用いられる「寧可」は「いっそのこと……を望む，むしろ……したい」の意」とする。

『日本書紀』の訓点では，①②兼方本弘安点の例が示す通り，一語の接続詞で訓む訓法は構築し得ていない。

以上，『日本書紀』の二字連詞(接続語)16 語の訓読例を検討した。一語の和訓として訓んでいる例が 8 語，二字一語として訓まず和訓も不当な例が 5 語(一部重複)，二字一語として訓んでいないが文意は大きく外れていない又は不明な例が 5 語である。前に検討した副詞の場合よりは一語の和訓として訓んでいる語の比率が高いが，中国口語法を理解せず一語の和訓として訓まず和訓も不当な語も 5 語ある。又，一語の接続詞としての訓読法を構築し得ていない語も少なくない。

結　論

　第一〜五章において，『日本書紀』中の主として中国口語起源の二字漢語の箇所の訓点を名詞・動詞・形容詞・副詞・連詞(接続語)に分けて，それぞれ
　　Ⅰ　二字一語として訓んでいる例
　　　Ⅰ-1　一語の和訓として訓んでいる例
　　　Ⅰ-2　合符のみを加点している例
　　Ⅱ　二字一語として訓んでいない例
　　　Ⅱ-1　二字一語として訓まず和訓も不当な例
　　　Ⅱ-2　二字一語として訓んでいないが文意は大きく外れていない又は不明な例
という分類基準により検討した。結果を表にして示すと，次の通りである(両様に分類される語が複数ある)。

分　類		名詞	動詞	形容詞	副詞	連詞
Ⅰ	Ⅰ-1	34語	33語	6語	11語	8語
	Ⅰ-2	0	1	3	3	0
Ⅱ	Ⅱ-1	0	0	1	4	5
	Ⅱ-2	1	4	1	36	5

　本書では，『日本書紀』の主として中国口語起源の二字漢語(名詞・動詞・形容詞・副詞・連詞)の訓読を二字一語として訓んでいる例(Ⅰ)と二字一語として訓んでいない例(Ⅱ)に分類し，Ⅰを更に，一語の和訓として訓んでいる例(Ⅰ-1)と合符のみを加点している例(Ⅰ-2)に，Ⅱを更に，二字一語とし

て訓まず和訓も不当な例（Ⅱ-1）と二字一語として訓んでいないが文意は大きく外れていない又は不明な例（Ⅱ-2）とに分けて，訓読の実態を検討した。

　まず，第一章では，二字名詞35語の訓読例を検討した結果，34語まで一語の和訓として訓んでおり，残る1語も『日本書紀』の文脈上誤訓とは言えず，二字一語として訓まず和訓も不当な語は皆無である。次に，第二章では，二字動詞36語の訓読例を検討した結果，33語まで一語の和訓として訓んでおり，二字名詞の場合と同様に二字一語として訓まず和訓も不当な語は皆無である。他に，合符のみを加点している語が1語，二字漢語として訓んでいないが文意は大きく外れていない又は不明な語が4語である。二字名詞と同様に，学習の達成が口語起源の二字動詞にも及んでいたものと見做し得る。

　第三章では，二字形容詞7語の訓読例を検討した結果，一語の和訓として訓んでいる例が6語，二字一語として訓まず和訓も不当な例が1語（重複），二字一語として訓んでいないが文意は大きく外れていない又は不明な例が1語（重複）である。二字一語として訓まず和訓も不当な例は助動詞相当語とも見做されるので，二字形容詞は大概一語の和訓として適切に訓んでいるものと見做される。従来検討してきた二字動詞及び二字名詞と同様の訓法であり，二字副詞及び二字連詞（接続語）とは異る訓法である。つまり，『日本書紀』における主として中国口語起源二字漢語の訓点では，概念を表す動詞・形容詞及び名詞は概して一語として適切に訓んでおり，これに比して副詞・連詞（接続語）は一語として適切に訓めていないものが相当に多いのである。

　第四章では，二字副詞54語の訓読例を検討した結果，二字一語の和訓として訓んでいる例が11語あり，量的には全体の20%である。二字一語として訓まず和訓も不当な例は4語あり，量的には全体の7%である。二字一語として訓んでいないが文意は大きく外れていない又は不明な例は36語，量的には67%と大部分である。口語表現への理解が足らず二字一語として訓まず和訓も不当な例は4語，量的に7%であるので，文意を取る上では大過ない訓法とも言い得るが，二字一語として訓んでいないが文意は大きく外れていない又は不明な例が36語，量的に67%であることを併せて考慮すると口語表現を反映する訓法は構築し得ていない。第五章では，二字連詞16語の訓読例を検討した結果，一語の和訓として訓んでいる例が8語，二字一語

として訓まず和訓も不当な例が5語(一部重複)，二字一語として訓んでいないが文意は大きく外れていない又は不明な例が5語である。副詞の場合よりは一語の和訓として訓んでいる語の比率が高いが，中国口語法を理解せず一語の和訓として訓まず和訓も不当な語も5語ある。また一語の接続詞としての訓読法を構築し得ていない語も少なくない。

　『日本書紀』の二字漢語148語の訓読例を検討した結果，まず名詞・動詞・形容詞と副詞・連詞(接続語)とでは，大きく異っている。二字名詞の殆ど，二字動詞・形容詞の大部分が一語の和訓として適った訓み方がされていて，名詞・動詞共，二字一語として訓まず和訓も不当な例は1語もない。

　これに比して，副詞・連詞(接続語)では，二字一語として訓まない例の方が多く，和訓も不当な例が相当数存する。名詞・動詞・形容詞の如く概念を表す語の訓読は，中国語として相当に特殊な語であっても正確に訓まれている。これに比して，副詞・連詞(接続語)の訓読は，正確とは言い難い。これは，訓読という学習作業の性格を示唆している。即ち，名詞・動詞・形容詞等概念を表す語の学習では日本語で正確に理解することが期され，副詞・連詞等の学習では必ずしも日本語で正確に理解することは期されず，漢文の原表記を目で見て語意を補う一面もあったのではないかと考えられる。漢文訓読は，原表記に基いて原表記を目で見ながら日本語で理解することで翻訳とは異る。『日本書紀』の訓読においては，原則として字音訓みをせず総て和訓訓みであったので，漢文訓読という学習作業の性格が鮮明に表れる結果となっている。

参考資料・文献

参 考 資 料

築島裕・石塚晴通(1978)『東洋文庫蔵岩崎本　日本書紀　本文と索引』日本古典文学会
石塚晴通(1977)「前田本日本書紀院政期点(本文篇)」『北海道大学文学部紀要』25-2
石塚晴通(稿本)『前田本日本書紀院政期点総索引』
石塚晴通(1980, 1981, 1984)『図書寮本日本書紀(本文篇)(索引篇)(研究篇)』美季出版社、汲古書院
鴨脚本『日本書紀巻第二』(1941)(古典保存会)
石塚晴通(稿本)『北野本日本書紀(本文篇)』
石塚晴通(稿本)『兼方本日本書紀(本文篇)(索引篇)』
天理図書館善本業書(1972)『古代史籍集』(八木書店)
石塚晴通(稿本)『丹鶴本日本書紀(本文篇)(索引篇)』
天理図書館善本業書(1983)『日本書紀　兼右本一〜三』(八木書店)
『影印釈日本紀』(1975)(吉川弘文館)
御巫本『日本書紀私記』(1933)(古典保存会)
醍醐寺本『遊仙窟』(1927)(古典保存会)
真福寺本『遊仙窟』(1954)(貴重古典籍刊行会)
春日政治(1942)『西大寺本金光明最勝王経古点の国語学的研究』岩波書店
尹小林(2002)『国学宝典』北京国学時代文化伝播有限公司
　　(詩経、周易、孟子、老子、論語、国語、春秋左氏伝、礼記、荘子集釈、呂氏春秋、爾雅、儀礼、周礼、戦国策、史記、論衡、塩鉄論、漢書、後漢書、三国志、呉越春秋、晋書、遊仙窟、捜神記、山海経校注、南斉書、梁書、陳書、魏書、北斉書、周書、南史、北史、世説新語、文心雕竜、文選、隋書、芸文類聚、旧唐書、唐律疏議、大唐西域記、通典、祖堂集、敦煌変文集、楽府詩集、太平広記等)
中華電子協会(1988〜1991)『CBETA 電子仏典』(大正新脩大蔵経巻第一〜五十五・八十五巻)
張涌泉・黄征(1997)『敦煌変文校注』中華書局

参 考 文 献

春日政治(1942)『西大寺本金光明最勝王経古点の国語学的研究』岩波書店
劉淇(1944, 改訂 1963)『助字弁略』開明書店
神田喜一郎(1949, 改訂 1974)『日本書紀古訓攷證』養徳社

裴学海(1954，改訂1962，1996)『古書虚字集釈』上海書店
王引之(1956，改訂1957)『経伝釈詞』中華書局
太田辰夫(1958，改訂1981)『中国語歴史文法』江南書店
蔣礼鴻(1959，改訂1962)『敦煌変文字義通釈』中華書局
小島憲之(1962)『上代日本文学と中国文学　上』塙書房
王力(1962，1964，改訂1999)『古代漢語』上冊第一分冊・第二分冊，下冊第一分冊・第二分冊，中華書局
築島裕(1963)『平安時代の漢文訓読語につきての研究』東京大学出版会
周法高(1965)『中国古代語法・造句編(上)』中央研究院歴史語言研究所
楊樹達(1967)『詞詮』台湾商務印書館
石塚晴通(1975)「国語辞書の用例としての日本書紀古訓」(『日本国語大辞典ことばのまど14』小学館)
大坪併治(1981)『平安時代における訓点語の文法』風間書房
石塚晴通(1982)「日本書紀古訓の研究」(三島海雲記念財団56年度事業報告)
石塚晴通(1983)「日本書紀古訓について其の一，其の二」(『天理図書館善本叢書月報』55，56)
洪成玉(1983)『古漢語複音虚詞和固定結構』浙江人民出版社
志村良治(1984)『中国中世語法史研究』三冬社
何楽士(1985)『古代漢語虚詞通釈』北京大学出版社
高偉(1985)「敦煌変文中的双音副詞」『敦煌学輯刊』第1期
石塚晴通(1985)「岩崎本日本書紀初点の合符」『東洋学報』66-1.2.3.4
石塚晴通(1986)「岩崎本日本書紀初点の合符に見られる単語意識」『築島裕博士還暦記念国語学論集』明治書院
松尾良樹(1986a)「金岡照光の『漢訳仏典』を読む」『和漢比較文学』第2号
松尾良樹(1986b)「『万葉集』詞書と唐代口語」『叙説』奈良女子大学国語国文学研究室
王政白(1986，改訂2002)『古漢語虚詞詞典』黄山書社
松尾良樹(1987)「『日本書紀』と唐代口語」『和漢比較文学』第3号
松尾良樹(1988a)「漢代訳経と口語——訳経による口語史・初探」『和漢比較文学』第5号
松尾良樹(1988b)「唐代の語彙における文異同」『漢語史の諸問題』別冊，京都大学人文科学研究所
太田辰夫(1988，改訂1999)『中国語史通考』白帝社
池田証寿(1988)「「カシコ(彼間)」と「ココ(此間)」——因明大疏抄に見える肝心記の佚文」『国語学』第155集
王力(1989)『漢語語法史』商務印書館
蔣宗許(1990)「也談詞尾〝復〞」『中国語文』第4期
松尾良樹(1991)「訓点資料を読む——仏典の口語表現を中心に」『叙説』第18号
朱慶之(1992)『仏典与中古漢語詞彙研究』文津出版社

程湘清(1992，改訂1994)『魏晋南北朝漢語研究』山東教育出版社
石塚晴通(1992)「兼方本日本書紀古訓の性格」『小林芳規博士退官記念国語学論集』汲古書院
王云路(1992)『中古漢語語詞例』吉林教育出版社
張永言(1992)『世説新語辞典』四川人民出版社
張万起(1993)『世説新語詞典』商務印書館
呉金華(1994)『世説新語考釈』安徽教育出版社
香坂順一(1994)『中国語大辞典』角川書店
石塚晴通(1995)「北野本日本書紀の訓点」『築島裕博士古稀記念国語学論集』明治書院
香坂順一(1995)『《水滸》語彙と現代語』光生館
塩見邦彦(1995)『唐詩口語の研究』中国書店
張涌泉・黄征(1997)『敦煌変文校注』中華書局
劉堅・江藍生(1997)『唐五代語言詞典』上海教育出版社
周日健・王小莘(1998)『《顔氏家訓》詞匯語法研究』広東人民出版社
王云路(1999)『六朝詩歌語詞研究』黒竜江教育出版社
中国社科院語言研究所(1999)『古代漢語虚詞詞典』商務印書館
王力(2000)『王力古漢語字典』中華書局
胡勅瑞(2002)『『論衡』与「東漢仏典詞語比較研究』』巴蜀出版社
王云路(2002)『詞匯訓詁論稿』北京語言文化大学出版社
唐煒(2002)「敦煌変文の連詞の研究」北海道大学大学院文学研究科修士論文
程湘清(2003)『漢語史専書復音詞研究』商務印書館
鄭怀徳・孟慶海(2003)『漢語形容詞用法詞典』商務印書館
唐煒(2004)「日本書紀における程度表現の二音節語(二字漢語)について──「極甚」「更亦」「更復」「最為」「再三」「茲甚」を中心に」『訓点語と訓点資料』第113輯
尹幸舜(2005)「韓日の漢文読法において現れる「乃至」について」『口訣研究』第14輯
石塚晴通(2005)「岩崎本日本書紀宝徳三年点及び文明六年点」『築島裕博士傘寿記念国語学論集』汲古書院

あ と が き

　本書を公刊するに当り，研究に従事した此の9年間のことが感銘深く思い起される。
　2001年4月に1年間の研究生を経て入学した北海道大学大学院修士課程の研究テーマは敦煌文献で，丁度母国中国の改革開放政策と敦煌文献が発見されて100周年になる時期が重り，国際的コンベンションが相継いで中国大陸・台湾・日本・イギリス・ロシアなどの各地で開かれ，指導教官の石塚晴通先生に付いて其れらに出席し，有名な学者に接する機会，討論の場を見聞する機会を得た。これは私にとって，地域を超えた学術研究のダイナミズムを体験させてくれた。この期間に私が一番大きく影響を受けたのは石塚晴通先生で，先生は御自分の経験を踏まえてまず根本的な資料を精読することを強く勧められた。博士課程に進んでからは敦煌変文とも関連する『日本書紀』中の中国口語起源二字漢語の訓読の問題に研究テーマを絞り，石塚先生の御手許に集められていた『日本書紀』訓点資料を勉強して，基本的先行研究文献を読み，石塚先生に未公刊の稿本を含む資料の閲覧・方法論・訓点資料の扱い方等多岐に亘り多大の御指導を賜わった。博士課程3年目に新しく指導教員になってくださった池田証寿先生の下でも順調に研究を進め，博士論文「日本書紀における中国口語起源漢語の訓読」を完成し，2006年3月に博士(文学)の学位を取得することができた。この学位取得に際し計らずも名誉ある大塚賞(北海道大学で博士の学位を取得した優れた女性研究者に与えられる賞)を授与され，大きな励みとなった。
　本論文を執筆するに当っては，指導教員の池田先生，言語情報学講座小野芳彦教授には論文の進展について終始お心配りをいただき，松江崇先生には中国資料の扱い方について御助言いただいた。又，訓点学会においては御出席の先生方に，発表の度に有益な質問を頂戴した。また，中国南京師範大学

黄征教授，南開大学文学院楊琳教授，国立国語研究所高田智和研究員の御指導もいただいた。そして此の度，筆者の学位論文「日本書紀における中国口語起源漢語の訓読」を基として若干の増補訂正を加えたものを北海道大学大学院文学研究科研究叢書の一として刊行していただけることになった。記して，深甚なる謝意を此処に表す。

　また，私の研究生活を支えてくれた家族・友人等の皆様に感謝する。彼等なしでは，この著作は不可能であった。また，本書の刊行に当っては北海道大学出版会の今中智佳子編集員に少からぬ瑕を直していただいた。ここにも衷心の感謝を表す。

　研究領域の中では，私は一人の初心者に過ぎない。まだ，やりたいことがいっぱいある。視野を広げ，新しい資料に接して，独自の観点が提出できるように精一杯努力することを誓い，今後引続きのご指導を願い上げる。

事項索引

あ 行

阿姉　3, 9, 10
熱田本　7
熱田本南北朝期点　21, 30, 33, 46, 47, 50, 54, 69, 101, 102, 111, 115, 121, 134, 136, 172, 187, 193, 195, 197, 201
晏然　105, 109
安置　57, 58
一時　3, 113, 114
鴨脚本　6, 209
為当　3
以不　3
意欲　3, 57, 99
岩崎本　5, 7
岩崎本院政期点　5, 34, 51
岩崎本1451年(宝徳3)点　5, 14
岩崎本1474年(文明6)点　5, 15, 24
岩崎本平安中期点　2-5, 14, 15, 30, 34, 40, 54, 60, 64, 68, 69, 71, 72, 75, 77, 82, 86-90, 92, 96, 97, 103, 115, 119, 146-148, 160, 165, 167, 169, 176
因為　181, 197
因復　181, 192
卜部家訓点　6, 8
卜部家系訓点　7, 8
益復　3, 113, 115
亦復　3, 113, 128
遠近　3
往還　57, 94
応時　3, 113, 137, 138
応当　3
往来　57, 96

か 行

箇　3
可愛　105, 108
加以　181
迴帰　3, 57, 66

皆悉　113, 137, 140
豈復　113, 137, 141
何況　181, 197, 199
各自　3, 113, 137, 142
仮使　3, 181, 183
何当　3, 113, 137, 139
兼方本　6
兼方本弘安点(弘安9年(1286))　6, 10, 18, 37, 43, 44, 67, 84, 86, 90, 92, 94, 97, 108, 111, 121, 128, 136, 137, 140, 153, 155, 161-163, 169, 170, 175, 177, 184, 187, 189, 192, 195, 196, 198, 203
兼夏本　7
兼夏本乾元点(乾元2年(1303))　7, 195
兼右本　7
兼右本1540年(天文9)点　7, 15, 20, 21, 28, 30, 33, 40, 46, 49, 52, 54, 60, 61, 69, 72, 74, 77, 89, 91, 96, 107-109, 122, 123, 152, 158, 170, 183, 185, 187, 192, 196, 197, 201
官家　9, 12
咸皆　113, 137, 144
還帰　3, 57, 98
官司　9, 14
堪当　3
寛文九年(1669)版　2, 7, 69, 106, 119, 160, 184, 192
元来　3, 113, 116
帰化　57, 62
幾許　3
祇承　3
北野本　6
北野本兼永点　6, 8, 33, 64, 69, 80, 86, 96, 100, 121, 134, 143, 155, 175
北野本鎌倉初期点　6, 14-16, 27, 30, 31, 35, 40, 43, 52, 60, 64-66, 69, 73, 74, 76-79, 81, 83, 85, 86, 90, 93, 96, 97, 100, 103, 108, 117, 119, 121, 123, 126, 141, 148-150, 152, 153, 159, 160, 169, 173, 175, 176, 178, 179, 184, 192, 201

北野本南北朝期点　6, 8, 14, 24, 27, 28, 30, 33,
　　35, 49, 50, 54, 60, 61, 65, 72, 74, 86, 89, 91,
　　96, 97, 99, 101, 102, 106, 109, 117, 121, 126,
　　130-132, 134, 136, 137, 139, 140, 142, 150,
　　152, 155, 156, 164, 169, 170, 173, 175, 183,
　　189, 197, 201
紀伝道　　5
宜当　　3
却還　　3, 57, 64
窮乏　　105, 106, 111
共　　3
暁然　　105, 108
共同　　113, 137, 145
況復　　3, 113, 130, 133
供奉　　57, 65
極甚　　3, 113, 137, 146
経過　　57, 67
検校　　3, 57, 68
更亦　　113, 137, 148
号叫　　57, 60
行業　　9, 11
好在　　3
交通　　57, 61
叩頭　　57, 71
更不　　3, 113, 137, 149
更復　　113, 137, 152
更無　　3, 113, 137, 150
『国学宝典』　209
国史大系本訓　　2
後頭　　3, 9, 16
語話　　3, 57, 70

さ　行

最為　　113, 137, 155
罪過　　9, 17
再三　　113, 117, 137, 155
『西大寺本金光明最勝王経古点の国語学的研究』
　　209
三条西実隆本　　7
〜子　　3
〜自　　3
你　　3
自愛　　57, 72
寺家　　3, 9, 19
此間　　3, 9, 20
指甲　　3, 9, 19

施行　　57, 73
茲悉　　113
茲甚　　137, 158
事須　　3, 113, 137, 156
自然　　113, 119
悉皆　　113, 137, 159
実是　　3, 113, 137, 160
時復　　113, 137, 161
釈日本紀　　6
住　　3
縦使　　3, 181, 184
終日　　9, 23
修理　　57, 76
修行　　57, 74
自余　　3
所以　　3, 181, 189
情願　　3, 57, 80, 100
少許　　3, 105
嬢子　　3, 9, 23
娘子　　3, 9, 22
少少（少々）　　3, 113, 123
床席　　9, 18
消息　　9, 28
商量　　3, 57, 77
色　　3
触事　　3, 113, 121
触路　　3, 113, 122
処分　　3, 57, 78
所有　　3
女郎　　3, 9, 25
神祇伯家　　6, 7
神祇伯家訓点　　8
新婦　　3, 9, 26
真福寺本『遊仙窟』　209
人物　　9, 27
雖然　　181, 185
遂即　　3, 181, 197, 200
遂乃　　3, 181, 197, 201
雖復　　3, 181, 192, 193
正是　　113, 137, 163
製造　　57, 81
然是　　181, 187, 192, 195
然則　　181, 188
喘息　　57, 81
前頭　　3, 9, 30
即時　　3, 113, 137, 164

事項索引　217

即自　3, 113, 137, 163
即便　3, 113, 124

た 行

大〜　3
乃可　181, 192, 195
醍醐寺本『遊仙窟』　209
大娘　3
大娘子　3
大有　3, 113, 137
大郎　3
丹鶴本　7
男子　9, 36
男女　3, 9, 53
着　3
中間　9, 41
著　3
輒爾　3, 113, 137, 165
朝庭　9, 37
朝廷　9, 40
陳説　57, 82, 102
底下　3, 9, 43
啼泣　57, 83
田家　9, 44
登　3
頭　3
東西　3, 57, 84
刀子　3, 9, 31
桃子　3, 9, 34
当時　3, 113, 125
当須　3, 113, 137, 169
唐代口語　2
頭端　9, 35
道頭　3
『東洋文庫蔵岩崎本　日本書紀　本文と索引』　209
道理　9, 35
得　3
徳業　9, 45
独自　113, 131
図書寮本　6
図書寮本 1142 年（永治 2 ）点　4, 6, 11, 14, 18, 24, 31, 34, 36, 37, 40, 45, 49, 54, 62, 64, 65, 70, 72, 77, 84, 88, 92, 94, 97, 103, 119, 122, 125, 126, 137, 145-147, 152, 158, 167, 169, 176, 182, 185, 189, 192, 193, 201

図書寮本南北朝期点　6
『図書寮本日本書紀（本文篇）（索引篇）（研究篇）』　209
都不　3, 113, 137, 166
都無　3, 113, 137, 167

な 行

内閣文庫本近世初期点　7
乃至　181, 192, 196
『日本書紀　兼右本一〜三』　209
寧可　181, 197, 202
能　3

は 行

倍復　3, 113, 137, 170
必応　3, 113, 137, 171
必自　113, 133
必須　3, 113, 137, 172
必当　3, 113, 137, 173
漂蕩　57, 85
〜不　3
風姿　9, 10, 47
〜復　3
勿復　113, 137, 154
不復　113, 133, 136
平安　105, 107
並悉　113, 137, 175
並是　113, 137, 176
並不　3, 113, 137
〜別　3
便旋　57, 86
便即　3, 113, 137, 177
奉献　57, 88
奉遣　57, 87
奉進　57, 89
法則　9, 46
本自　3, 113, 127

ま 行

前田本　5
前田本院政期点　5, 11, 14, 18, 23-25, 30, 36, 44, 47, 49, 54, 60, 65, 76, 84, 88, 92, 94, 96, 107, 110, 115, 119, 121, 122, 125, 131, 137, 139, 145, 148, 149, 152, 158-160, 166, 172, 175, 180, 185, 189, 192, 193
前田本釈日本紀訓　192

「前田本日本書紀院政期点（本文篇）」　209
御巫本『日本書紀私記』　6, 42, 108, 209
水戸本『日本書紀私記』　6, 14, 28, 33
無復　113, 133, 134
明経道　5
文選訓み　121

や　行

夜半　9, 10, 47
遊行　57, 91
猶尚　3
『遊仙窟』真福寺本 1353 年点　59, 71, 96, 185
『遊仙窟』醍醐寺本 1344 年点　18, 21, 23, 25, 27, 30, 33, 43, 59, 62, 71, 72, 80, 96, 117, 121, 130, 185

猶如　105, 110
又復　3
猶復　3, 113, 138, 178
要須　3, 113, 138, 179
陽明文庫本 1389 年点　80, 185
欲得　3, 57, 101
〜与不　3

ら　行

羅列　57, 92
李子　3, 9, 10, 51
留住　57, 93
両種　3
老夫　9, 10, 49
路頭　3, 9, 10, 51

人名・書名索引

あ　行

「伊吉連博徳書」　　85
池田証寿　　21, 210, 213
石塚晴通　　2, 5-7, 209-211, 213
一条兼良　　5
尹小林　　209
卜部兼方　　6
卜部兼永　　6
卜部兼文　　6
卜部兼右　　7
円仁　　70
王引之　　210
王云路　　127, 211
王小莘　　211
王政白　　106, 123, 125, 134, 136, 145, 155, 160, 162, 170, 176, 182, 191, 194, 196, 202, 210
王力　　159, 210, 211
太田辰夫　　2, 4, 10, 14, 16, 22, 33, 43, 44, 50, 52, 67, 94, 100, 101, 116, 117, 121, 125, 129, 147, 153, 156, 179, 180, 184-186, 198, 199, 210
大坪併治　　197, 210

か　行

何楽士　　210
春日政治　　197, 209
神田喜一郎　　1, 2, 209
北畠親房　　6
高偉　　119, 132, 177, 210
香坂順一　　16, 18, 33, 34, 36, 46, 51, 187, 189, 199, 211
黄征　　2, 209, 211
洪成玉　　210
江藍生　　15, 23, 31, 41, 66, 77, 92, 96, 211
呉金華　　24, 42, 45, 135, 211
小島憲之　　2, 210
胡勅瑞　　153, 211

さ　行

塩見邦彦　　2, 4, 31, 69, 78, 79, 115, 119, 122, 128, 140, 143, 150, 157, 167, 170, 180, 185, 187, 191, 203, 211
資継王　　6-8
志村良治　　2, 4, 33, 68, 117, 129, 134, 147, 152, 161, 178, 210
周日健　　211
周法高　　210
朱慶之　　4, 30, 31, 45, 170, 193, 210
蒋宗許　　194, 210
『上代日本文学と中国文学　上』　　2
蒋礼鴻　　2, 54, 77, 78, 196, 210

た　行

高田智和　　214
張永言　　24, 27, 28, 45, 49, 50, 106, 110, 175, 197, 211
張万起　　11, 37, 40, 74, 82-84, 139, 211
張涌泉　　2, 209, 211
築島裕　　2, 5, 209, 210
程湘清　　2, 4, 30, 47, 102, 108, 110, 211
鄭怀徳　　211
唐煒　　211
『敦煌変文校注』　　79, 85, 209

な　行

『入唐求法巡礼行記』　　70
『日本国語大辞典』　　74
『日本書紀古訓攷證』　　1

は　行

裴学海　　146, 210
『平安時代の漢文訓読語につきての研究』　　2

ま　行

松江崇　　213
松尾良樹　　2-4, 9, 10, 14, 20, 21, 23, 25, 27, 33,

43, 51, 52, 54, 69, 70, 78-80, 85, 94, 99, 100, 102, 105, 113, 115-117, 122, 125, 126, 128, 131, 137, 139, 140, 143, 147, 153, 175, 184, 185, 191, 194, 201, 202, 210
孟慶海　211

や　行

尹幸舜　197, 211

楊樹達　210

ら　行

劉淇　147, 156, 175, 209
劉堅　15, 23, 31, 41, 66, 77, 92, 96, 211

唐　　煒(とう　い)

中国北京生まれ
2006年3月，北海道大学大学院文学研究科言語文学専攻博士後期課程修了，博士(文学)
2006年3月，北海道大学大塚賞受賞(博士学位論文「日本書紀における中国口語起源漢語の訓読」)
現在，北海道大学大学院文学研究科助教
主要論文
「日本書紀における程度表現の二音節語(二字漢語)について」『訓点語と訓点資料』第113輯
「『日本書紀』中漢語口語雙音副詞的容受」(中文)，『敦煌学・日本学』上海辭書出版社(2005年12月)
「日本書紀における中国口語起源二字動詞の訓点」『訓点語と訓点資料』第116輯
「従日本書記看漢文訓讀的性格」(中文)，『中国台州学院学報』第28巻第5期
「日本書紀における中国口語起源二字名詞の訓点」『国語国文研究』第130号
「日本における中国口語起源漢語の訓点を通して見る漢文訓読の性格」(韓文)，口訣學會編『漢文読法と東アジアの文字』太學社(2006年12月)

北海道大学大学院文学研究科 研究叢書13
日本書紀における中国口語起源二字漢語の訓読
2009年3月31日　第1刷発行

著　者　唐　　煒
発行者　吉　田　克　己

発 行 所　北海道大学出版会
札幌市北区北9条西8丁目　北海道大学構内(〒060-0809)
Tel. 011(747)2308・Fax. 011(736)8605・http://www.hup.gr.jp/

アイワード/石田製本　　　　　　　　　© 2009　唐　　煒
ISBN978-4-8329-6709-0

北海道大学大学院文学研究科 研究叢書

No.	書名	副題	著者	定価	頁数
1	ピンダロス研究	―詩人と祝勝歌の話者―	安西 眞 著	A5・3,300円	806頁
2	万葉歌人大伴家持	―作品とその方法―	廣川晶輝 著	A5・5,200円	532頁
3	藝術解釈学	―ポール・リクールの主題による変奏―	北村清彦 著	A5・6,200円	632頁
4	海音と近松	―その表現と趣向―	冨田康之 著	A5・5,200円	694頁
5	19世紀パリ社会史		赤司道和 著	A5・5,200円	450頁
6	環オホーツク海古代文化の研究	―労働・家族・文化―	菊池俊彦 著	A5・5,200円	470頁
7	人麻呂の方法	―時間・空間・「語り手」―	身﨑壽 著	A5・5,200円	4,148頁
8	東北タイの開発と文化再編		櫻井義秀 著	A5・5,200円	514頁
9	Nitobe Inazo	―From *Bushido* to the League of Nations―	長尾輝彦 編著	A5・5,200円	1,240頁
10	ティリッヒの宗教芸術論		石川明人 著	A5・5,200円	4,234頁
11	北魏胡族体制論		松下憲一 著	A5・5,200円	5,250頁
12	訳注『名公書判清明集』官吏門・賦役門・文事門		高橋芳郎 著	A5・5,200円	5,072頁

〈定価は消費税含まず〉

―北海道大学出版会刊―